UPSC वाला लव

# कलेक्टर साहिबा-2

UPSC वाला लव

# कलेक्टर साहिबा-2

कैलाश मांजू बिश्नोई

MANJUL
मंजुल कथाकार
मंजुल पब्लिशिंग हाउस का इम्प्रिंट

MANJUL
मंजुल कथाकार
मंजुल कथाकार, मंजुल पब्लिशिंग हाउस का इम्प्रिंट है
*कॉरपोरेट एवं संपादकीय कार्यालय*
• द्वितीय तल, उषा प्रीत कॉम्प्लेक्स, 42 मालवीय नगर, भोपाल-462003
*विक्रय एवं विपणन कार्यालय*
• सी - 16, सेक्टर 3, नोएडा, उत्तर प्रदेश, 201301
वेबसाइट : www.manjulindia.com
*वितरण केन्द्र*
अहमदाबाद, बेंगलुरू, कोच्चि, कोलकाता, चेन्नई,
हैदराबाद, मुम्बई, नई दिल्ली, पुणे

यह संस्करण मंजुल कथाकार में मंजुल पब्लिशिंग हाउस द्वारा 2024 में प्रकाशित
द्वितीय आवृत्ति 2024



**ISBN 978-93-5543-666-5**



टाइपसेटिंग : डीजीअल्ट्राबुक्स प्रा. लि., नई दिल्ली

मुद्रण व जिल्दसाज़ी : रेप्रो इंडिया लिमिटेड

# विषय-सूची

1

# एक अनकही कविता

एंजल की सहेली आईएएस अधिकारी मेघा भारद्वाज का गुड़गांव में बर्थडे मनाया जा रहा था और जहाँ हमें इनवाइट किया गया। क्लब की जगमगाती रोशनी में रात अपने चरम पर थी। डीजे की तेज़ बीट्स पर सारा माहौल थिरक रहा था। एंजल और मैं, दोनों ने जन्मदिन की पार्टी के मौके पर गुड़गांव के एक आलीशान क्लब का रुख किया था। यह रात आईएएस अधिकारी मेघा भारद्वाज के जन्मदिन की थी और हमने उसे ख़ास बनाने का पूरा मन बना रखा था।

डांस फ्लोर पर कदम रखते ही जैसे दुनिया बदल गई। एंजल की मुस्कान और चमचमाते आँखें उस रोशनी में और भी ख़ूबसूरत लग रही थीं। वह रात, वह माहौल और वह संगीत—सब कुछ जादुई था।

तभी कुछ दूर से लड़ाई की आवाजें आने लगीं। पार्टी में कुछ लोग आपस में उलझ गए थे। हंगामा इतना बढ़ गया कि क्लब के सुरक्षाकर्मियों को बीच-बचाव करना पड़ा। लेकिन इन सबके बीच, हम दोनों एक अलग ही दुनिया में थे। हमारे लिए वह शोर-गुल किसी मायने नहीं रखता था।

कौन सा नशा हम पर हावी था, कहना मुश्किल था। शायद वह जादुई शरबत था जो हमें किसी और ही दुनिया में ले गया था। उस शोर-शराबे के बीच भी हमें बस शहनाई की मधुर धुन सुनाई दे रही थी। वह धुन, जो हमारे दिलों की धड़कनों से मिलकर एक मधुर संगीत बुन रही थी। हर कदम, हर थिरकन में हमारे दिल की धड़कनें तेज़ होती गईं। पार्टी के शोर और रंगीन रोशनी के

बीच, हमने एक-दूसरे की ओर खिंचते हुए खुद को गहरे चुंबन में डूबो दिया। उस क्षण, हम दुनिया से बेखबर थे, बस एक-दूसरे के थे।

पार्टी का शोर अब धीमे-धीमे थमने लगा था, जैसे कोई अधूरा गीत अपनी अंतिम धुन पर आकर खो जाए। लोग एक-एक कर जाने लगे और सन्नाटा कमरे में धीरे-धीरे पसरने लगा। लेकिन मेरे अंदर अजीब-सी बेचैनी थी, जैसे कोई रहस्य मुझे अपनी ओर बुला रहा हो। तभी एंजल ने मुझे अपनी ओर खींचा। उनके हाथों की गर्माहट ने मेरे अंदर कुछ जगा दिया, जैसे किसी गहरे कुएँ में छिपी एक लहर अचानक सतह पर आ गई हो।

उन्होंने धीरे से कहा, “आज रात मेरे सरकारी फ्लैट पर चलना।”

उनके स्वर में एक अनजाना नशा था, एक जादू, जो शब्दों से परे था। उनकी आँखों में कुछ था—एक अदृश्य खिंचाव, जिसे अनदेखा करना मेरे लिए मुमकिन नहीं था। मैंने खुद को रोकने की कोशिश की, पर उनकी आँखों में छिपी वह चाहत, वह अद्भुत सम्मोहन, मुझे मजबूर कर रहा था।

मैंने हिचकिचाते हुए सहमति में सिर हिलाया और वह मुस्कराईं। हम दोनों चुपचाप बाहर निकल आए, जैसे दोनों किसी अनकही साजिश का हिस्सा हों। शहर की रात भी गहरी हो चुकी थी, जैसे आसमान ने अपनी रहस्यमयी चादर फैला दी हो। सड़कों पर ख़ामोशी थी लेकिन हमारे बीच एक अजीब-सी उत्तेजना थी, जो हर कदम के साथ बढ़ती जा रही थी।

दिल्ली का एक पॉश इलाका, जहाँ ऊँची-ऊँची इमारतों की कतारें हैं। सड़कों पर गाड़ियों की भीड़ तो है लेकिन इस इलाके की सुकून भरी चुप्पी उसे अलग ही पहचान देती है। रात के तीन बज चुके थे। मैं और एंजल एक शानदार अपार्टमेंट के सामने खड़े हैं।)

“यह वही फ्लैट है, है ना? तुम्हारी सहेली का?” मैंने पूछा।

“हाँ, यही है। आज वह अपने किसी काम से बाहर गई है लेकिन उसने मुझे चाबी दी है। चलो, अंदर चलते हैं।” एंजल ने सहजता से मुस्कराते हुए कहा।

दोनों फ्लैट की तरफ बढ़े। एंजल ने पर्स से चाबी निकाली और दरवाजा खोला। अंदर का माहौल ठंडा था लेकिन ख़ूबसूरती से सजी हुई चीज़ें और फर्नीचर की चमक से यह साफ झलक रहा था कि यह घर किसी युवती का है, जो अपने हर

काम को पूरी तरह व्यवस्थित रखती है। मैंने चारों तरफ नज़र दौड़ाई और देखा कि हर चीज़ करीने से रखी हुई है। दीवारों पर कुछ ख़ूबसूरत तस्वीरें टंगी थीं, जो दिल्ली यूनिवर्सिटी के उन सुनहरे दिनों की याद दिला रही थीं।

"क्या देख रहे हो? लगता है, इस घर की साज-सज्जा ने तुम्हारा दिल जीत लिया है।" उन्होंने मेरी ओर मुड़ते हुए, हल्के मज़ाकिया लहजे में कहा।

"यह जगह सचमुच बहुत अच्छी है। तुम्हारी सहेली की सजीली आदतें देखकर लगता है कि वह बहुत ही जिम्मेदार और स्टाइलिश है।"

"हाँ, वह है भी। बहुत मेहनती और व्यवस्थित। मैंने सोचा, तुमसे मिलवाऊंगी लेकिन आज वह बाहर है।" एंजल ने सोफे पर बैठते हुए कहा।

मैंने पानी का एक घूंट पिया, फिर एंजल को देखकर मुस्कराया। हमारे बीच की चुप्पी में एक अलग सी गहराई थी, जैसे दोनों किसी पुरानी याद में खो गए हों। बाहर हल्की ठंडी हवा खिड़की से अंदर आ रही थी और मैंने महसूस किया कि यह पल कितना सुकून भरा है।

"तुम्हें यहाँ आकर कैसा लग रहा है? यह जगह कुछ ख़ास तो नहीं लेकिन मैंने सोचा कि हम दोनों यहाँ कुछ समय बिता सकते हैं।" एंजल ने थोड़ा पास आकर, हल्की मुस्कान के साथ कहा।

"तुम्हारे साथ समय बिताना मेरे लिए हमेशा ख़ास होता है। चाहे जगह कोई भी हो, जब तुम साथ होती हो तो सब कुछ बेहतर लगता है।" मैंने एंजल की आँखों में झांकते हुए कहा।

एंजल यह सुनकर हल्का-सा मुस्कराई और पास आकर बैठ गई। दोनों के बीच एक अनकहा संवाद था, जो बिना शब्दों के भी पूरा हो रहा था। घर की दीवारें अब उन्हें देख रही थीं, जैसे वे इस पल को संजोने के लिए तैयार हों।

दोनों के बीच एक गहरी समझ और प्यार भरा एहसास था। कमरे की दीवारें, जो पहले ठंडी और निष्प्राण थीं, अब गिरीश और एंजल की हँसी-ठिठोली और प्यार भरी बातों से गर्मजोशी से भर जीवंत हो उठीं। ये वही पल थे, जिनकी ताक में मैं हमेशा रहा करता था—जब सारी दुनिया की परेशानियाँ खत्म हो जाएँ और बस वह और एंजल, दोनों के बीच वही सच्चा और मासूम प्यार बचा रहे।

उन्होंने मेरी तरफ देखा और बिना कुछ कहे कमरे में चली गईं। मुझे लगा, जैसे

वक्त थम गया हो। मेरे दिल की धड़कनें तेज़ हो रही थीं। मैं उनके पीछे-पीछे चल पड़ा, जैसे किसी अनदेखे रास्ते पर चलने का साहस कर रहा हूँ।

मैंने एंजल से पूछा, "यदि तुम हमारी कहानी में एक चीज़ बदलना चाहो तो वह क्या होगी?"

"अगर मैं हमारी कहानी में कुछ बदलना चाहूँ," उसने धीरे से कहा, उसकी आवाज़ में एक गहरी, भावनात्मक लहर थी, "तो मैं उस पल को बदलना चाहूँगी जब हम पहली बार मिले थे। उस पल, जब हमने एक-दूसरे को देखा था और दुनिया जैसे ठहर गई थी।" मैंने चौंक कर उसकी ओर देखा। "क्यों?" मैंने धीरे से पूछा, उसकी भावनाओं को समझने की कोशिश करते हुए।

उसने एक लंबी सांस भरी और कहा, "क्योंकि उस पल में, मैं चाहती कि हम एक-दूसरे को और भी बेहतर जान पाते। मैं चाहती कि हम एक-दूसरे की आँखों में अपनी पूरी कहानी देख पाते—सिर्फ पहले मिलन के पल नहीं, बल्कि उस प्यार की गहराई भी, जो उसके बाद हमें एक-दूसरे के करीब लाया।"

उसके शब्दों में एक मिठास थी, जैसे किसी पुराने गीत की पुरानी धुन, जो दिल को छू जाती है। "मैं चाहती कि हमारी शुरुआत और भी सुंदर होती," उसने कहा, उसकी आवाज में एक प्रेममयी दर्द था। "हमारे बीच की ख़ामोशी में, हमारे सपनों में, हमारे प्यार की शुरुआत और भी ख़ास होती। फिर हमारे साथ बिताए हर पल और भी मूल्यवान बन जाते।"

उसने मेरे हाथ को धीरे से पकड़ा, उसकी उंगलियों की गर्माहट ने मेरे दिल को छू लिया। "लेकिन अगर मैं बदल भी सकूं," उसने मुस्कराते हुए कहा, "तो भी, मैं जानती हूँ कि हर चीज़ की अपनी सुंदरता होती है। हमारी कहानी की हर लहर, हर मोड़, उसे मैंने अपने दिल में हमेशा के लिए संजो लिया है।"

"तुम्हें मुझसे प्यार क्यों हो गया?" मैंने एंजल से पूछा।

"क्योंकि जब तुमने पहली बार मेरे लिए खाना बनाया था और दाल में नमक भूल गए थे, तब मैंने समझा कि प्यार में नमक की ज़रूरत नहीं होती। और सच कहूँ तो, तुम्हारी वो मासूमियत और बेचैनी ने मुझे हँसाया भी और रुलाया भी। यही तो प्यार है, जो हँसाते-रुलाते, बिन नमक भी स्वादिष्ट हो जाता है!" उसने अपनी चिर-परिचित मुस्कान के साथ कहा।

"क्या तुम्हें लगता है कि हम एक-दूसरे के लिए बने हैं?"

एंजल ने हँसते हुए मेरी ओर देखा और बोली, "अरे, क्या बात कर रहे हो! एक-दूसरे के लिए बने हैं? हम तो जैसे एक केक में बटरस्कॉच और चॉकलेट की तरह हैं। हर कोई सोचता है कि यह एक परफेक्ट कॉम्बिनेशन है लेकिन सच में तो हर टुकड़ा अपनी अलग मिठास रखता है। कभी-कभी तो लगता है जैसे आलू और टमाटर की सब्जी बिना मसालों के अधूरी होती है, वैसे ही तुम मेरे बिना और मैं तुम्हारे बिना। तुम मेरे लिए वो मसाले हो जो मेरी ज़िंदगी को स्वादिष्ट बनाते हैं और मैं तुम्हारी प्लेट में वो टमाटर, जो कभी-कभी थोड़ी खटास भी ले आता है, पर बिना जिसके स्वाद अधूरा है!" एंजल ने शरारती मुस्कान के साथ जवाब दिया।

"यदि तुम्हें हमारे रिश्ते पर कोई फिल्म बनानी हो तो तुम कौन सी शैली चुनोगी; रोमांस, ड्रामा, कॉमेडी, थ्रिलर या विज्ञान कथा?" मैंने एंजल से पूछा।

"हमारे रिश्ते की फिल्म तो 'रोमांटिक कॉमेडी थ्रिलर' होगी। रोमांस, क्योंकि हमारी हर मुलाकात में एक नया प्यार है; कॉमेडी, क्योंकि तुम्हारी हर छोटी-मोटी गलती पर हम हँसते हैं; और थ्रिलर, क्योंकि हर बार जब तुम मुझे सरप्राइज देने की कोशिश करते हो तो मुझे लगता है जैसे कोई सस्पेंस मूवी चल रही हो। विज्ञान कथा का तो नाम मत ही लो, क्योंकि हमारी प्रेम कहानी इतनी वास्तविक और दिलचस्प है कि उसमें फैंटेसी की कोई गुंजाइश ही नहीं है!" उसने रिप्लाई किया।

"बेहतर साथी बनने के लिए मैं क्या कर सकता हूँ?"

"शुरुआत तो इस बात से करो कि सुबह जल्दी उठकर अलार्म को बंद कर दो, ताकि मैं पांच मिनट और सो सकूं। और हाँ, जब तुम किचन में जाओ तो चाय की जगह कॉफी बनाना सीख लो। वैसे तुम जैसे हो, वैसे ही परफैक्ट हो, बस थोड़ा कम खर्राटे लेना शुरू कर दो तो सोने में आसानी होगी!" एंजल ने मुस्कराते हुए और हल्के-फुल्के व्यंग्य के साथ कहा।

एंजल मेरे पास आई और उसने धीरे-धीरे अपने कोमल हाथों से मेरे बालों में उंगलियाँ फिरानी शुरू की। उसकी छुअन में एक ऐसी मिठास थी, जो मेरी नसों में एक अनकही कविता बुन रही थी।

उसके बदन से आती ताज़गी की ख़ुशबू मुझे मदहोश कर रही थी। उसकी साँसों की गर्मी मेरे गालों को यूँ छू रही थी, जैसे कोई पुरानी धुन दिल को झकझोर कर रख दे। उसकी आँखें धीरे-धीरे बंद हो रही थीं और मैं उसके चेहरे के हर उतार-चढ़ाव को महसूस कर रहा था। उसके कंपकंपाते अधर, जैसे किसी पुराने साज़ के तार हों, मुझे अपनी ओर खींच रहे थे। मैंने उसके चेहरे को अपने हाथों में लिया और उसकी गहरी नीली आँखों में देखा। उन आँखों में प्रेम का सागर उमड़ रहा था और मैं उसमें डूब जाने को तैयार था।

उस रात आसमान ने अपना सम्पूर्ण नीलापन रात को दे दिया था और पूरी रात नीली हो गई। एंजल की उंगलियाँ मेरे बालों में घूम रही थीं और उसका सिर धीरे से मेरे कंधे पर टिक गया। उसकी नज़दीकी में वो एक ख़ास किस्म की मिठास थी, जो सिर्फ प्रेम में ही मिलती है।

"क्या तुम मुझसे हमेशा ऐसे ही प्यार करोगे?" वो धीरे से फुसफुसाई। उसकी आवाज़ में एक संजीदा सी ख़ामोशी थी, मानो वो जानती हो कि ये पल कभी वापस नहीं आएंगे।

"हमेशा," मैंने उसका हाथ कस कर पकड़ लिया। उस एक शब्द में मैंने अपनी सारी भावनाएं भर दी थीं और वो मुस्करा दी। उसकी मुस्कान में एक गहराई थी, जैसे कोई पुराने किस्से की गूंज हो, जो हमें अतीत से जोड़ रही हो।

रात गहराती जा रही थी और हम दोनों एक-दूसरे के आलिंगन में खो गए। बाहर आसमान में तारे चमक रहे थे और उनके बीच एक अजीब-सा संगीत गूंज रहा था। जैसे हमारी कहानी को शब्द मिल गए हों और वो तारे उसे गा रहे हों। कमरे की ठंडक, अब गर्मी में बदल रही थी। उसकी सांसों की तपिश मेरे शरीर में उतर रही थी और मैं उस पल को कभी खत्म ना होने देने की ख़्वाहिश में खो गया था।

उसके नर्म होठों का स्पर्श जैसे किसी मधुर गीत की शुरुआती धुन हो, जो दिल में उतर कर उसे धीमे-धीमे धड़कने पर मजबूर कर दे। उसकी हर एक सांस मेरे दिल में गूंज रही थी और मेरी हर धड़कन उसके नाम का संगीत बजा रही थी।

हम एक-दूसरे के पास बैठ कर भविष्य की बातें करने लगे। मैंने उसके साथ घर बसाने का सपना देखा। उस छोटे से घर में, जहाँ सुबह की रोशनी खिड़की से अंदर आकर हमारी हँसी में घुल जाती। हम उस घर में हर रोज़ नए सपनों को जन्म देते और उन सपनों की नींव में हमारे प्रेम का आधार होता।

"मैं तुम्हारे बिना नहीं जी सकता," मैंने उसकी आँखों में देखते हुए कहा।

उसने धीरे से मेरे चेहरे को अपने हाथों में लिया और बोली, "मैं भी नहीं।"

"आपकी आदर्श छुट्टियाँ कहाँ हैं – समुद्रतट, पहाड़ियाँ, संग्रहालय या वन्य जीवन? क्या आपको लगता है कि हमारे लिए अभी भी सर्वश्रेष्ठ आना बाकी है?"

"मेरी आदर्श छुट्टियाँ तो ऐसी हैं जहाँ हम दोनों हों, चाहे वो समुद्रतट की रेत हो या पहाड़ियों की ठंडी हवा। लेकिन अगर तुम्हें बिना गाइड के संग्रहालय में छोड़ दूँ तो हो सकता है तुम वहाँ से निकलने का रास्ता भी भूल जाओ! और वन्य जीवन में तो हम पहले से ही हैं, जब तुम रात को अचानक डरावनी कहानियाँ सुनाने लगते हो।"

फिर वह रोमांटिक अंदाज़ में बोली, "और हाँ, हमारे लिए सर्वश्रेष्ठ तो अभी आना बाकी है, क्योंकि हर नई जगह पर हमारा प्यार और गहरा होता जाएगा। चाहे हम कहीं भी जाएँ, सबसे ख़ास पल तब ही आएंगे, जब हम साथ होंगे।"

कमरे के अंदर की हवा में कुछ ख़ास था—एक नमी, एक गर्माहट, जो शब्दों से परे थी। मुझे समझ नहीं आ रहा था कि यह सब कहाँ ले जाएगा लेकिन एक बात पक्की थी—इस रात की गहराई में कुछ ऐसा छिपा था, जिसे मैं अब अनदेखा नहीं कर सकता था।

कमरे की नर्म रोशनी में एंजल मेरी ओर बढ़ीं और मैंने बिना कुछ सोचे-समझे उन्हें अपनी बाहों में समेट लिया। उनके जिस्म की गर्मी मेरी त्वचा में फैलने लगी, जैसे कि उनकी धड़कनें मेरे दिल में धड़कने लगीं। मैंने उन्हें इतनी ज़ोर से कसा कि उन्होंने अपनी सांस रोक ली। उनकी कशिश और मेरे इरादे मिलकर एक ऐसी दुनिया बना रहे थे जहाँ सिर्फ प्यार था। मेरे हाथ एंजल की मखमली बांहों पर फिसलने लगे, जैसे चाँदनी रात में समंदर की लहरें किनारों को चूमती हैं। उनकी

नर्म त्वचा का स्पर्श मेरे दिल में हलचल मचाने लगा, जैसे बाग में अचानक गुलाब की ख़ुशबू फैल जाती है।

हमारे बीच का हर लम्हा, हर स्पर्श, मेरी आत्मा में यूँ बसता गया, जैसे किसी शायर की ग़ज़ल में लफ्ज़ बस जाते हैं। कमरे में सिर्फ हमारी सांसें और दिल की धड़कनें गूंज रही थीं, जैसे किसी साज़ की मीठी धुन रात की ख़ामोशी को चीर रही हो। वो लम्हे, जैसे एक हसीन ख़्वाब था, जिसे मैं कभी खोना नहीं चाहता था। हर स्पर्श में एक नया रहस्य खुल रहा था, जैसे चाँदनी रात में समंदर की लहरें किनारों से कहानियाँ कहती हैं। रात के गहराने के साथ ही, हमारे बीच का रोमांस और भी गहरा होता चला गया। उस रात ने हमें एक नई दुनिया में पहुँचा दिया, जहाँ प्यार और इरादों का नशा अपनी पूरी शिद्दत के साथ हावी था। हर लम्हा, हर एहसास, जैसे दिल की गहराइयों से निकला एक मधुर गीत था, जो हमारी रूहों को छू रहा था। वो रात, एक ऐसी जादुई रात थी, जहाँ हमारे दिलों ने एक-दूसरे को पाया और हम उस खुमार में डूबते चले गए।

"एक किस कर सकता हूँ?" धीरे से एंजल की तरफ झुकते हुए मैंने कहा।

"क्या तुम्हें किस की ज़रूरत है?"

यह कहते हुए, एंजल धीरे-धीरे मेरे नजदीक आ गई और मुझसे सटकर बैठ गई। उसने मेरे कान में धीरे से कहा और अपनी आँखें बंद कर लीं।

"तुम्हारे पास होने का एहसास ही बहुत ख़ास है।"

"तुम्हारे साथ यह पल और भी ख़ास हो जाता है।"

मैंने एंजल के गाल को धीरे-धीरे छुआ और उसके बालों को पीछे किया। एंजल ने हल्की मुस्कान के साथ आँखें खोलीं और दोनों की नज़रें मिलीं।

"तुम्हारी आँखों में खो जाने का मन करता है।"

"तो फिर खो जाओ, आज की रात हमारी है।" मैंने धीरे-धीरे एंजल के होंठों को चूमा।

मैंने और एंजल ने एक-दूसरे का हाथ पकड़े रखा और एक-दूसरे की आँखों में देखते रहे।

"तुम्हारे साथ बिताए ये पल मेरी ज़िंदगी की सबसे ख़ूबसूरत यादें हैं।"

मैंने एंजल से पूछा, "प्यार में पड़ना आपको कैसा लगता है?"

एंजल ने मुस्कराते हुए कहा, "प्यार में पड़ना मेरे लिए एक एडवेंचर जैसा है, जैसे बिना मानचित्र के जंगल में चलना। कभी तो तुम मुझे चाय के जादू से चौंका देते हो और कभी तुम्हारी बेतरतीब बातें मेरे दिमाग को गड़बड़ा देती हैं। लेकिन सब कुछ मिलाकर, यह एडवेंचर न सिर्फ रोमांचक है, बल्कि बहुत मजेदार भी। तुम्हारे साथ हर दिन एक नई कहानी की तरह लगता है!"

"वह कौन सा खेल है जो ओलंपिक खेल नहीं है लेकिन हमारे बीच हर दिन होना चाहिए?"

एंजल ने मुस्कराते हुए जवाब दिया, "वह खेल है 'किसिंग डुअल्स'! हर दिन की शुरुआत और अंत एक प्यारी सी किस से होती है, जिससे न केवल हमारा मूड ठीक रहता है बल्कि दिनभर के लिए ऊर्जा भी मिलती है। इसे ओलंपिक में शामिल किया जाए या नहीं, पर हमारे लिए यह रोज़ का अनिवार्य खेल है!"

मैंने एंजल से पूछा, "आप हमारे पहले किस का वर्णन कैसे करेंगे?"

एंजल ने मुस्कराते हुए कहा, "अरे, वह तो एक अनमोल अनुभव था! जैसे एक छोटे बच्चे ने पहली बार चॉकलेट का स्वाद चखा हो। हमारी पहली किस जैसे किसी रोमांटिक फिल्म का हाइलाइट सीन था—थोड़ा नर्वस, थोड़ा इमोशनल और पूरी तरह से अद्भुत। यह एक ऐसा पल था, जब मैंने महसूस किया कि इस प्यारे से अहसास के साथ, हमारी कहानी की शुरुआत ने मेरे दिल को नया रंग दे दिया।"

"मुझे देखकर तुमने सबसे पहले क्या सोचा?"

"जब मैंने तुम्हें पहली बार देखा तो मेरे दिमाग में बस यही आया कि 'यह तो वही है, जिसकी तलाश मैं करती रही हूँ!' तुम्हारी मासूमियत और वो ख़ास सी झलक ने मेरे दिल को छू लिया और मैंने सोचा, 'यही वो व्यक्ति है जो मेरी ज़िंदगी में कुछ ख़ास रंग भरने वाला है'।" एंजल ने मुस्कराते हुए जवाब दिया।

"अगर मैं तुम्हें एक लाख रुपए रुपए दूँ और कहूँ कि हमारे लिए कुछ लाओ तो तुम क्या लोगी?"

एंजल ने हँसते हुए जवाब दिया, "मैं तो उस पैसे से हमारे लिए नॉर्थ ईस्ट की एक रोमांटिक ट्रिप बुक करूँगी, जहाँ हम दोनों साथ में कुछ यादगार पल बिता सकें भले ही मैं असम में पोस्टेड हूँ। बाकी पैसे का एक हिस्सा एक सुंदर

आशिकाना डिनर और तुम्हारे लिए एक ख़ास गिफ्ट पर खर्च करूँगी, ताकि तुम्हें भी पता चले कि तुम्हारे साथ बिताए पल मेरे लिए कितनी अनमोल हैं।" उसने कहा।

"तो फिर चलते हैं नॉर्थ ईस्ट की रोमांटिक ट्रिप पर..." मैंने कहा।

## 2

# नॉर्थ ईस्ट में हम-1

(स्थान : इंदिरा गांधी अंतरराष्ट्रीय हवाई अड्डा, दिल्ली। सुबह का वक्त है और आसमान हल्की धूप और बादलों के साथ सुनहरा नज़र आ रहा है। एयरपोर्ट पर यात्रियों की हलचल के बीच मैं और एंजल, हाथ में हल्के बैग लिए, बोर्डिंग गेट की ओर बढ़ रहे हैं। दोनों के चेहरे पर उत्साह की झलक है, ये सफ़र हमारे लिए ख़ास जो होने वाला था।)

**

"ये सफ़र हमारे लिए बहुत यादगार होने वाला है। नॉर्थ ईस्ट की ख़ूबसूरती, तुम्हारा साथ... मुझे यकीन है कि ये हमारे लिए ख़ास होगा।" मैंने कहा।

"यस, दिल्ली की हलचल को पीछे छोड़कर, अब बस हमें इस सफ़र का आनंद लेना है। सोचो, नॉर्थ ईस्ट की ख़ूबसूरती व ताज़गी, वहाँ की हरियाली... मुझे अब भी यकीन नहीं हो रहा कि हम जा रहे हैं।"

बोर्डिंग गेट से होते हुए दोनों फ्लाइट में सवार हो गए। फ्लाइट के भीतर की हलचल में भी दोनों के बीच एक गहरी शांति थी। एंजल खिड़की वाली सीट पर बैठी और गिरीश उसके बगल में। जैसे ही फ्लाइट ने रनवे पर दौड़ना शुरू किया, एंजल ने बाहर झांका। उसकी आँखों में उम्मीदों की एक अलग सी चमक थी, जो इस सफ़र को और ख़ास बना रही थी।

फ्लाइट ने अब आसमान में ऊँचाई पकड़ ली थी। नीचे का दृश्य धुंधला हो

गया था और आसमान के ऊपर सिर्फ बादल और सूरज की किरणें थीं। एंजल खिड़की से बाहर देखते हुए मुस्करा रही थी, जैसे हर बादल उसके लिए एक नया सपना लेकर आ रहा हो। फ्लाइट के अंदर की ठंडी हवा और बाहर के सुहाने मौसम ने हमारे बीच की बातें और भी ख़ास बना दीं। हम दोनों जानते थे कि ये सफ़र सिर्फ एक यात्रा नहीं, बल्कि यह हमारे रिश्ते को और मजबूत बनाएगा।

जब हम उतरे तो गुवाहाटी में दोपहर का समय था। आसमान पर हल्के-हल्के बादल छाए हुए थे और बूंदाबांदी हो रही थी। गुवाहाटी की सड़कें भीगी हुईं और इस बारिश ने शहर के माहौल में एक अद्भुत ताज़गी भर दी थी।

गुवाहाटी की हल्की-हल्की बारिश ने मौसम को और भी सुहाना बना दिया था। गुवाहाटी का मौसम देखकर एंजल की मुस्कान और भी चमकदार हो गई थी, शायद मुझे साथ पाकर। हमारे बीच का मौन शब्दों से ज्यादा कुछ कह रहा था। कुछ पलों बाद, हमने उस रेस्टोरेंट की ओर रुख किया जो हमारे रोमांटिक लंच के लिए पहले से ही तैयार था—शाही दरबार।

रेस्टोरेंट के बाहर खड़े होकर हमने एक-दूसरे की आँखों में झांका, जैसे इस पल को हमेशा के लिए कैद कर लेना चाहते हों। अंदर कदम रखते ही, वहाँ की सजावट ने हमें अपने ख्यालों में डुबो दिया। रेस्टोरेंट में बिखरी ताज़े फूलों की महक और धीमे-धीमे बजता मधुर संगीत, हमारे दिलों की धड़कनों के साथ ताल मिला रहा था।

"तुम्हें ये जगह कैसी लग रही है?" मैंने हल्के से मुस्कराते हुए पूछा।

एंजल ने चारों ओर नज़र दौड़ाई और एक मुस्कान के साथ बोली, "यह जगह...यह तो बिल्कुल वैसी है जैसी मैं सोचती थी। शायद और भी ख़ूबसूरत।" उसकी आँखों में ख़ुशी की चमक थी, जिसे देख मैं भी मुस्करा उठा।

हमने खिड़की के पास वाली टेबल चुनी, जहाँ से बाहर का ख़ूबसूरत नज़ारा दिख रहा था। सूरज की हल्की किरणें हमारी टेबल पर गिर रही थीं, जिससे माहौल और भी रोमान्टिक हो गया था। मैंने मेन्यू उठाया और उसे देखते हुए पूछा, "तुम्हें क्या पसंद है, क्या खाना चाहोगी?"

"मुझे तो कढ़ाई पनीर और तंदूरी रोटी बहुत पसंद है," एंजल ने बताया।

"तुम्हारी पसंद तो मुझे भी बहुत अच्छी लगती है," मैंने चुटकी ली। "लेकिन आज मैं तुम्हारे लिए कुछ ख़ास ऑर्डर करना चाहता हूँ। शाही केसरी पनीर, जो मेरी पसंदीदा डिश है। उम्मीद है, तुम्हें भी पसंद आएगी।"

एंजल ने मुस्कराते हुए सिर हिलाया, "तुम्हारी पसंद की कोई चीज़ मुझे भला कैसे नापसंद आएगी?"

हमने ऑर्डर दिया और बातचीत का सिलसिला शुरू हो गया। "तो," मैंने धीरे से कहा, "ऑफिस कैसा चल रहा है? सब कुछ ठीक है न?"

एंजल ने हल्की हँसी के साथ जवाब दिया, "ऑफिस तो ठीक है लेकिन दिनभर के काम के बाद यहाँ तुम्हारे साथ समय बिताना सबसे सुकून भरा लगता है। तुम्हारे साथ बिताया हर पल ख़ास होता है।"

मैं उसकी बात पर मुस्करा दिया, "तुम्हारे साथ वक्त बिताना, मेरी ज़िंदगी का सबसे ख़ुशनुमा हिस्सा है। शायद इसी वजह से हर दिन तुम्हारे साथ बिताने का इंतज़ार रहता है।"

थोड़ी देर बाद, हमारी ऑर्डर की गई डिशेज़ टेबल पर पहुँच गईं। उनसे उठती ख़ुशबू ने हमारी भूख और बढ़ा दी। मैंने पहले उसकी प्लेट में शाही केसरी पनीर और तंदूरी रोटी परोसी और फिर अपनी । हम दोनों ने साथ मिलकर खाना शुरू किया।

मैंने शरारती अंदाज़ में कहा, "तुम्हारे बिना ये खाना उतना स्वादिष्ट नहीं लगता। तुम्हारे साथ होने से ही सबकुछ ख़ास बन जाता है।"

"तुम भी ना, हमेशा मुझे ख़ुश करने के बहाने ढूँढ़ते रहते हो। लेकिन सच कहूँ, तुम्हारे साथ यह खाना वाकई में और भी स्वादिष्ट हो गया है।"

हमारी हँसी-मज़ाक और हल्की-फुल्की बातें चलती रहीं, जैसे समय की कोई बंदिश ही न हो। हमने अपने भविष्य के बारे में भी बातें कीं। और नए सपनों को बुने। वह अपनी आँखों में सपने और उम्मीदों की चमक लिए बोल रही थी और मैं उसकी बातें सुनते हुए मनाता रहा था कि उसकी यह चमक हमेशा कायम रहे।

"तुम्हारे साथ बिताया हर पल मुझे और भी सुकून देता है," मैंने कहा, "मुझे

लगता है कि इस दुनिया में सबसे प्यारा और ख़ुशनुमा एहसास तुम्हारे साथ रहना है।"

एंजल ने धीरे से मेरा हाथ थामा और कहा, "मैं भी यही महसूस करती हूँ। तुम्हारे साथ रहना ही मेरे लिए सबसे बड़ा सुकून है।"

लंच के बाद हमने मिठाई का आनंद लिया, जिसमें चॉकलेट ब्राउनी और आइसक्रीम शामिल थी। मिठाई की मिठास ने हमारे इस लंच को और भी मीठा बना दिया। हम दोनों ने एक-दूसरे को खिलाने के बाद मिठाई खाई और हर पल को ख़ास बनाया।

जब हम रेस्टोरेंट से बाहर निकले तो बारिश रुक चुकी थी। मैंने उसकी ओर हाथ बढ़ाया और वह मुस्कराते हुए मेरे हाथ को थाम कर करीब आ गई। हमने धीरे-धीरे चलते हुए रेस्टोरेंट से बाहर का रास्ता तय किया। बारिश की बूंदों ने हमारे रोमांटिक लंच को और भी यादगार बना दिया था।

"शायद, ये लंच हमारी ज़िंदगी के सबसे ख़ूबसूरत लम्हों में से एक था," मैंने कहा।

एंजल ने हल्के से मेरे कंधे पर सिर टिकाते हुए कहा, "हाँ, ये लंच और ये पल हमेशा हमारे दिलों में संजोए रहेंगे।"

## 3

# नॉर्थ ईस्ट में हम-2

अगले दिन सुबह की पहली किरणें जब गुवाहाटी की गलियों में चमकने लगीं तब तक हम दोनों की यात्रा की शुरुआत हो चुकी थी। गुवाहाटी से शिलांग की सड़कें जैसे एक रहस्यमयी दास्तान की शुरुआत थीं। हमारे दिल में एक अदृश्य उत्सुकता थी, जो हर मोड़ पर बढ़ रही थी। गाड़ी की खिड़कियों से बाहर झांकते हुए, हम उन हरे-भरे परिदृश्यों को देख रहे थे, जिन्हें एक चित्रकार ने अपनी कूची से उकेरे थे।

शिलांग की ओर जाते हुए, रास्ते में चाय के छोटे-छोटे ढाबे, घने जंगल और बर्फ से ढके पहाड़ों का दृश्य मन को मोह लेने वाला था। एंजल ने खिड़की से बाहर देखते हुए मुस्कराते हुए कहा, "जैसे हमारी यात्रा की शुरुआत भी एक नए अध्याय की तरह है।" उनके शब्दों में एक जादू था, जो हर दृश्य को और भी सुंदर बना रहा था। सुंदर पहाड़ियों के बीच राष्ट्रीय राजमार्ग पर मधुर संगीत के साथ फर्राटा भरती हमारी गाड़ी गुवाहाटी से शिलांग की ओर पिच्चासी किलोमीटर का रास्ता कब तय कर गयी, हमें पता भी न चला।

मेघालय की हरी-भरी वादियों में हमारी यात्रा की शुरुआत किसी रोमांटिक फिल्म के सीन की तरह हुई। बादलों का घर कहे जाने वाले इस प्रदेश में हम दोनों, मैं और एंजल, हाथों में हाथ डाले मस्ती से घूमते फिर रहे थे।

एंजल ने बादलों की ओर इशारा करते हुए कहा, "देखो, जैसे ये बादल हमें घेरने आए हैं। लगता है, हम किसी परी लोक में आ गए हैं।"

"और तुम परी हो ही न?"

एंजल ने मेरी बात पर ज़ोर से ठहाका लगाते हुए कहा, "और तुम क्या सोचते हो, ये /परी सिर्फ आसमान में उड़ती है? मुझे देखो, इस पहाड़ी पर चढ़कर भी तुम्हारे साथ मस्ती कर रही हूँ।"

हम दोनों ठंडे पानी में पैर डालकर बैठे और हँसते-हँसते लोटपोट हो गए। मेघालय की वादियों में हम सिर्फ प्रकृति की सुंदरता ही नहीं बल्कि एक-दूसरे के साथ जी भरकर मस्ती का लुत्फ भी उठा रहे थे।

शिलांग शहर प्रवेश में करने से पंद्रह किमी पहले हमारे ड्राइवर ने गाड़ी थोड़ी धीमी की। हमने देखा सड़क के दायीं ओर एक बहुत बड़ा जलाशय दिखाई दे रहा था, ड्राईवर ने बताया कि ये उमियाम लेक है। इसे उमियाम झील या बड़ापानी झील भी कहा जाता है। हम उमियाम झील के किनारे पहुँचे, जहाँ चारों ओर एक अजीब-सी ख़ामोशी फैली थी। रात की ठंडक ने हमें अपने भीतर समेट लिया था, जैसे एक अदृश्य पंछी ने हमारे चारों ओर अपने पंख फैला दिए हों। झील का पानी स्थिर था, मानो समय खुद वहीं ठहर गया हो और उसमें पूर्णिमा का चाँद अपनी पूरी महिमा में प्रतिबिंबित हो रहा था। ऐसा लग रहा था जैसे किसी ने झील के गर्भ में एक विशाल चाँदी का सिक्का डाल दिया हो, जो चमकते हुए किसी अलौकिक संसार की कहानी बयाँ कर रहा हो।

हम दोनों धीरे-धीरे झील के किनारे बने पत्थरों की ओर बढ़े और उनमें से एक पर बैठ गए। उन पत्थरों पर दूधिया चाँदनी इस तरह बिखरी हुई थी जैसे किसी दिव्य हाथ ने उन्हें चाँदी के रंग में रुपहला रंग दिया हो। हर पत्थर की सतह से मानो एक रहस्यमय उजाला फूट रहा हो, जो हमें अपने मोहपाश में बांध रहा था।

मैंने चुपचाप एंजल की ओर देखा, उसकी आँखें झील की ओर थीं लेकिन उसमें छिपे विचार कहीं और ही भटक रहे थे। मुझे लगा कि इस ख़ामोशी को तोड़ने का यही सही समय है।

"क्या तुमने कभी चाँद को ध्यान से देखा है?" मैंने उसकी ओर मुड़कर धीमे से पूछा।

एंजल की आँखें थोड़ी देर के लिए मेरी आँखों से मिलीं। उस क्षण में ऐसा लगा मानो उसके भीतर भी कोई चुपचाप बसा सवाल जाग गया हो, जिसे वह अब तक छिपाए हुए थी। लेकिन फिर वह मुस्कराई और उसकी दृष्टि फिर से चाँद की

ओर लौट गई, जो अब भी उसी स्थिरता से झील के पानी पर तैर रहा था। इसके बाद हम नोहकलिकाई वॉटरफॉल देखने गए। वहाँ की अद्भुत ऊँचाई और बहते पानी ने हमें मोहित कर दिया।

मैंने एंजल की ओर देखा और कहा, "एंजल, इस झरने की तरह हमारे प्यार का भी अंत नहीं होना चाहिए।"

एंजल ने मुस्कराते हुए कहा, "हाँ, गिरीश और जैसे इस झरने की हर बूँद जीवन को ताज़गी देती है, वैसे ही तुम्हारी हर बात मेरे जीवन को ख़ुशी से भर देती है।"

फिर हम दोनों शिलांग पीक की ओर बढ़े। ऊँचाई पर पहुँचते ही मैंने कहा, "वाह, एंजल, इस ऊँचाई से देखो, हमारी प्रेम कहानी इतनी ऊंची और पवित्र हो गई है।"

एंजल ने हँसते हुए कहा, "हाँ, गिरीश और अगर मैं गिर गई तो?"

"तो मैं तुम्हें पकड़ लूँगा, हमेशा के लिए।"

"एंजल जब तुम पास होती हो तो हर मुश्किल आसान लगती है।"

"गिरीश,तुम्हारे बिना ये दुनिया सूनी सी लगती है, बिना रंग की हो जैसे।"

"तुम्हारे बिना जीना भी नहीं आता, तुझसे ही तो जीना है।" मैंने कहा।

"तू मेरे जीवन की बरसात है, जो हर पल मुझे तरोताज़ा कर देती है।"

"तेरे बिना ये दिल उदास हो जाता है, जैसे बिना बरसात के बादल।" मैंने कहा।

"गिरीश, तेरे बिना ज़िंदगी अधूरी है, जैसे बिना बरसात के धरती सूनी है।" उसने कहा।

"तेरी हँसी में वो मिठास है, जैसे बारिश की पहली बूंद में होती है।" मैंने कहा।

हम दोनों मेघालय की सर्पीली सड़कों पर गाड़ी में बैठे थे और ऐसा महसूस हो रहा था जैसे कोई विशालकाय पहाड़ हमें अपनी बाहों में समेटे ले जा रहा हो। बाहर का नज़ारा एकदम हरा-भरा था और एंजल ने खिड़की से बाहर देखते हुए मज़ाक में कहा, "यार, ऐसा लगता है कि भगवान ने हरा रंग खत्म करने का कॉन्ट्रैक्ट मेघालय वालों को दे दिया हो!"

मैंने हँसते हुए कहा, "और हम जैसे दो रंग-बिरंगे प्राणी इस हरे-भरे संसार में भूल से आ गए हैं!"

तभी अचानक सामने से एक झरना नज़र आया। उसकी ख़ूबसूरती देखते ही एंजल ने कहा, "वाह, ये जगह तो ऐसी है जैसे फिल्म का सेट हो और हम दोनों हीरो-हीरोइन बनकर घूम रहे हों!"

"बस," मैंने आँख मारते हुए कहा, "अब पृष्ठभूमि में रोमांटिक गाना भी बजना चाहिए!"

एंजल ने आँखें नचाते हुए जवाब दिया, "बजने दो लेकिन मैं गाने के बजाय झरने में धक्का मारने के मूड में हूँ!"

चेरापूंजी के उम्सिंग पार्क में बारिश की फुहारों में भीगते हुए, एंजल ने मुझे कहा, "गिरीश, ये जगह तो किसी सपने जैसी है। यहाँ के बादलों में खो जाने का मन करता है।"

मैंने ने हँसते हुए कहा, "हाँ, एंजल, सच में। लगता है जैसे हम बादलों में नहीं, तुम्हारी बाहों में खो गए हैं। वैसे कहते हैं, 'जब प्रेमी जोड़ा साथ हो तो हर जगह चेरापूंजी हो जाती है।'"

एंजल ने शरारती हँसी के साथ जवाब दिया, "तो फिर इस बारिश को भी हम अपनी रोमांटिक कहानी का हिस्सा बना लेते हैं।"

मैंने मज़ाक में कहा, "बिल्कुल, जैसे तुम और ये बारिश, दोनों ही कभी थमते नहीं।"

"तुम मेरी ज़िंदगी का सबसे ख़ूबसूरत हादसा हो।"

"अच्छा, मेरे पास भी एक पंचलाइन है ...दिल को दिल से राह मिलती है और जब राह बंद हो जाए तो दिल बंद हो जाता है।"

उसके इस मज़ाक पर हम दोनों की हँसी रुकने का नाम नहीं ले रही थी।

दो दिन मेघालय में बिताने के बाद हम अरुणाचल प्रदेश पहुँचे। अरुणाचल प्रदेश की सर्द शाम में, जब हम होटल के अंदर दाखिल हुए तो जैसे बाहरी दुनिया कहीं पीछे छूट गई। होटल की सजावट में वो सादगी थी, जो हमें पहली नज़र में भा गई। दीवारों पर हाथ से बने चित्र, लकड़ी के फर्नीचर की ख़ुशबू और खिड़की से दिखता पहाड़ों का विशाल विस्तार—हर चीज़ हमें एक अलग ही दुनिया में ले जा रही थी।

हमारे कमरे में दाखिल होते ही एंजल ने खिड़की की तरफ रुख किया। पहाड़ों की चोटियाँ सफेद धुंध से ढकी हुई थीं और आसमान में हल्का गुलाबी रंग फैल चुका था। मैंने दरवाज़ा बंद किया और उसकी तरफ देखा। उसकी आँखों में वही चमक थी, जो मैंने पहले भी कई बार देखी थी—एक जादुई चमक, जो मुझे हमेशा उसकी ओर खींच लाती थी।

मैं धीरे-धीरे उसके पास गया और हल्के से उसके कंधे पर हाथ रखा। एंजल ने एक पल के लिए मेरी ओर देखा और फिर खिड़की से बाहर झाँकते हुए बोली, "यह जगह... जैसे हमें ख़ास बनाने के लिए बनी हो।"

मैं उसकी नज़रों को पकड़ते हुए मुस्कराया, "या फिर शायद हम ही इस जगह को ख़ास बना रहे हैं।"

एंजल ने हँसते हुए मुझे देखा और बोली, "तुम हमेशा से ही बहुत बातें बनाने वाले रहे हो।"

मैंने उसकी बात पर हल्का सा हँस दिया और फिर उसके पास आकर उसे कमर से अपने करीब खींचा। हमारे बीच की दूरी जैसे मिट सी गई। कमरे में हल्की रोशनी थी और बाहर से आती ठंडी हवा हमारे बीच की गर्मी को और भी बढ़ा रही थी। मैंने उसके बालों में हाथ फिराया और उसकी आँखों में झाँकते हुए कहा, "शायद बातें बनाना मेरी आदत हो लेकिन आज... आज यह पल असली है और मैं चाहता हूँ कि इसे हमेशा के लिए याद रखूँ।"

एंजल ने मेरी बाहों में झूलते हुए मेरी आँखों में देखा और धीरे से बोली, "मुझे लगता है कि हमारे बीच हर पल ख़ास होता है। लेकिन आज... आज कुछ अलग है।"

मैंने उसकी बात पर हामी भरी और उसके चेहरे को अपने हाथों में लिया। हमारी साँसें एक-दूसरे की साँसों में मिल रही थीं। कमरे का सन्नाटा हमें और करीब ला रहा था। मैं उसके होठों के पास झुककर बोला, "तुम मेरे लिए कितनी ख़ास हो, यह बताने के लिए शायद शब्द कम पड़ जाएँ।"

एंजल ने धीरे से मेरी बात काटते हुए कहा, "शब्दों की ज़रूरत नहीं है। बस तुम हो और मैं हूँ।"

उसकी यह बात सुनकर मेरा दिल ज़ोर से धड़क उठा। मैंने उसे और करीब खींचा और फिर हम दोनों ने धीरे-धीरे एक-दूसरे को महसूस किया। बाहर की

ठंडी हवा, कमरे में बजता हल्का-हल्का संगीत और हमारे बीच की नज़दीकियाँ... यह सब जैसे समय को रोक देने का आह्वान कर रहे थे।

होटल के कमरे की दीवारों ने हमारे बीच की ख़ामोशियों और उन बातों को सुना, जो हमने कभी कहे बिना एक-दूसरे से कही। उस पल में, सब कुछ जैसे ठहर सा गया था—सिर्फ मैं, एंजल और हमारा प्यार।

सूरज की सुनहरी किरणें शाम को अपने रंग में रंग चुकी थीं। मैं अपनी लेखनी में खोया हुआ था, जब अचानक मेरे फोन पर एक हल्की सी कंपन हुई। स्क्रीन पर एंजल का नाम चमक रहा था।

"मॉल के बाहर खड़ी हूँ। आ जाओ। अब लॉन्ग ड्राइव पर चलते हैं," उसके मैसेज में एक अद्भुत रोमांच और सादगी का मेल था।

मैंने जल्दी-जल्दी अपनी चीज़ें समेटीं और दरवाजे की ओर बढ़ा। बाहर निकलते ही ठंडी हवा के झोंके ने मुझे अपनी बाहों में भर लिया। रास्ते में मैं सोचता रहा, एंजल की मुस्कान, उसकी बातें और वह अनोखा समय जो हमने साथ बिताया था।

मॉल के बाहर एंजल नीली ड्रेस में खड़ी थी, उसकी मुस्कान चाँदनी रात की तरह खिली हुई थी। "तुम आ गए," उसने कहा, उसकी आँखों में एक चमक थी।

हमने कार में बैठकर शहर की हलचल से दूर निकलने का मन बनाया। धीरे-धीरे शहर की लाइट्स पीछे छूटने लगीं और हम हाइवे पर आ गए। सड़क के किनारे लगे पेड़ और लैंप पोस्ट्स पीछे छूटते जा रहे थे, जैसे समय भी हमारे साथ एक रिदम में बह रहा हो।

हम दोनों ने कोई बात नहीं की, सिर्फ एक-दूसरे के साथ होने का एहसास ही काफी था। रेडियो पर एक धीमा सा गीत बज रहा था, जो हमारी कहानी को और भी रोमांटिक बना रहा था।

रास्ते में हमने एक छोटे से ढाबे पर चाय पीने का निर्णय लिया। ढाबे की मद्धम रोशनी में एंजल की आँखें और भी गहरी लग रही थीं। उसकी हर बात में एक सादगी थी, एक जादू था जो मुझे खींचे ले जा रहा था। हमारी यह लॉन्ग ड्राइव सिर्फ एक सफ़र नहीं, बल्कि हमारी कहानी का एक नया अध्याय था, जहाँ हर मोड़ पर एक नया रोमांच, एक नई मुस्कान हमारा इंतज़ार कर रही थी।

रात के अंधेरे में हमारी गाड़ी शहर की चमचमाती रोशनी को पीछे छोड़ते हुए हरे-भरे रास्तों पर चल रही थी। यह लॉन्ग ड्राइव हमारे लिए सिर्फ एक सफ़र नहीं थी, बल्कि हमारी कहानी का एक नया अध्याय थी। हर मोड़ पर एक नई उम्मीद, एक नया रोमांच और एक नई मुस्कान हमारा इंतज़ार कर रही थी। मैंने उनकी पसंदीदा जगहों को ध्यान में रखते हुए यह सफ़र प्लान किया था। एक छोटे से पहाड़ी कस्बे में स्थित होटल में हमारे लिए एक सुंदर सा कमरा बुक कर रखा था। रास्ते में हमने पसंदीदा गाने सुने और उन गीतों की मधुर धुनों में खो गए। रास्ते के दोनों ओर घने पेड़ थे, जिनके बीच से गुजरते हुए ऐसा लग रहा था जैसे हम किसी जादुई दुनिया में प्रवेश कर रहे हों।

होटल पहुँचने पर, मैंने एंजल के लिए एक ख़ास सरप्राइज रखा था। कमरे में दाखिल होते ही वहाँ पर गुलाब की पंखुड़ियों से सजी हुई एक सुंदर सी टेबल थी, जिस पर उनके पसंदीदा व्यंजन रखे थे। रोशनी मद्धम थी और एक रोमांटिक गीत धीमी आवाज़ में बज रहा था। उनके चेहरे पर उस पल की ख़ुशी को देखकर मेरा दिल ख़ुशी से भर गया। रात के खाने के बाद, हम होटल की बालकनी में बैठे थे। ठंडी हवा हमारे चेहरों को छू रही थी और आसमान में अनगिनत तारों की जगमगाहट हमें एक अलग ही दुनिया में ले जा रही थी। मैंने उनका हाथ थामा और दिल की गहराइयों से उन्हें बताया कि बिना वफा के प्यार की कल्पना नहीं की जा सकती। उनकी वफादारी ही वो चीज़ थी जिसने हमें एक-दूसरे के साथ बनाए रखा।

4

# नॉर्थ ईस्ट में हम-3

सर्दी की हल्की-हल्की गुनगुनाहट कमरे में तैर रही थी और मैं वहीं खड़ा था, जैसे समय थम गया हो। दरवाजे से धीमे कदमों से एंजल कमरे में दाखिल हुई, चेहरे पर एक थकान का साया और होठों पर फीकी सी मुस्कान। उसकी आँखों में कुछ अनकहा सा था, कुछ ऐसा जो उसने कहने की कोशिश नहीं की लेकिन ऐसा उसके हर भाव में झलक रहा था। मैंने उसकी ओर बढ़ कर उसे अपनी बाहों में समेट लिया, जैसे दो आत्माएँ एक हो रही हों। उसकी पतली-पतली बांहें मेरी कमर के चारों ओर कस गईं और एक क्षण के लिए दुनिया की सारी उलझनें और सारी चिंताएँ इस आलिंगन में विलीन हो गईं। उसकी उंगलियाँ मेरी पीठ पर धीरे-धीरे सरकती हुई रुकीं, जैसे वह इस पल को अपने भीतर गहराई से उतार लेना चाहती हो।

एंजल ने अपना सिर मेरे कंधे पर टिकाया, उसकी सांसों की गर्मी मेरी त्वचा से होकर मेरे दिल तक पहुँच रही थी। उसके बदन की थकी हुई सी ख़ुशबू, जो ऑफिस की भागदौड़ में दब गई थी, अब कमरे में फैलने लगी। मैं महसूस कर सकता था कि वह इस पल में हर सांस के साथ मुझे महसूस कर रही थी, मेरी उपस्थिति को अपनी आत्मा में बसाने की कोशिश कर रही थी।

उसकी थकी हुई आँखों के नीचे हल्की सी स्याह परछाइयाँ थीं लेकिन उसकी आँखों में कुछ और था—एक ऐसी चमक, जो शब्दों में बयाँ नहीं की जा सकती। वह चाहती थी कि यह पल ठहर जाए, कि यह आलिंगन उसकी थकी हुई आत्मा के लिए एक आरामदायक जगह बन जाए।

"तुम्हारी ख़ुशबू...," एंजल ने धीरे से कहा, उसकी आवाज में थकान और सुकून का अनूठा मिश्रण था। उसने मेरी ओर देखा और उसकी आँखों में कृतज्ञता का एक छोटा सा सागर लहराने लगा।

मैंने हल्के से उसके माथे को चूमा और उस एक पल में, ऐसा लगा जैसे दुनिया की सारी जटिलताएँ, सारे सवाल और सारे अधूरे जवाब कहीं दूर छूट गए हों। केवल हम थे—एक-दूसरे के पास, एक-दूसरे के आलिंगन में।

उस रात में होटल के कमरे का हर कोना जैसे एक अलग ही दुनिया में बदल गया था। कमरे में हल्की पीली रोशनी थी, जो दीवारों पर हमारे प्रेम की छायाएँ बुन रही थी। टेबल पर एक ही थाली में रखा हुआ खाना, जिसमें से उठती भाप और मसालों की सुगंध हमारे बीच की दूरी को पिघला रही थी। हम दोनों ने बग़ैर कुछ कहे ही, एक साथ खाना खाना शुरू किया। एंजल का हाथ जब मेरे हाथ से टकराया तो दिल में एक अजीब-सी सिहरन दौड़ गई। उसकी आँखों में गहराई थी, मानो वो खुद एक समुंदर हो और मैं उसमें धीरे-धीरे डूब रहा था।

खाना खत्म करने के बाद हम खिड़की के पास बैठ गए। बाहर का आसमान गहरे नीले रंग का था, जैसे कि उसमें रात ने अपनी सारी गहराई और शांति उड़ेल दी हो।

"देखो," एंजल ने धीरे से कहा और आसमान की ओर इशारा किया। मैंने उसकी नज़रों का पीछा किया और देखा कि एक तारा टूट कर विलीन हो गया था। उस पल में, मुझे ऐसा लगा जैसे आसमान भी हमारे प्रेम का साक्षी बन रहा हो, जैसे वो तारा हमारी ख़्वाहिशों का पैगाम लेकर चला गया हो।

अगले दिन मैंने और एंजल ने अपनी अरुणाचल प्रदेश की रोमांटिक यात्रा शुरू की, जहाँ हमें सुरम्य पहाड़, बर्फीली धुंध, प्रसिद्ध बौद्ध मठ, दर्रे और शांत झीलें देखने को मिलीं। यह यात्रा हमारे लिए बहुत ख़ास थी और दोनों इसे यादगार बनाने के लिए उत्साहित थे।

जब हम रोइंग पहुँचे तो साफ-सुथरी नदियों और बर्फ से ढके पहाड़ों ने उनका स्वागत किया। मैंने एंजल की ओर देखते हुए शायराना अंदाज़ में कहा, "तेरी आँखों की चमक से भी ज्यादा साफ हैं यहाँ की नदियाँ और तेरे प्यार से भी गहरे हैं यहाँ के पहाड़।"

"ये नदियाँ बहती हैं जैसे हमारे दिलों के बीच का अहसास,
हर झरना गाता है प्रेम का गीत, हर बूँद में है तेरी मिठास।"

"ये शांत वादियाँ, जैसे हमारे दिलों का मेल,
तेरे साथ हर सफ़र है ख़ास, गिरीश, जैसे प्रेम का खेल।"

एंजल ने मुस्कराते हुए कहा, "वाह गिरीश, यहाँ की ख़ूबसूरती के साथ-साथ तुम्हारी शायरी भी कमाल है। वैसे सच में, ये जगह किसी स्वर्ग से कम नहीं।"

तवांग मठ की ओर बढ़ते हुए, मैंने एंजल से मज़ाक में कहा, "एंजल, क्या पता यहाँ के मठवासी भी हमारी तरह रोमांटिक हो जाए और हमसे कुछ शायरी सीख लें।"

"गिरीश, अगर ऐसा हुआ तो हम तवांग मठ के पहले शायरी गुरु बन जाएँगे।"

"एंजल, इन पहाड़ों की ख़ूबसूरती के सामने, तुम्हारी ख़ूबसूरती भी फीकी पड़ जाती है।" मैंने (मुस्कराते हुए) कहा।

"अगर ये बात तुम सच में मानते हो तो इसका मतलब तुमने कभी मुझ पर ध्यान ही नहीं दिया।"

"सच कहूँ तो तुम्हारी ख़ूबसूरती ऐसी है कि मैंने खुद को देखना छोड़ दिया।"

"वाह! क्या बात है। लेकिन एक बात बताओ, ये सब बातें तुम दिल से कह रहे हो ?" उन्होंने कहा।

"दिल से। और दिल भी ऐसा कि तुम्हें देखे बगैर धड़कना ही भूल जाए। तुम्हारी हँसी उस झरने की तरह है, जो मेरी ज़िंदगी में मीठा संगीत घोल देती है।"

"और तुम्हारी बातें उन फूलों की तरह, जो कभी-कभी कड़ी धूप में भी खिल उठते हैं। एक बात और कहूँ... गिरीश, तुम अपने ख़्वाब मुझे दे दो, मैं उन्हें अपने सीने में छुपाकर, पलकों पर सजाकर रखूँगी, जब तक पूरे न हो जाए उनकी हिफाजत करूँगी।"

"..."

"कुछ तो बोलो, मुझे तुम्हारी चुप्पी बहुत चुभती है।" उसने कहा।

सांगेसर लेक पर पहुँचते ही बर्फीली धुंध ने हम दोनों को घेर लिया। मैंने कहा, "ये धुंध हमारे प्यार को और भी रोमांटिक बना रही है।"

"हाँ और इस झील की तरह हमारी मोहब्बत भी बर्फ सी ठंडी और सुकून देने वाली है।" एंजल ने जवाब दिया।

ज़ीरो वैली की ख़ूबसूरती देखते ही मैंने कहा, "एंजल, ये वैली हमारे प्यार की गहराई को बयाँ कर रही है। यहाँ का शांत वातावरण हमारे दिलों की तरह ही शांत और ख़ुशहाल है।"

"गिरीश, तुम्हारी बातें और ये वादियाँ, दोनों ही मेरे दिल को ख़ुश कर देती हैं। वैसे, यहाँ की प्राकृतिक सुंदरता सच में बेमिसाल है।" एंजल ने हँसते हुए कहा।

"एंजल, इस नदी की धाराओं में बहती है हमारी मोहब्बत।"

"और इस बहाव में हम दोनों मिलकर जीवन की हर कठिनाई को पार करेंगे।" एंजल ने शायराना अंदाज़ में जवाब दिया।

"एंजल, अगर रात को डर लगे तो बता देना, मैं सुपरमैन बन जाऊँगा।" कैम्पिंग के दौरान, मैंने मज़ाक में कहा।

"और अगर सुपरमैन थक जाए तो मैं उसे कहानियाँ सुना कर सुला दूँगी।"

अरुणाचल प्रदेश की रंग-बिरंगी संस्कृति को देखते हुए मैंने कहा, "एंजल, यहाँ की संस्कृति हमारी ज़िंदगी की तरह रंग-बिरंगी है।"

"हाँ और हर रंग हमें नई ख़ुशियाँ और अनुभव देता है।"

इसके बाद, हमारा पड़ाव तवांग मॉनेस्ट्री था। वहाँ हम दोनों शांति की अनुभूति कर रहे थे। "गिरीश, यहाँ की शांति हमारे रिश्ते को और मजबूत बना रही है।" उन्होंने हँसते हुए कहा।

"हाँ और यहाँ की सुंदरता तुम्हारी सुंदरता को टक्कर दे रही है।" तवांग की ख़ूबसूरत झील, सांगेसर (माधुरी) लेक, पर चलते हुए मैंने मज़ाक में पूछा, "एंजल, अगर ये झील तुम्हारी ख़ूबसूरती से जलन करे तो?"

"तो मैं उसे बता दूंगी कि तुम्हारी तारीफ़ें मेरी ख़ूबसूरती को और बढ़ा देती हैं।"

जंगल सफारी के दौरान एक हिरण देखकर एंजल ने कहा, "गिरीश, देखो, ये हिरण कितना सुंदर है।"

"एंजल, ये हिरण तो तुम्हारी तारीफ़ कर रहा है कि तुम उससे भी सुंदर हो।"

एंजल ने हँसते हुए जवाब दिया, "ओह गिरीश, तुम सच में बहुत अच्छे हो। तुम्हारी बातों में मिठास है, जैसे यहाँ की चाय में।"

"और तुम्हारी हँसी में वो मिठास है, जो इस यात्रा को और भी ख़ास बना दे रही है।"

दिन धीरे-धीरे ढल रहा था और आसमान पर हल्की-हल्की सुनहरी आभा बिखरने लगी थी। हम दोनों पहाड़ों की गोद में बसे एक छोटे से गाँव में ठहरे थे। मैं और एंजल उस शांत झील के किनारे बैठे थे, जहाँ से दूर तक फैली प्रकृति की ख़ूबसूरती हर ओर बिखरी पड़ी थी। हवा में एक अजीब-सी मिठास थी, जैसे पहाड़ों ने उसे अपनी गोद में समेट लिया हो।

मैंने अपना कैमरा उठाया और चारों ओर नज़र घुमाई। जैसे ही कैमरे का लेंस दूर तक फैली दूधिया रंग के पानी पर गया, मैं उसकी सुंदरता से सम्मोहित हो गया। कैमरे के स्क्रीन पर जो नज़ारा था, वह किसी स्वप्न से कम नहीं था। दूर-दूर तक फैली हुई नदी, जो किसी चाँदी की धारा जैसी चमक रही थी, उसके किनारे ऊँचे-ऊँचे ताड़ के पेड़, जो मानो आसमान को छूने की कोशिश कर रहे थे। पहाड़ों की चोटी पर बर्फ का सफेद रंग भी धीरे-धीरे सुनहरी रोशनी में ढल रहा था।

मैंने कैमरा नीचे रखा और एंजल की ओर देखा। वह भी इस नजारे को देख रही थी, उसकी आँखों में असीम शांति और सुकून था। जैसे यह दृश्य उसकी सारी परेशानियों को बहा ले गया हो।

"कितना सुंदर प्राकृतिक नज़ारा है, है ना?" मैंने उसकी ओर मुस्कराते हुए कहा।

एंजल ने धीरे से सिर हिलाया, उसकी आँखों में एक चमक थी। "हाँ, यह जगह मानो स्वर्ग की कोई तस्वीर है। लगता है जैसे हम किसी और ही दुनिया में आ गए हों, जहाँ बस शांति और सुंदरता का ही वास है।"

अरुणाचल प्रदेश की सुरम्य पहाड़ियों में हमारी गाड़ी धीरे-धीरे धुंध में खोती जा रही थी। बर्फीली हवाएँ और चारों ओर फैली सफेदी रोमांच को बढ़ा रही थीं।

एंजल ने अचानक ठिठोली करते हुए कहा, "गिरिश, तुम्हें पता है, अगर यहाँ हमें कोई यति या बर्फ का आदमी मिल जाए तो क्या करोगे?"

"अरे, यति मिला तो उससे तुम्हारी ही सिफारिश कर दूँगा कि इसे पकड़ो, मेरी जान के पीछे पड़ी रहती है!" मैंने मज़ाकिया लहजे में जवाब दिया।

एंजल ठहाका मारकर हँसी, "वाह! तुम तो खुद को हीरो समझते हो! वैसे, अगर यति को तुम्हारे जैसा लड़का मिल जाए तो यति भी वहाँ से भाग जाए।"

मैंने भी मुस्कराते हुए कहा, "हाँ लेकिन याद रखना, मैं जहाँ जाऊंगा, तुम्हें भी अपने साथ ले जाऊंगा। यति के साथ भी और बिना उसके भी!"

हम दोनों ने एक-दूसरे की ओर देखा और उस पल में, ठिठोली के पीछे छिपी हमारी गहरी भावना भी साफ झलक रही थी। बर्फीली हवाएँ भी मानो हमारी हँसी के साथ खेल रही थीं। पहाड़ों की ख़ामोशी के बीच, हम अपनी इस यात्रा को हर पल यादगार बना रहे थे।

उसकी बातें सुनकर मुझे एहसास हुआ कि हम दोनों इस पल को कितनी शिद्दत से महसूस कर रहे थे। कुदरत की यह ख़ूबसूरती हमारे बीच की हर दूरी को मिटा रही थी। इस पल में, हमारे बीच कोई अनबन, कोई असहमति नहीं थी।

"हमारी अरुणाचल की यात्रा बहुत ही आनंददायक रही। अरुणाचल की यात्रा की अंतिम घड़ी में मैं एक कविता आपको सुनाता हूँ।"

प्रकृति ने दी बेपनाह ख़ूबसूरती,
संपदा और सांस्कृतिक विविधता,
हमारी प्रेम कहानी की अनमोल धरोहर,
अरुणाचल की वह स्वर्णिम युगता।

इस पर्वतीय प्रदेश की सुंदरता में,
हमारे दिलों का अटूट बंधन,
हर वादी, हर झील, हर नदिया,
बनी हमारी प्रेम की दास्तान।

हम दोनों की प्रेम यात्रा,
अरुणाचल की धरती पर रच गई,
हर पग, हर कदम, हर क्षण,
प्रेम की महक से भर गई।

अरुणाचल प्रदेश की सुरम्य पहाड़ियों और बर्फीली धुंध में खो जाने का ख्याल ही मुझे और एंजल को रोमांचित कर रहा था। हम दोनों अपने रोमांटिक और हँसी-ठिठोली भरे अंदाज़ में इस ख़ूबसूरत प्रदेश की सैर कर रहे थे।

रोइंग की सफाई और प्राकृतिक सुंदरता को देखकर एंजल ने गिरीश से कहा, "गिरीश, यहाँ की नदियाँ कितनी साफ हैं। ये जगह तो सच में स्वर्ग जैसी है।"

गिरीश ने हँसते हुए कहा, "हाँ, एंजल और तुम्हारी मुस्कान इस स्वर्ग को और भी दिव्य बना रही है।"

एंजल ने शरारत से जवाब दिया, "अगर ये स्वर्ग है तो तुम देवदूत हो?"

"और तुम परी?"

मैंने झूठी विनम्रता से कहा, "यह सूर्यास्त सुन्दर है लेकिन तुम्हारे जैसा सुन्दर नहीं।" मैंने कहा।

इसके बाद हम तवांग मोनैस्ट्री पहुँचे। बौद्ध मठ की शांति और अद्भुत वास्तुकला ने दोनों को मोहित कर दिया। मैंने एंजल से कहा, "एंजल, इस मठ की शांति और तुम्हारी आवाज़ की कोमलता, दोनों में बहुत समानता है।"

एंजल ने मुस्कराते हुए कहा, "अगर तुम इतने रोमांटिक होते जाओगे तो मुझे भी कविता लिखनी आ जाएगी।"

जब हम ज़ीरो वैली पहुँचे तो वहाँ की प्राकृतिक सुंदरता और शांत वातावरण ने हमें मंत्रमुग्ध कर दिया। एंजल ने कहा, "गिरीश, यहाँ का वातावरण कितना शांत है। यहाँ आकर ऐसा लगता है कि सारी दुनिया की चिंता खत्म हो गई है।"

मैंने मज़ाक में कहा, "हाँ, एंजल, यहाँ की शांति से तो ऐसा लगता है जैसे तुम्हारे बिना जीवन भी शांत हो सकता है।"

एंजल ने तुरंत हँसते हुए जवाब दिया, "तो क्या तुम मुझे यहाँ छोड़कर जाने का सोच रहे हो?"

"नहीं-नहीं, एंजल, मैं तो बस मज़ाक कर रहा था। तुम्हारे बिना तो यह जगह भी अधूरी है।"

हम कामेंग नदी के किनारे पहुँचे, जहाँ की साफ नीली जलधारा ने हमें अपने आकर्षण में बाँध लिया। एंजल ने मुझ से कहा, "गिरीश, ये नदी कितनी सुंदर है। क्या तुम जानते हो, इस नदी का पानी पीने से उम्र बढ़ जाती है।"

"अगर ऐसा है तो मैं पूरी नदी पी जाऊँगा, ताकि तुम्हारे साथ कई जन्म बिता सकूं।"

एंजल ने शरारती मुस्कान के साथ कहा, "अरे गिरीश, इतनी भी जल्दी क्या है? अभी तो हमें यहाँ की और भी जगहें देखनी हैं।"

सुबनसिरी नदी के किनारे हम दोनों ने एक छोटी सी पिकनिक मनाई। मैंने खाने का डिब्बा खोलते हुए कहा, "एंजल, ये अरुणाचली खाना कितना स्वादिष्ट है। वैसे तुम्हारे हाथ के खाने से बेहतर कुछ नहीं हो सकता।"

एंजल ने मुस्कराते हुए कहा, "तुम्हारी तारीफ़ें मुझे रोज कुछ नया बनाने की प्रेरणा देती हैं।"

लोहित नदी के किनारे की यात्रा के दौरान, हम एक झरने के पास पहुँचे। मैंने एंजल से कहा, "एंजल, इस झरने की तरह हमारे प्यार की भी अनंत धारा है।"

"अगर हमारा प्यार इस झरने जैसा है तो मुझे संभालने के लिए एक नाव चाहिए।"

"नाव की क्या ज़रूरत, मैं ही तुम्हारा खेवटिया बन जाऊँगा।"

अंत में, हम तिरप नदी के किनारे पहुँचे। एंजल ने कहा, "गिरीश, इस नदी का किनारा कितना शांत और सुंदर है। यहाँ बैठकर तो घंटों बातें की जा सकती हैं।"

"हाँ और अगर हमारी बातें खत्म हो जाएँ तो हम आँखों का सहारा ले सकते हैं।"

एंजल ने मुस्कराते हुए कहा, "अरे गिरीश, तुम्हारे साथ तो हर पल एक नई कहानी होती है।"

"जब तुम पास होती हो तो सब कुछ सही लगता है। जब तुम दूर होती हो तो सब कुछ खाली लगता है।"

"अच्छा।"

"तुम्हारी गोद में, मैंने खुद को खो दिया।" मैंने कहा।

"प्रेम में पड़ने से पहले मुझे पता ही नहीं था कि इतनी ख़ूबसूरत दुनिया भी हो सकती है।" उन्होंने कहा।

"तुम्हारी आँखों में देखते हुए, मैं खुद को भूल जाता हूँ कि मैं कौन हूँ। तुम्हारी आँखों से ज्यादा सुंदर कुछ भी नहीं है।" मैंने कहा।

"मेरे दिल को पूरा करने वाला एकमात्र शब्द तुम हो।"

"तुम मेरी दुनिया हो और मैं तुम्हारा हर वो ख़्वाब पूरा करूँगा जो तुम्हारी आँखों में है।" मैंने कहा।

"अच्छा, बढ़िया पंचलाइन है।"

"तुम्हारी मुस्कान ही मेरे जीने की वजह है।"

"गिरीश एक बात बोलूँ,एक दिन आएगा, जब हमारी कहानियाँ कभी नहीं भुलाई जाएँगी।" उन्होंने कहा।

"अच्छा।"

"अगर तुम मेरी हो तो मैं किसी से भी लड़ सकता हूँ, किसी से भी जीत सकता हूँ।"

"तुम वीर और पराक्रमी हो।" उन्होंने हँसते हुए कहा।

हम दोनों पैदल चल रहे थे, एक ख़ामोशी की सरगर्मी के बीच। सड़कों पर हल्की-हल्की रोशनी थी और उस शांत रात की हवाएँ हमारी सांसों को छू रही थीं। एंजल मेरे पास थी, इतनी करीब कि उसकी नज़दीकी का एहसास मुझे अंदर तक महसूस हो रहा था।

हमारे कदम सिंक में चल रहे थे, जैसे हमारी सोच और धड़कनें एक ही ताल में बंधी हों। कभी-कभी हमारे हाथ अनजाने में छू जाते—उस एक छोटे से स्पर्श में जैसे पूरी दुनिया थम जाती। उस लम्हे में ऐसा महसूस होता कि सब कुछ रुक गया है, जैसे हम दोनों के बीच की दुनिया अचानक ख़त्म हो गई हो और बस वही हल्का-सा स्पर्श रह गया हो।

मैंने उसकी ओर देखा, उसकी आँखों में एक चमक थी, जैसे वो भी उस क्षण की गहराई को महसूस कर रही हो। हम दोनों कुछ नहीं बोले लेकिन वो ख़ामोशी हमारे

बीच एक अलग ही संवाद बुन रही थी। मुझे यकीन था कि वो भी वही महसूस कर रही थी जो मैं कर रहा था—एक अजीब-सी कशिश, जो न शब्दों में बयाँ की जा सकती थी और न ही नज़रअंदाज़ की जा सकती थी।

हमारी उंगलियाँ फिर से एक-दूसरे से छू गईं। इस बार मैंने अपने हाथ को थोड़ा और करीब किया, जैसे अनजाने में उस स्पर्श को और महसूस करना चाहता होऊँ। फिर उसने भी मेरी उंगलियों को हल्का सा थाम लिया। वो क्षण... वो क्षण किसी प्रेमकहानी का सबसे ख़ूबसूरत पन्ना था, जो शायद न कभी लिखा गया था और न कभी लिखा जाएगा लेकिन हम दोनों उसे जी रहे थे।

प्रपोज़ल के बाद यह हमारी पहली बड़ी यात्रा थी और दोनों ही इसे लेकर बहुत उत्साहित थे। हम सबसे पहले मेघालय पहुँचे, जहाँ बादलों के देश की ख़ूबसूरती ने उन्हें मंत्रमुग्ध कर दिया।

इस तरह, मेघालय और अरुणाचल प्रदेश की इस रोमांटिक यात्रा में मैंने और एंजल ने न केवल इन अद्भुत स्थलों का आनंद लिया, बल्कि एक-दूसरे के साथ हँसी-मज़ाक और प्यार भरे पल भी साझा किए। इस यात्रा ने हमारे रिश्ते को और भी मजबूत और ख़ास बना दिया।

उस पल में दुनिया के सारे सवाल बेकार हो गए थे। बस हम थे, हमारा साथ था और वो अदृश्य धागा जो हमारे दिलों को एक-दूसरे से बांध रहा था।

## 5

# किस्से में हम

बाड़मेर से सत्तर किलोमीटर दूर गुड़ामालानी ग्राम पंचायत का चौपाल हमेशा की तरह हलचल से भरा हुआ था। खेजड़ी और पीपल के पेड़ के नीचे बिछी खाटों पर बुजुर्ग, युवक, महिलाएँ और बच्चे सब जमा थे।

सहीराम चाचा ने बीड़ी का कश खींचते हुए कहा, “अरे सुनील, ये गिरीश और एंजल का चक्कर क्या है? सारा गाँव इन दोनों की बातें कर रहा है। आईएएस अफसर ने लेखक को दिल दे दिया, है ना मज़ेदार बात?”

सुनील, जो गांव का सबसे बड़ा गॉसिप मैन था, तुरंत बोल पड़ा, “अरे चाचा, क्या बताएँ! दोनों की कहानी तो पूरी फिल्मी है। एंजल अपने ऊँचे-ऊँचे बंगलों में रहने वाली और गिरीश बेचारा यहाँ के मटमैले पन्नों में कहानियाँ लिखने वाला। कहो तो, ये तो ‘कहानी में ट्विस्ट’ वाला मामला है!”

अनिल, जो थोड़ा शरारती किस्म का युवक था, हँसते हुए बोला, “अरे चाचा, वैसे सुनील भैया, सुना है कि गिरीश ने एंजल के लिए पूरी किताब लिख मारी है! अब देखो, हमारी तरफ से कोई लड़की होती तो बिचारे को बस सगाई के कार्ड ही मिलते।”

चाचा ने अपनी मूंछें ताव देते हुए कहा, “अबे अनिल, तुम्हारी पीढ़ी को क्या समझ आएगा, ये प्रेम-व्रेम की बात! तुम्हारे लिए तो प्रेम मतलब मोबाइल रिचार्ज और इंस्टाग्राम की डीपी। और ये गिरीश मियाँ, भई वाह! कलम से दिल जीत लिया।”

सुनील ने मज़ाक उड़ाते हुए कहा, “अरे चाचा, गिरीश ने दिल तो जीत लिया, पर उसका क्या, जब एंजल के घरवालों ने गिरीश को देखकर कहा होगा, “बेटा, ये

तो आईएएस की शादी है, यहाँ कहानियों से पेट नहीं भरता।" बेचारे की हालत तो ऐसी हुई होगी जैसे खेत में बिना पानी की फसल!"

अनिल फिर ठहाका मारते हुए बोला, "चाचा, अब गिरीश भाई को कह दो, अपने लिखने की स्पीड बढ़ा लें, कहीं ऐसा न हो कि एंजल एसडीएम से कलेक्टर बन जाए और गिरीश अभी भी 'शादी का उपन्यास' लिख रहा हो!"

सहीराम चाचा ने हँसते हुए कहा, "सही कहा! अबे गिरीश को समझाओ, प्रेम पत्र लिखने के चक्कर में मत पड़, ये ज़माना अब 'चेकबुक' का है। जो लिखने की ताकत चेक में है, वो किताब में कहाँ!"

सभी ज़ोर-ज़ोर से हँस पड़े। सुनील ने हँसते-हँसते कहा, "हाँ चाचा, गिरीश की कहानी तो बढ़िया है, पर लगता है कि एंजल के घरवालों ने पहले ही पटकथा लिख ली है। गिरीश को अपनी स्टोरी में नए किरदार ढूंढ़ने पड़ेंगे!"

अनिल ने मजे लेते हुए कहा, "चाचा, वैसे गिरीश को कौन समझाए कि प्रेम कहानियों में ट्विस्ट का मजा तब आता है जब हीरो बैंक बैलेंस वाला हो! बाकी सब तो बस किताबों की बातें हैं।"

"सुना है, गिरीश की किताब ने जबरदस्त कमाई की है।" जयनारायण व्यास विश्वविद्यालय से बीए द्वितीय के छात्र अजय ने कहा।

चाचा ने गहरी सांस ली और बोले, "हाँ रे, ये दुनिया अब समझने वाली नहीं रही। प्रेम भी अब 'अकाउंट बैलेंस' और 'जॉब पोजीशन' से चलता है। वैसे ये गिरीश और एंजल की कहानी कुछ दिनों तक चौपाल पर चर्चा का विषय ज़रूर बनी रहेगी, तब तक एंजल के ट्रांसफ़र और गिरीश के उपन्यास के अगले पार्ट 2 का इंतज़ार करो!"

सबने एक बार फिर ठहाके लगाए।

"यार, तुम लोगों ने सुना है? वो आईएएस एंजल और गिरीश लेखक के बीच की लव स्टोरी पहले कितनी रोमांटिक, फिर कितनी हृदयविदारक है!" गांव के एक किशोर रविन्द्र ने कहा।

"हाँ, सुना तो है। कहते हैं कि एंजल ने आईएएस की बेहतरीन जॉब को करियर बना लिया और गिरीश ने एंजल की कहानी पर उपन्यास लिखकर एंजल के किरदार को अमर कर दिया।"

"लेकिन मुझे समझ नहीं आता, इतना बड़ा अधिकारी और एक लेखक के बीच ये मेल कैसे हुआ?" अस्सी साल के रामू दादा ने कहा।

"आईएएस की तैयारी के दिनों की स्टोरी है। प्यार में कौन सा पद और पेशा देखता है? दिल की बात होती है और एंजल और गिरीश की कहानी तो दिल छू लेने वाली है।" एमए फाइनल में पढ़ने वाले सूरज ने कहा।

"सही कहा, सूरज। मुझे तो गिरीश का समर्पण और एंजल का संघर्ष सबसे ज्यादा प्रेरित करता है। गिरीश ने अपनी किताब में उसके संघर्ष और प्यार को बख़ूबी दर्शाया। उनकी किताबें तो ख़ूब पढ़ी जा रही हैं।"

"हाँ, ये तो है। उनकी कहानी हमें यह सिखाती है कि असली सफलता वही है जो दूसरों की ज़िंदगी में बदलाव लाए।"

"बिल्कुल। और हमें उनकी कहानी से यह भी समझना चाहिए कि अपने सपनों का पीछा करते हुए हमें अपने समाज और संकट के साथियों को नहीं भूलना चाहिए।"

## 6

# एंजल की सगाई

एक विचित्र सुबह थी (18 अगस्त 2022 का दिन)। हवा में एक बेचैनी तैर रही थी, जैसे किसी अदृश्य संकट का पूर्वाभास हो। दोस्तों के बीच की बातचीत में कुछ ऐसा सुनने को मिला जिससे मेरी बेचैनी और बढ़ गई। मेरी गर्लफ्रेंड एंजल की सगाई की बात हो रही थी। वह भी किसी आईएएस अधिकारी से, जिसे उसके माता-पिता ने चुना था। मन में एक अनजाना डर घर कर गया। मैं जानता था कि एंजल मुझसे प्यार करती है लेकिन क्या यह प्रेम इन सभी सामाजिक बाधाओं और परिवार के दबावों के आगे टिक पाएगा?

दिनभर मैं इसी सोच में डूबा रहा। दोस्तों की बातें कानों में गूंज रही थीं, "आईएएस विक्रम से सगाई तय होने जा रही है... एंजल के परिवार वालों ने यह बड़ा फैसला किया है..." ये बातें मेरी सोच को जैसे थामे जा रही थीं। एक ओर मेरा प्यार था, दूसरी ओर एक ऐसा अधिकारी जिसका नाम और कद काफी बड़ा था।

मन में एक ही ख्याल आया—मुझे कुछ करना होगा। किसी तरह इस सगाई को रोकना होगा। सोचते-सोचते मैंने एक बड़ा फैसला लिया। मैंने सीधे उस अधिकारी विक्रम जी को फोन करने का निश्चय किया। हाँ, शायद यह साहसी कदम था लेकिन मेरे पास और कोई विकल्प नहीं था।

मैंने उसका नंबर ढूंढ़ा और कुछ हिचकिचाते हुए उसे डायल किया। फोन की घंटी बजी और दूसरी ओर से विक्रम की आवाज़ सुनाई दी—सधी हुई, आत्मविश्वास से भरी। उसने जैसे ही फोन उठाया, मेरे दिल की धड़कन तेज़ हो गई लेकिन मैंने अपनी

आवाज़ को यथासंभव स्थिर रखते हुए कहा, "हैलो, विक्रम सर, मेरा नाम गिरीश है। मैं आपको एक ज़रूरी बात बताना चाहता हूँ।"

उसकी आवाज़ में एक हल्की-सी शंका थी, "जी, कहिए।"

मैंने गहरी सांस ली और सीधे मुद्दे पर आ गया। "मैं और एंजल एक-दूसरे से बहुत प्यार करते हैं। हम दोनों साथ हैं और आपसे एक निवेदन है कि आप यह सगाई न करें। यह रिश्ता हम दोनों के प्यार के बीच में आ रहा है।"

आईएएस अधिकारी महोदय विक्रम जी कुछ पल के लिए चुप हो गए। मेरे दिल में यह डर था कि वह मेरी बात को मज़ाक समझेगा या फिर सीधे इंकार कर देगा। लेकिन उसकी प्रतिक्रिया ने मुझे हैरान कर दिया। उसने संयम से कहा, "देखिए, मैं आपकी भावनाओं का सम्मान करता हूँ। अगर एंजल आपसे प्यार करती है और उसकी ख़ुशी इसमें है तो मैं इस रिश्ते को आगे बढ़ाने के लिए दबाव नहीं डालूँगा। आप निश्चिंत रहें, मैं यह सगाई नहीं करूँगा।"

विक्रम की यह बात सुनकर मेरे दिल से जैसे एक बड़ा बोझ उतर गया हो। उसकी बातों में एक अजीब-सी शांति और संवेदनशीलता थी, जिसने मेरे डर को दूर कर दिया। मैंने उसे धन्यवाद कहा और फोन रख दिया।

उस पल मुझे एहसास हुआ कि मैंने एक बड़ी मुसीबत टाल दी थी। विक्रम का रिश्ता ठुकराना मेरे लिए एक बड़ी राहत थी। हालाँकि मुझे मालूम था कि यह लड़ाई अभी खत्म नहीं हुई थी, फिर भी इस वक्त मैं सुकून में था।

तीन दिन बाद एंजल की माँ अनिता जी, आईएएस अधिकारी विक्रम के परिवार से मिलने जा रही थीं, यह सोचकर उनका दिल गर्व से भरा हुआ था। एक आईएएस अधिकारी के साथ अपनी बेटी का रिश्ता जुड़ना किसी सपने के सच होने जैसा था। उनका मानना था कि यह रिश्ता एंजल की ज़िंदगी को नए आयाम पर ले जाएगा।

विक्रम के माता-पिता ने उनका स्वागत किया। दरवाजे पर आते ही, विक्रम की माँ ने उन्हें अंदर आने का निमंत्रण दिया और सभी गर्मजोशी से मिले। घर का माहौल बेहद अच्छा था। विक्रम के माता-पिता अपने बेटे की कामयाबी पर गर्वित थे और यह बात चर्चा का मुख्य विषय भी थी। चाय-पानी और मिठाइयों का दौर शुरू हुआ और बातों का सिलसिला रिश्ते की तरफ मुड़ गया।

विक्रम की माँ ने बड़ी विनम्रता से कहा, "हमने एंजल के बारे में बहुत सुना है। विक्रम भी बहुत अच्छा लड़का है। दोनों की जोड़ी अच्छी लगेगी।"

एंजल की माँ ने मुस्कराते हुए हामी भरी, "जी, हमारी भी यही इच्छा है कि दोनों एक साथ हों। एंजल भी आईएएस है और दोनों मिलकर एक बेहतर भविष्य बना सकते हैं।"

यह बात सुनकर विक्रम के पिता ने गंभीरता से सिर हिलाया और बोले, "बिलकुल। एक ही परिवार में दो आईएएस होने से क्या हो सकता है, सोचिए। कितना प्रभावशाली परिवार बन जाएगा हमारा।"

लेकिन इससे पहले कि यह रिश्ता पक्का होता, विक्रम के माता-पिता ने अपने बेटे से फोन पर बात करने का फैसला किया। विक्रम इन दिनों अपनी आईएएस की ट्रेनिंग में व्यस्त था और किसी भी पारिवारिक मामले में खुद को बहुत हद तक अलग रख रहा था। जब उन्होंने विक्रम से फोन पर बात की और उसे रिश्ते के बारे में बताया तो उनकी उम्मीदों पर जैसे ठंडा पानी पड़ गया।

विक्रम ने गहरी सांस लेते हुए कहा, "माँ, देखो, मैं यह शादी नहीं करना चाहता।"

माँ की आवाज़ अचानक तीखी हो गई, "क्यों नहीं करना चाहता? लड़की आईएएस है, तुम्हारी तरह पढ़ी-लिखी, घर की इज्जत बढ़ेगी!"

"माँ," विक्रम ने गंभीरता से कहा, "तुम्हें नहीं लगता कि एक ही घर में दो आईएएस होना थोड़ा ज्यादा हो जाएगा? सुबह नाश्ते की टेबल पर हम फाइलें डिस्कस करेंगे या लोन की EMI? और अगर दोनों का तबादला अलग-अलग शहरों में हो गया तो फिर क्या करेंगे? व्हाट्सएप पर 'गुड मॉर्निंग' और 'गुड नाइट' मैसेज भेजकर शादी निभाएँगे?"

माँ चुप हो गईं। उन्हें समझ नहीं आ रहा था कि विक्रम इतना तर्कशील कब से हो गया है। पीछे से पापा की आवाज़ आई, "अरे सुनो, फाइलें बाद में देखना, पहले शादी करो।"

विक्रम ने ठंडी सांस ली। "पापा, आप समझ नहीं रहे। मुझे ट्रेनिंग पर ध्यान देना है। और फिर अगर एंजल से शादी की तो हर दिन ऑफिस में कम्पटीशन

होगा कि किसकी फाइल पहले पास हुई। क्या हम दोनों आपस में आईएएस की मीटिंग रखेंगे और उसके बाद रात के खाने की योजना बनाएंगे?"

विक्रम ने संजीदगी से कहा, "माँ, पापा, मैं यह रिश्ता नहीं करना चाहता। एक ही परिवार में दो आईएएस होना शायद दूसरों के लिए गर्व की बात हो सकती है लेकिन मेरे लिए यह सही नहीं लगता। एंजल भी एक आईएएस अधिकारी है और मैं नहीं चाहता कि हमारी ज़िंदगी के करियर और पद एक-दूसरे के सामने चुनौती बनें। इसके अलावा, फिलहाल मैं अपनी ट्रेनिंग पर ध्यान दे रहा हूँ और शादी के बारे में नहीं सोच रहा हूँ।"

विक्रम की स्पष्ट और दृढ़ आवाज़ सुनकर उसके माता-पिता कुछ क्षणों के लिए चुप हो गए। उन्होंने विक्रम की बातों में तर्क पाया लेकिन फिर भी मन में एक हल्की सी निराशा थी। आखिरकार, उन्होंने एंजल की माँ से विनम्रता से माफी मांगते हुए कहा, "विक्रम का फैसला यही है और हम उसके निर्णय का सम्मान करते हैं। हमें खेद है कि यह रिश्ता आगे नहीं बढ़ पाएगा।"

एंजल की माँ के चेहरे पर हल्की निराशा आ गई लेकिन वह यह समझ गईं कि यह रिश्ता उनकी उम्मीदों के अनुसार नहीं हो सकेगा। उन्होंने बुझे मन से विदा ली और घर वापस लौट आईं।

## 7

# अगला प्लान

एंजल मेरे सामने बैठी थी, चेहरे पर एक शरारती मुस्कान और आँखों में हल्की सी चमक। उसने जैसे ही बात शुरू की, मुझे लगा कि कुछ दिलचस्प सुनने को मिलेगा।

"अरे, मम्मी कल पाली गई थी," एंजल ने कहा।

"क्या? पाली? कोई नया मंदिर देखने?" मैंने हँसते हुए पूछा।

"नहीं, मंदिर नहीं, मेरे लिए लड़का देखने।" एंजल ने जैसे बम फोड़ा हो।

"लड़का? और मम्मी?" मैंने चौंकते हुए पूछा, क्योंकि मैं अपनी होने वाली भविष्य की सास का यह नया शौक सुनकर थोड़ा हैरान था।

एंजल ने सिर हिलाया। "हाँ, लड़का! वो IAS है, 2021 बैच का। मम्मी को मेरी नागौर वाली दूर की मौसी के परिचितों ने सुझाया था। तो मम्मी पूरे जोश से लड़के को देखने गई थी।"

"अरे वाह! तो फिर क्या हुआ? पहली नज़र में भा गया क्या?" मैंने मज़ाक करते हुए पूछा।

एंजल ने अपनी हँसी को मुश्किल से रोकते हुए कहा, "जब शाम को वापस लौटी तो मुँह फुला के बैठी थी, जैसे किसी ने उनकी पूरी आइसक्रीम खा ली हो।"

"क्या! ऐसा क्या हो गया?" मैंने उत्सुकता से पूछा।

"मैंने सोचा, पूछ ही लूँ कि लड़का कैसा था तो बड़ी रूखाई से जवाब दिया—'देख आए।' मैंने और कुरेदा तो पता चला लड़के ने मना कर दिया।"

"क्या? लड़के ने मना कर दिया? क्यों?" मैंने अपनी हँसी छिपाते हुए पूछा।

"अरे, लड़के ने कहा कि एक ही घर में दो IAS अधिकारी नहीं चाहिए। सोचो, मम्मी के मुँह पर ठप्पा लग गया कि अब वे भी मना हो सकती हैं!" एंजल अब ज़ोर से हँस रही थी।

"क्या? तो मम्मी ने क्या कहा?"

"कुछ नहीं, बस गुस्से में बड़बड़ा रही थी, 'कौन लड़का है ये, जो मुझे "No" कह सके?' जैसे मम्मी की ज़िंदगी का सबसे बड़ा अपमान हो गया हो!" एंजल हँसी से लोटपोट हो रही थी और मैं भी खुद को नहीं रोक पाया।

"तो फिर मम्मी ने क्या किया?" मैंने मज़ाकिया अंदाज़ में पूछा।

"कुछ नहीं, बस टीवी के सामने बैठ गई और न्यूज़ चैनल देखने लगी, जैसे अब दुनिया में और कुछ बचा ही नहीं!" एंजल ने अपनी हँसी रोकते हुए कहा।

"अरे यार, मम्मी को तो अब नई चुनौती मिल गई है। अब वे IAS छोड़कर लड़के की माँ से प्रतियोगिता करेंगी!" मैंने चुटकी ली।

"हाँ, हो सकता है। और अगली बार जब वो मेरे लिए लड़का देखे तो मम्मी के पास बेटी IAS होने का एक नया तर्क भी होगा—और कहेगी 'देखो, घर में दो IAS होना शुभ माना जाता है।'" एंजल ने अपनी हँसी को काबू करते हुए कहा।

"तो अब मम्मी का अगला प्लान क्या है?" मैंने पूछा।

"अगला प्लान? अब मम्मी कह रही हैं कि अगले हफ्ते किसी IPS लड़के से मिलवायेगी।"

"IPS? वाह, मम्मी तो अब पूरा UPSC कवर करने वाली हैं!" मैंने ठहाका लगाते हुए कहा।

"हाँ और अगर IPS भी मना कर दे तो शायद सेना में लेफ्टिनेंट में किसी से मिलाने ले जाएँगी। 'देशभक्त लड़का चाहिए,' कह कर देश सेवा की नई शपथ लेंगी!" एंजल ने हँसते हुए जवाब दिया।

"चलो, मम्मी के पास नई प्रेरणा तो है। लड़के को तो शायद पता भी नहीं होगा कि उसने रिश्ते को रिजेक्ट करके एक IAS अधिकारी की माँ की भावनाओं पर कैसी चोट की है!"

“बिलकुल! लेकिन मम्मी हैं, संभल जाएँगी। हो सकता है अगले हफ्ते IPS को राजी करने के लिए कोई नया प्लान बना रही हों मम्मी का तो रही थी कि एक आईपीएस मेरी नज़र में है अच्छे घर से हैं!”

एक सप्ताह बाद की बात है। गुवाहाटी के एक छोटे से कैफे में हल्की-सी गर्माहट भरा माहौल थी। एंजल, अपनी फॉर्मल आईएएस अदा में, टेबल पर बैठी थी, आँखों में हल्का सा शरारत भरा अक्स। उसके सामने सुनील, 2019 बैच का एक गंभीर-सा आईपीएस अधिकारी, बैठा हुआ था। उसका चेहरा संजीदा था, जैसे किसी ऑपरेशन की प्लानिंग कर रहा हो। लेकिन वह नहीं जानता था कि इस ऑपरेशन की स्क्रिप्ट पहले ही किसी और के हाथ में थी।

“तो, आप भी सिविल सर्विसेज में हो, यह तो अच्छी बात है। हमें घर में सामंजस्य बैठाने में आसानी होगी।” सुनील ने कहा।

“हाँ, सही कहा। सामंजस्य तो ज़रूरी है।” एंजल ने हल्का सा मुस्कराते हुए कहा।

तभी, मेरी और एंजल की प्लानिंग के मुताबिक मैंने कॉल मिलाया। मैंने कॉल किया और एंजल ने एक नाटकीय अंदाज़ में फोन उठाया, “अरे, तुम क्यों फोन कर रहे हो? अभी तो मैं मीटिंग में हूँ!”

सुनील ने थोड़ी हैरानी से एंजल की तरफ देखा, जैसे उसने किसी गुप्त संदेश को पकड़ लिया हो। एंजल ने झूठमूठ के गुस्से में कहा, “क्या? फिर वही बात? मैंने कहा ना, मैं मिल रही हूँ, पर तुम चिंता मत करो। हम दोनों सिर्फ दोस्त हैं!”

उसके चेहरे पर एक नकली गंभीरता थी और मैं दूसरी तरफ मुस्कराते हुए अपनी लाइनें बोलता गया, “नहीं, तुम उसे बता दो। सच बताने का यही सही समय है!”

एंजल ने गहरी सांस ली और सुनील की तरफ देखा, “दरअसल... मैं इसे तुम्हें नहीं बताना चाहती थी, पर सच तो ये है कि हम दोनों... बॉयफ्रेंड और गर्लफ्रेंड हैं।”

सुनील का चेहरा देखकर ऐसा लगा, जैसे उसकी दुनिया अचानक पलट गई हो। उसने अपनी गर्दन हल्के से उचकाई, जैसे कोई पेचीदा मामला सुलझाने की कोशिश कर रहा हो। “क्या? आप दोनों...? तो फिर... मुझसे मिलने का क्या मतलब था?”

एंजल ने बड़े मासूमियत से कहा, "अरे, मेरी मम्मी का कहना था, बस मिल लो, बात कर लो, आगे देख लेंगे। लेकिन अब, ये लड़का..." उसने फोन की ओर इशारा करते हुए कहा, "मुझसे प्यार करता है और मैं इससे। तो, आप समझ ही सकते हैं, ना?"

अब तक सुनील की सख्त आईपीएस वाली मुद्रा पूरी तरह से गायब हो चुकी थी। उसने हल्की सी हँसी में अपने हाथ उठाते हुए कहा, "अरे, भाई! अगर पहले से सब तय था तो मुझे क्यों इस मिशन पर भेजा?"

मैंने फोन से ही चुटकी ली, "सर, ये आपकी ट्रेनिंग का हिस्सा है। हर मिशन आसान नहीं होता!"

हम सभी हँस पड़े। सुनील ने फिर आराम से अपनी कुर्सी की पीठ से टेक लगाई, "चलो, भाई। अगर प्यार का मामला है तो मैं तो बाय-डिफॉल्ट बाहर हूँ। वैसे भी, मेरे डिपार्टमेंट में रोमांस के लिए टाइम नहीं होता!"

एंजल ने राहत की सांस ली और कहा, "आपका समय जाया किया, उसके लिए माफी चाहती हूँ। पर... कभी-कभी, मम्मियाँ भी हमसे कुछ करवाने की जिद करती हैं।"

सुनील ने मुस्कराते हुए कहा, "कोई बात नहीं, मुझे भी एक किस्सा मिल गया। अब जब मेरे दोस्त पूछेंगे कि क्या हुआ तो मैं कहूँगा—एक आईएएस और एक आईपीएस की मुलाकात में प्यार पहले से ही तय था, पर सिर्फ गलत बंदे से!"

## 8

# नज़दीकी

बारिश मूसलाधार बरस रही थी, जैसे आसमान की सारी सीमाएँ टूट गई हों। हर बूँद जैसे किसी गीत की धुन बनकर धरती से टकरा रही थी और हवा का हर झोंका उस धुन को और भी गहरा बना रहा था। एंजल की चेतना भी बारिश के साथ-साथ भीगने लगी थी। उसकी आँखें नम थीं लेकिन उनमें एक अलग-सी चमक थी। बारिश की ठंडी बूँदें उसकी गर्म त्वचा पर गिर रही थीं और उसका सारा वजूद जैसे किसी अदृश्य संगीत की धारा में बह गया था।

वो मेरे करीब आई, उसकी सांसों की गर्मी महसूस होने लगी। उसकी थरथराती आवाज बारिश की आवाज़ में गुम हो रही थी, जैसे कोई खोई हुई सदा जो वापस लौटना चाहती हो लेकिन बारिश के शोर में दब जाती हो। वो मेरे और करीब आई और फिर उसने अचानक अपना सिर मेरे सीने पर रख दिया। उसके गीले बाल मेरे चेहरे से टकराए और एक मीठी-सी ख़ुशबू मेरे भीतर समा गई।

उसकी नज़दीकी में एक ऐसी ख़ामोशी थी जो हर शोर को पीछे छोड़ रही थी। मेरे हाथ अनायास ही उसके गिर्द बंधने लगे। पहले हिचकिचाहट थी लेकिन फिर धीरे-धीरे वो हिचकिचाहट भी दूर होती गई। मेरा बांहों का घेरा अब उसके चारों ओर कसने लगा था, जैसे हम दोनों किसी अदृश्य डोरी से एक-दूसरे से बंध गए हों। उस पल में सब कुछ थम गया था – बारिश की झनझनाहट, हवा का शोर, यहाँ तक कि हमारे दिल की धड़कनें भी मानो एक ही लय में धड़क रही थीं।

मैंने उसके माथे पर अपने होंठ रख दिए। बारिश की ठंडक उसके गीले बालों से होती हुई मेरे होठों को छू रही थी लेकिन उसके माथे की गर्मी मेरी आत्मा तक पहुँच रही थी। उस एक छोटे से स्पर्श में सारी बातें सिमट गई थीं। वो कुछ कह नहीं रही थी और मैं भी ख़ामोश था लेकिन इस ख़ामोशी में एक अदृश्य संवाद हो रहा था। उसकी धड़कनें मेरी धड़कनों से मिल रही थीं और उसकी साँसों की गर्मी मेरे भीतर उतर रही थी।

मेरे होंठ अब उसके बालों पर भटक रहे थे, जैसे मैं उसकी ख़ुशबू को आत्मसात कर लेना चाहता था। उसके बालों की रेशमी नरमी और उनकी ख़ुशबू मेरी सारी प्यास बुझाने की कोशिश कर रही थी लेकिन मुझे ऐसा लग रहा था जैसे मैं और भी ज्यादा चाहता हूँ। मैंने उसके माथे को फिर से चूमा और फिर उसके गालों पर, जैसे मैं उसके हर दर्द को, हर बेचैनी को चूम कर मिटा देना चाहता था।

उसने धीरे से अपने होंठ मेरे तपते हुए होठों पर रख दिए। वो एक हल्का सा स्पर्श था लेकिन उस स्पर्श में सारा आकाश और धरती सिमट गई थी। उसकी गर्मी और मेरी प्यास एक हो गई थी, जैसे दो धारा एक नदी में मिलकर एक हो जाती हैं। उसके होठों पर एक मिठास थी, जो मेरी सारी बेचैनी को शांत कर रही थी। उस पल में दुनिया का हर शोर, हर दर्द, हर खौफ कहीं गायब हो गया था।

बारिश अभी भी पूरे वेग से बरस रही थी लेकिन अब वो शोर नहीं कर रही थी। वो एक मधुर संगीत बन गई थी और हम दोनों उस संगीत में पूरी तरह खो चुके थे। उसने अपने होठों से मेरे होठों की प्यास बुझानी शुरू कर दी थी और मैं उसकी गर्म सांसों में पूरी तरह खो गया था। उसकी सांसें मेरे चेहरे को छू रही थीं और उसके होठों की नरमी मुझे उस दुनिया से दूर ले जा रही थी, जहाँ कोई दुःख, कोई खौफ नहीं था।

उस पल में, मैं सोच रहा था कि कब वो सिर्फ एक साथी से बढ़कर मेरे दिल की धड़कन और फिर रूह की हमसफ़र बन गई, ये मुझे कभी पता ही नहीं चला। उसका हर स्पर्श, हर सांस, हर धड़कन मुझे और भी गहरे में खींच रही थी। उसके

होठों की तपिश मेरे भीतर की सारी बेचैनियों को पिघला रही थी और मैं उसके साथ इस नीली रात में पूरी तरह डूब चुका था।

हम दोनों एक-दूसरे की बाहों में बंधे खड़े रहे, बारिश अब भी हम पर गिरती रही लेकिन अब वो हमें छू नहीं रही थी। उस पल में सिर्फ हम थे और हमारा प्रेम – जो इस बारिश से भी गहरा और इस हवा से भी तेज़ था।

# 9

# मसूरी में हम

अगस्त का महीना था। मसूरी की पहाड़ियाँ बारिश की बूंदों सी चमक रही थीं। हरे-भरे पेड़ों के बीच बादलों का हल्का-सा पर्दा खिंचा हुआ था, जैसे प्रकृति ने खुद को एक नर्म चादर से ढक लिया हो। लबासना ट्रेनिंग सेंटर अपनी पूरी शान में था और उसकी इमारतों के बीच से गुजरते हुए हर किसी को एक अलौकिक शांति का अनुभव होता था। अक्सर एंजल अपनी ट्रेनिंग में व्यस्त रहती लेकिन हम फिर भी समय निकालकर एक-दूसरे से मिल लेते। उनकी आँखों में मसूरी की उन पहाड़ियों जैसी गहराई और उस बारिश की बूंदों जैसी ताज़गी झलकती थी। जब मैं उनके पास जाता तो उनके चेहरे पर वही पुरानी मुस्कान लौट आती, जो मुझे हमेशा खींच लाती थी। उस दिन, जब मैं लबासना पहुँचा, बारिश की बूंदें पेड़ों से झर रही थीं और चारों तरफ हरियाली फैली थी। ट्रेनिंग सेंटर के सामने बैठकर हम दोनों बारिश की रिमझिम का आनंद ले रहे थे। एंजल ने हल्के स्वर में कहा, "यहाँ की शांति और यह मौसम, कभी नहीं भूल पाएंगे।" हमारी बातचीत के बीच मौसम की ख़ुशनुमा ठंडक में एक अजीब सा रोमांस था, जिसमें हर शब्द, हर पल बारिश के साथ बहता चला जा रहा था। उसी दिन यानी 12 अगस्त को 'शेरशाह' मूवी एमेज़ॉन प्राइम वीडियो पर स्ट्रीम की गई।

एंजल और मैं शाम को एमेज़ॉन प्राइम पर 'शेरशाह' फिल्म देख रहे थे, जो कैप्टन विक्रम बत्रा की बायोपिक थी। स्क्रीन पर उभरती हुई तस्वीरें और संवाद हमें गर्व और सम्मान से भर रहे थे। विक्रम बत्रा के अतुलनीय साहस और पराक्रम की कहानी ने हमारे दिलों को छू लिया था।

एंजल ने मेरा हाथ थामते हुए धीमे से कहा, "विक्रम बत्रा का साहस वाकई बेमिसाल है।" फिल्म में दिखाए गए हर दृश्य ने हमें अपने देश पर गर्व महसूस कराया। जब विक्रम बत्रा दुश्मनों के खिलाफ अपनी जान की बाजी लगाते हुए दिखाया गया तो मेरे रोंगटे खड़े हो गए।

एंजल ने मेरे कंधे पर सिर रखकर कहा, "क्या तुमने कभी सोचा है कि प्यार में भी कुछ ऐसा ही साहस होना चाहिए?"

मैंने उसके बालों को हल्के से सहलाते हुए कहा, "प्यार में साहस होता है, एंजल। 'जिसे पाना हो मुश्किल, वही सच्चा प्यार है।' और हमारे प्यार में भी वही जज्बा है।"

फिल्म के रोमांटिक दृश्यों ने हमें अपनी कहानी की याद दिला दी। विक्रम और डिंपल की मासूम प्रेम कहानी हमें अपने प्यार के शुरुआती दिनों में ले गई। मैंने एंजल की ओर मुड़ते हुए कहा, "हमारा प्यार भी 'शेरशाह' की तरह सच्चा और अमर है। 'हमसे मिलो कभी, हमें भी ख्याल हो, तुमसे बिछड़कर किस हाल में रहेंगे।'"

एंजल ने मुस्कराते हुए मेरी ओर देखा, "तुम्हारी बातें दिल को सुकून देती हैं। "दिल से दिल की राहें मिलें तो मुश्किलें आसान हो जाएँ।'"

हम दोनों ने हाथ में हाथ डालकर फिल्म देखना जारी रखा। विक्रम बत्रा की कहानी ने हमें एक बार फिर याद दिलाया कि सच्चा प्यार और साहस किस तरह से जीवन को मायने देते हैं।

फिल्म के अंत में, जब विक्रम बत्रा ने अपने अंतिम बलिदान के साथ दुश्मनों को हराया तो मेरी आँखों में आंसू आ गए। एंजल ने मेरी ओर देखते हुए कहा, "वो सच्चा हीरो था और तुम मेरे हीरो हो।"

मैंने उसके हाथ को चूमते हुए कहा, "तुम्हारे बिना, मेरी ज़िंदगी अधूरी है। 'हर एक लम्हा जो तेरे साथ बीतता है, वो मेरी ज़िंदगी का सबसे ख़ूबसूरत पल बन जाता है।'"

एंजल ने मेरे गाल पर हल्के से थपकी दी और कहा, "तुम्हारे बिना, मैं भी अधूरी हूँ। 'तेरे बिना ये ज़िंदगी, अधूरी-सी लगती है।'"

फिल्म खत्म होते ही हम दोनों ने हाथों में हाथ डाले सिनेमा हॉल से बाहर कदम रखा। बाहर चाँदनी रात थी और ठंडी हवा चल रही थी। हवा में पसरी ताजगी हमारे दिलों में एक नया जोश भर रही थी। विक्रम बत्रा की कहानी ने हमें प्रेरित किया था कि हम अपने प्यार को और भी मजबूती से निभाएँ।

मैंने एंजल का हाथ थामते हुए कहा, "हमारी कहानी भी 'शेरशाह' की तरह अमर होगी। 'साथ जिएँगे, साथ मरेंगे, ये वादा है हमारा।'"

एंजल ने मेरे कंधे पर सिर रखकर कहा, "तुम्हारे साथ हर सफ़र ख़ूबसूरत है। 'तुम्हारे साथ हर लम्हा, जैसे एक नई कहानी है।'"

मैंने कहा, "तुम्हारे बिना मेरी ज़िंदगी 'सूनी राहें' जैसी है, तुम हो तो सब कुछ है। 'हर रास्ता आसान है, जब तेरा हाथ मेरे हाथ में हो'।"

एंजल ने मेरी ओर देखते हुए कहा, "तुम्हारा साथ पाकर मुझे एहसास होता है कि 'सच्चा प्यार वही है, जो हर दर्द में साथ निभाए'।"

हमने एक-दूसरे की ओर देखते हुए कहा, "हमेशा साथ रहेंगे, हर मुश्किल को मिलकर सामना करेंगे।"

एंजल ने मुस्कराते हुए कहा, "प्यार का सफ़र हमेशा ख़ूबसूरत होता है, जब हम साथ हों। 'तुम्हारे साथ बिताया हर पल, मेरे दिल के सबसे करीब है'।"

मैंने उसके कंधे पर हाथ रखते हुए कहा, "तुम्हारा साथ पाकर मैं खुद को सबसे ख़ुशकिस्मत मानता हूँ। 'तुम्हारे बिना ये ज़िंदगी अधूरी है, तुम्हारे साथ ही इसे पूरी करना है'।"

हम दोनों ने एक-दूसरे की आँखों में देखते हुए महसूस किया कि हमारा प्यार ही हमारी सबसे बड़ी ताकत है। "जैसे विक्रम बत्रा ने अपने प्यार और देशभक्ति को एक साथ निभाया, वैसे ही हम भी अपने प्यार को हमेशा संजीदगी से निभाएँगे"।

हम दोनों ने एक-दूसरे की आँखों में देखा और मुस्कराते हुए आगे बढ़ गए, अपने प्यार की कहानी को और भी गहराई से जीने के लिए।

लबासना की ट्रेनिंग का आखिरी हफ्ता चल रहा था। अगस्त की ठंडी बारिश में ट्रेनिंग सेंटर के ऊंचे पहाड़ और हरियाली, एंजल के बैंच को अलविदा कहने की तैयारी कर रहे थे। एंजल का चेहरा कुछ थका हुआ था लेकिन उसकी आँखों

में एक नई चमक थी। उस दिन, जब हम शाम को कॉफी पीते हुए बैठ थे, एंजल ने मुझे अचानक एक ख़ुशखबरी सुनाई, "17 अगस्त को ट्रेनिंग खत्म हो रही है। और हफ्ते भर बाद मैं दिल्ली आ रही हूँ। तीन महीने वहीं रहूँगी। सहायक सचिव के तौर पर ट्रेनिंग होगी।"

मैंने उसकी बात सुनी और मेरे चेहरे पर एक बड़ी मुस्कान फैल गई। "दिल्ली में! इसका मतलब हम और भी मिल पाएंगे!" मैंने उत्साह में कहा।

एंजल हँसी, "हाँ।" उसकी बातों में हल्की चुहल थी लेकिन साथ ही सुकून भी।

दिल्ली में तीन महीने का समय... मैंने सोचा, यह मौका होगा हमारे रिश्ते को और मजबूत करने का। मैंने उसे देखते हुए मन ही मन यह तय किया कि मैं इन तीन महीनों को यादगार बनाऊँगा।

# 10

## “एक हज़ार करोड़”

एंजल के मम्मी-पापा बेटी का IAS कैडर चेंज करवाने के लिए हर तरह का तिकड़म लगा रहे थे। पर गोटी कहीं बैठ नहीं पा रही थी। एंजल और मैं मिलकर अपनी ही बिरादरी के तीन रिश्ते नेस्तनाबूद कर चुके थे। मजे की बात यह कि IAS, IPS या IFS (इंडियन फॉरेस्ट सर्विस) वाले लड़के से शादी किए बगैर असम-अरुणाचल जैसे राज्यों से हिंदी पट्टी राज्यों में कैडर चेंज करना लगभग नामुमकिन था। ऐसे में एक राजनीतिक परिवार से रिश्ता आना एंजल के माता-पिता के लिए संजीवनी से कम नहीं था। एंजल के मम्मी-पापा पिछले कई महीनों से अपनी बेटी का कैडर बदलवाने की कोशिश में लगे थे। उन्होंने अपने सारे संपर्कों का इस्तेमाल किया, छोटे-बड़े नेताओं से मुलाकातें की लेकिन कहीं कोई गोटी सेट नहीं हो पाई। एंजल के माता-पिता के लिए यह राजनीतिक परिवार से आया रिश्ता एक सुनहरा मौका था। “अगर यह रिश्ता हो जाता है तो शायद कैडर चेंज भी हो जाएगा,” उनकी माँ अक्सर यही कहतीं।

राजनीतिक परिवार से जुड़ाव, विशेषाधिकार और ताकत की गारंटी लेकर आया था। एंजल के मम्मी-पापा ने बिना देर किए रिश्ते को हाँ कर दी। एंजल के सामने प्रिंसिपल साहिबा बैठी थीं, उनके चेहरे पर संजीदगी और व्यावहारिकता का मिश्रण था। उनके लहजे में एक माँ की तरह समझाने की कोशिश थी, “बेटा, हम तेरे भले के लिए ही बोल रहे हैं। जिस घर में हम तेरी शादी करना चाहते हैं, उनके पास धन-दौलत की कोई कमी नहीं। एक हज़ार करोड़ की संपत्ति है उनके पास।”

एंजल ने जैसे ही "एक हज़ार करोड़" का आंकड़ा सुना, उसके मन में एक अजीब-सी हलचल मच गई। उसके चेहरे पर अचानक से एक चमक आ गई। वह सोच में डूब गई—"एक हज़ार करोड़! ये तो अकल्पनीय है।" धन का लोभ धीरे-धीरे उसकी सोच पर हावी हो गया। उसने कल्पना की, बड़ी-बड़ी गाड़ियाँ, आलीशान बंगले और नौकर-चाकरों से घिरा हुआ एक भव्य जीवन। उसके चेहरे पर एक हल्की सी मुस्कान फैल गई। "वाह! कितनी शानदार ज़िंदगी होगी। हर ख़्वाहिश पूरी होगी, चाहे वो कपड़े हों, गहने हों या कहीं विदेश में घूमने का शौक।" उसने मन ही मन कल्पना की कि वह हर दिन किसी नई जगह जा रही है, अपने हर फैसले पर पैसा खर्च कर रही है और दुनिया उसकी मुट्ठी में है। उसकी सोच और भी आगे बढ़ गई। "हर जगह मैं सिर्फ हवाई जहाज़ में सफ़र करूँगी। जिसमें मैं आराम से बैठकर दुनिया की सैर करूँगी।" उसके मन में शानो-शौकत की तस्वीरें उभरने लगीं। बड़े-बड़े समारोह, पार्टियाँ और उसका खुद का एक बड़ा नाम।

"वाह! कितनी शानदार ज़िंदगी होगी," उसने मन ही मन सोचा। उसके चेहरे पर एक हल्की मुस्कान फिर फैल गई। अब हर दिन एक नए रोमांच की तरह होगा—कभी मुंबई में शॉपिंग तो कभी मुंबई से लेकर पेरिस तक में फैशन शो देखने जाना। उसने खुद को दुनिया की सबसे अमीर औरतों में गिनने का सपना देखा। सपनों में खोई एंजल को महसूस हुआ कि उसके सामने सिर्फ ख़ुशियों का समुंदर ही समुंदर है। कोई चिंता नहीं, कोई तनाव नहीं—सिर्फ सुख, वैभव और विलास। हर छोटी से छोटी ख़्वाहिश पूरी होगी।

पर इस चमचमाती ज़िंदगी की कल्पना में, उसने धीरे-धीरे अपनी आज़ादी और सपनों के दूसरे पहलुओं को कहीं पीछे छोड़ दिया था। जब एंजल अपने माता-पिता के साथ उस राजनीतिक परिवार से मिलने गई तो घर के अंदर तनाव का माहौल था। भारी फर्नीचर, बड़े-बड़े पर्दे और महंगी सजावट के बीच एक चुप्पी पसरी हुई थी। एंजल को ऐसा लग रहा था जैसे वह किसी अजनबी दुनिया में कदम रख रही हो। राजनीतिक परिवार के लोग अपने दम-खम और अधिकारों की बातों में डूबे हुए थे और एंजल की माँ बार-बार सिर हिला रही थीं, जैसे वे सब कुछ स्वीकृत कर रही हों।

एंजल की मम्मी ने राजनीति से जुड़े उस परिवार के मुखिया से पूछा, “क्या आप केंद्र सरकार से सिफारिश करवा के मेरी बेटी का डेपुटेशन करवा देंगे?”

बड़बोले राजनेता ने ओवर कॉन्फिडेंस में जवाब दिया, “डेपुटेशन क्या हम तो पंजाब लेकर आ जाएँगे उन्हें सदा-सदा के लिए।”

उनके इस जवाब ने एंजल के मन में और भी सवाल खड़े कर दिए। वह सोचने लगी कि क्या यह सिर्फ बड़े-बड़े वादों का पुलिंदा है या सच में कुछ करने की क्षमता भी है। एंजल के चेहरे पर हल्की चिंता की रेखाएँ साफ नज़र आ रही थीं।

एंजल के घर का ड्रॉइंग रूम, आलीशान सोफे, दीवार पर बड़ी पेंटिंग्स, कमरे में फैली महंगी सुगंध और एक बड़ी खिड़की से बाहर का दृश्य सब पहले सा दिखाई दे रहा है। अनिता और रामसुख सोफे पर बैठे हैं, जबकि एंजल उदास मन से खिड़की के पास खड़ी है।

“एंजल, बेटा, तुम जानती हो ना कि हम तुम्हारे भविष्य को लेकर कितने चिंतित हैं। तुम्हारा और गिरिश का रिश्ता हमें कभी भी ठीक नहीं लगा। वो लड़का हमारे स्टैंडर्ड के लायक नहीं है।” उनकी मम्मी अनिता ने (चाय की एक चुस्की लेते हुए) कहा।

“देखो एंजल, हम तुम्हारा भला चाहते हैं। ये राजनीतिक घराना सिर्फ दौलत ही नहीं, बल्कि ताकत भी देता है। अगर तुमने वहाँ शादी कर ली तो तुम्हारी ज़िंदगी संवर जाएगी। गिरिश तुम्हें वो सब नहीं दे सकता।” रामसुख ने गंभीरता से कहा।

“पापा, मुझे गिरिश से सच्चा प्यार है। वो मेरी सादगी को समझता है, मेरी फीलिंग्स की कद्र करता है। मैं उसे कैसे छोड़ सकती हूँ?” एंजल वैसे तो इस रिश्ते से बहुत ख़ुश हुई लेकिन उन्होंने गिरीश से जुड़ी हुई चिंता भी प्रकट करने का ड्रामा किया।

“प्यार? प्यार से पेट नहीं भरता, एंजल। ये देखो, ये लड़का जिसकी हम बात कर रहे हैं, उसकी संपत्ति और ताकत देखो। उसके पास 1000 करोड़ से भी ज्यादा की संपत्ति है और वो तुम्हें वो सबकुछ दे सकता है जो तुमने कभी सोचा भी नहीं होगा।” अनिता ने (आंखों में धूर्तता की चमक के साथ) कहा।

“तुम्हें समझना होगा, बेटा। ये मौका बार-बार नहीं आता। तुम चाहती हो कि पूरी उम्र एक सामान्य ज़िंदगी जीने में बिता दो या फिर शानो-शौकत में जीना चाहती हो? ये फैसला तुम्हें अभी करना है।”

(एंजल थोड़ी असमंजस लेकिन मम्मी-पापा के दबाव में) "लेकिन, पापा... वो पहले से ही तलाकशुदा है। क्या ये ठीक होगा?" हालाँकि एंजल मन ही मन में इस रिश्ते को लेकर ख़ुश हो रही थी।

"ये छोटी-मोटी बातें हैं, एंजल। असली बात है कि वो आज भी एक सबसे बड़ी राजनीतिक हस्ती है। उसके पास वो सब कुछ है जो एक राजा के पास होता है। गिरिश के साथ रहोगी तो क्या मिलेगा? एक साधारण ज़िंदगी, जिसमें तुमने हमेशा संघर्ष किया है।" उनकी मम्मी (स्वार्थी हँसी के साथ) कहा ।

"तुम्हारे मंगेतर के पास वो ताकत है जिससे तुम्हारी ज़िंदगी में किसी भी तरह की कोई कमी नहीं रहेगी। ये शादी तुम्हारे लिए नहीं, हमारे परिवार के लिए भी एक वरदान है।" उनके पिता ने कहा।

"लेकिन गिरिश... वो मेरा पहला प्यार है। मैं उसे कैसे छोड़ दूँ?" वह शायद मेरा आखिरी बार नाम लेना चाह रही थी।

"एंजल, ये तो ज़िंदगी का हिस्सा है। तुम्हें अपने भविष्य के लिए ये त्याग करना होगा। अगर तुम ये शादी नहीं करती हो तो हम पर क्या बीतेगी? सोसाइटी में हमें कोई नहीं पूछेगा।"

"और ये मत भूलो कि तुम्हारे पापा की सेहत भी अब उतनी अच्छी नहीं है। अगर तुमने हमारी बात नहीं मानी तो हम पर क्या बीतेगी? हमें सोचने पर मजबूर मत करो।" पापा रामसुख ने (इमोशनल ब्लेकमैल करते हुए) कहा।

एंजल के घर का माहौल कुछ दिनों से बदला-बदला सा था। जहाँ कभी गिरीश को लेकर खींचतान और बहसें होती थीं, अब वहाँ एक सुकून भरी शांति थी। उसके मम्मी-पापा अपने कमरे में बैठकर मुस्करा रहे थे, जैसे कोई बड़ा बोझ उनके कंधों से उतर गया हो। उन्होंने एंजल को बड़ी समझदारी से एक अमीर, प्रतिष्ठित परिवार में शादी के लिए राज़ी कर लिया था। वे एक नई शुरुआत की तैयारी कर रहे थे—शादी की योजनाएँ, मेहमानों की लिस्ट और उपहारों की सूची बनने लगी थी।

लेकिन एंजल... उसके मन में कुछ और ही चल रहा था। भले ही वह बाहर से सामान्य दिख रही थी लेकिन अंदर एक बवंडर सा उठ रहा था। कुछ दिनों पहले तक गिरीश उसकी ज़िंदगी का अहम हिस्सा था। वह गिरीश को लेकर पज़ेसिव

थी—अपनी माँ से लड़ती थी, पापा से बहस करती थी। वह हर हाल में गिरीश को अपना बनाना चाहती थी। गिरीश के लिए उसने अपने घरवालों से ढाई साल तक लड़ाई की थी, हर बार उसने अपने दिल की सुनी थी। लेकिन अब, जब सामने 1000 करोड़ की संपत्ति और सपनों की ज़िंदगी का वह सुनहरा रास्ता था, उसकी सोच बदल गई थी।

एंजल को अपने फैसले पर गर्व था, उसने गिरीश (मुझे) को बिना बताए, बिना समझाए अपने दिल से निकालने का निर्णय ले लिया था। पैसों का लोभ उसके अंदर ऐसा बैठ गया था कि उसने मुझसे नाता तोड़ लिया। उसने मेरा फोन कॉल उठाना बंद कर दिया। मैसेज का रिप्लाई करना बंद कर दिया। ईमेल चेक करना बंद कर दिया। टेलीग्राम का सीन देखना बंद कर दिया। मेरे साथ बिताए पल अब उसके दिमाग में धुंधले होते जा रहे थे, जैसे वे कभी उसकी ज़िंदगी का हिस्सा ही नहीं थे। वह अब उस चमचमाती दुनिया की कल्पना में डूबने लगी थी, जिसे वह पाने जा रही थी।

मेरे लिए यह समय किसी अंतहीन अंधेरे सुरंग जैसा हो गया था। एंजल, जो कभी मेरी दुनिया का सबसे चमकता सितारा थी, अचानक से ओझल हो गई थी। मेरी कॉल्स अब अनसुनी रह जातीं, मैसेजेज़ का कोई जवाब नहीं आता। मैं हर मुमकिन तरीका आज़मा चुका था—फोन, मैसेज, ईमेल, यहाँ तक कि टेलीग्राम पर भी। लेकिन एंजल ने जैसे अचानक अपनी दुनिया के सारे दरवाजे मेरे लिए बंद कर दिए थे।

मेरे लिए यह सब समझ पाना मुश्किल हो रहा था। वह वही एंजल थी, जो कभी मेरी हर बात पर मुस्कराती थी, मेरे साथ हँसी-ठिठोली करती थी। मैंने सोचने की कोशिश की कि आखिर ऐसा क्या हुआ होगा जो सब कुछ बदल गया। लेकिन जितना मैं सोचता, उतना ही उलझता चला गया।

दूसरी तरफ, एंजल अब एक अलग दुनिया की ओर बढ़ चुकी थी। उसने अपनी ज़िंदगी में मेरे साथ बिताए पलों को धीरे-धीरे धुंधला पड़ जाने दिया। अब वे बस एक धुंधली सी याद बनकर उसके अतीत में कहीं खो रहे थे। पैसों और समृद्धि की चमक ने उसके मन में इतनी गहरी पकड़ बना ली थी कि उसने मेरे साथ हर रिश्ता बिना किसी सफाई के तोड़ लिया था। वह अब उस नई

ज़िंदगी की कल्पनाओं में खोई रहती, जिसमें बड़ी-बड़ी गाड़ियाँ, आलीशान बंगले और एक भव्य जीवन था। एंजल के लिए अब वह पुराना रिश्ता किसी धुंधले ख़्वाब जैसा बन गया था। उसका मन अब एक नई दिशा की ओर मुड़ गया था, एक ऐसी दिशा जहाँ उसकी सारी इच्छाएँ और ख़्वाहिशें पूरी होने वाली थीं। उसने अपने मन को समझा लिया था कि यही उसकी नई ज़िंदगी है—बिना गिरीश के, बिना किसी पछतावे के।

वह ख़ुश थी या कम से कम उसे ऐसा लग रहा था। लेकिन बाहर प्रकट करना नहीं चाहती थी। घरवालों के सामने वह खुद को संयमित दिखाने की कोशिश कर रही थी। उसने खुद को यह समझा लिया था कि यह फैसला सही है कि वह एक नए और बेहतर जीवन की ओर बढ़ रही है।

"देखा, बेटा! सब कुछ कितना आसानी से हो गया। अब तुम्हारी ज़िंदगी में कोई कमी नहीं रहेगी। ये शादी तुम्हारे लिए एक नई शुरुआत है।" एंजल की मम्मी अनिता ने (ख़ुशी से) कहा।

"और हमें भी समाज में सिर उठाकर जीने का मौका मिलेगा। हमारी बेटी एक बड़े राजनीतिक घराने की बहू बन जाएगी!" रामसुख ने (हँसते हुए) कहा।

"हाँ, मम्मी... आप सही कह रही हैं। ये शादी मेरे लिए सही है।" एंजल ने (अंदरूनी दुख को छुपाते हुए) कहा।

"अब सब ठीक हो जाएगा, बेटा। बस हमें गर्व है कि तुमने सही फैसला लिया।"

लेकिन एंजल के दिल में गिरिश की यादें अब भी ज़िंदा हैं और वो जानती है कि ये फैसला उसके लिए कभी भी पूरी तरह सही नहीं होगा। अंदर से टूट चुकी एंजल अब एक चमचमाती लेकिन खोखली दुनिया में कदम रखने जा रही है, जहाँ दौलत और शोहरत तो है लेकिन सच्चाई और प्रेम का अभाव भी है।

एंजल की मम्मी ने एंजल का फोन रखते ही एक गहरी सांस ली और अपने भीतर उठ रहे बवंडर को शांत करने की कोशिश की। वह कमरे के एक कोने से दूसरे कोने तक तेज़ी से टहलने लगी, जैसे उसकी बेचैनी भी उसके कदमों में लिपटी हुई हो।

उसके मन में सवालों की आंधी थी। क्या उसने सही किया? क्या वह सच में एंजल को राजनीति के इस अंधे खेल में धकेलने जा रही थी? मगर अनिता

जानती थी कि उसने यह फैसला दिल से नहीं, बल्कि मजबूरी से लिया था। उसकी अपनी महत्त्वाकांक्षाएँ थीं। वह चाहती थी कि एंजल का भविष्य न सिर्फ उज्ज्वल हो, बल्कि ताकतवर हो—एक ऐसा भविष्य, जो केवल राजनीति और सत्ता के गलियारों से होकर गुजर सकता था।

अनिता ने कभी एंजल को यह साफ-साफ नहीं बताया था कि वह क्यों चाहती है कि वो इस राजनीतिक घराने में शादी कर ले। उसने बस यही कहा था कि यह फैसला उसके करियर के लिए सही होगा। एंजल के सामने जब यह रिश्ता आया तो वह थोड़ी हिचकिचाई थी। उसका दिल किसी और के लिए धड़कता था, शायद अभी भी कहीं भीतर एक कोना उस पुराने प्यार के लिए धड़क रहा था। मगर अनिता ने उसे मना लिया था, यह कहते हुए कि यह रिश्ता उसकी ज़िंदगी की सबसे बड़ी उपलब्धि साबित होगा। वैसे जब उसने एंजल से यह वादा किया था कि उसकी शादी के बाद उसका आईएएस कैडर बदलवा दिया जाएगा, वह जानती थी कि यह केवल आधा सच था।

इस आधे सच ने एंजल के मन में विश्वास जगा दिया था और अनिता ने इसी आधे सच के सहारे उसे आगे बढ़ा दिया था। मगर अनिता जानती थी कि जब पूरा सच सामने आएगा, तब क्या होगा? क्या एंजल उसे कभी माफ कर पाएगी?

कहते हैं, आधा सच कभी-कभी पूरे झूठ से भी ज्यादा खतरनाक होता है और अनिता के इस आधे सच का बोझ उसके दिल पर धीरे-धीरे बढ़ता जा रहा था।

उसने एक बार फिर खुद से वादा किया, "अगर एंजल ने इस राजनीतिक घराने में शादी के लिए हाँ कर दी है तो मैं किसी भी कीमत पर उसका कैडर बदलवाऊंगी।" मगर कहीं न कहीं उसके अंदर एक डर भी था—क्या होगा अगर यह वादा पूरा न हो पाया?

बाहर बादल घिरने लगे थे, जैसे अनिता के मन में भी सवालों और अनिश्चितताओं के बादल उमड़ने लगे थे। एक तरफ उसकी माँ होने की भावना उसे कचोट रही थी, दूसरी तरफ उसकी महत्त्वाकांक्षा और समाज में अपनी जगह पाने की भूख उसे इस जाल में उलझाए हुए थी।

कहानी अभी शुरू ही हुई थी, मगर इसका अंत क्या होगा, यह अनिता भी नहीं जानती थी।

## 11

# हम से मैं-तुम तक

रात का सन्नाटा पूरे कमरे में पसरा हुआ था। घड़ी की सूइयाँ धीरे-धीरे आगे बढ़ रही थीं और मैं करवटें बदल रहा था। लेकिन नींद मुझसे कोसों दूर थी। मन में एक अजीब-सी बेचैनी थी, जो न जाने कितने समय से मेरे साथ थी। रात के इस पहर में, जब सबकुछ शांत था, मेरे अंदर का तूफान और भी प्रबल हो गया था।

मैं सोच रहा था कि एंजल से मिलने गुवाहाटी चला जाऊँ। आखिरकार, वही तो मेरे दिल की धड़कन है। कई बार सोचा कि बस, अब और नहीं सह सकता। सीधे फ्लाइट पकड़कर गुवाहाटी पहुँच जाऊंगा, उनके सामने खड़ा होकर सबकुछ कह दूँगा। मैं जानता था कि अगर मैं उनसे रिक्वेस्ट करूँगा तो वह मेरी बात मान जाएगी। हमारे बीच का प्यार इतना कमज़ोर तो नहीं हो सकता, जो दूरी और समय के आगे हार मान ले।

लेकिन फिर एक ख्याल आया, जिसने मुझे झकझोर कर रख दिया। क्या मैंने एंजल को छोड़ा है? नहीं, यह मैं ही तो था जिसने उस रिश्ते को बचाने के लिए हर संभव प्रयास किया। लेकिन अंत में क्या हुआ? उन्होंने मुझे छोड़ दिया। अगर यही भाग्य है तो मैं इसे स्वीकार करता हूँ। यह सोचकर एक गहरी सांस ली, जैसे इस सच्चाई को अपने अंदर समाहित करने की कोशिश कर रहा था।

मैंने अपने आप से कहा, “अगर दुख मेरे जीवन का हिस्सा है तो मैं इसे सहन करूँगा। अगर यही मेरे लिए लिखा है तो मैं इस दुख को जीने की कोशिश करूँगा।” इस विचार ने मुझे एक अजीब-सी शक्ति दी। मैंने खुद को इस

सच्चाई के साथ जीने के लिए तैयार किया, भले ही वह कितनी ही दर्दनाक क्यों न हो।

उस समय चंद्रमा की रोशनी खिड़की से होकर छत पर आ चुकी थी। वह चाँदनी, जो कभी मेरे और एंजल के बीच की ख़ामोश रातों की गवाह हुआ करती थी, अब मेरे एकाकीपन की साथी बन गई थी। मैंने अपने बिस्तर से उठकर छत की ओर कदम बढ़ाए।

छत पर पहुँचकर मैंने देखा, चंद्रमा की रोशनी हर कोने को अपनी नरम आभा से भर रही थी। मैं वहाँ टहलने लगा, मेरे कदमों की आवाज़ उस शांत रात में गूंज रही थी। लेकिन उस गूंज के पीछे एक गहरी ख़ामोशी थी, जो मेरे दिल में बसे खालीपन को और भी गहरा कर रही थी।

सुबह होने में अभी दो पहर बाकी थे। लेकिन उस रात का हर क्षण मुझे एक जीवनकाल-सा लग रहा था। मैंने आसमान की ओर देखा, जहाँ चाँदनी के बीच तारे भी झिलमिला रहे थे। वे तारे, जो कभी मेरी और एंजल की बातें सुना करते थे, अब मेरे दर्द के मूक साक्षी बन गए थे।

मैं छत पर टहलते हुए सोच रहा था कि यह रात कभी खत्म होगी या नहीं। लेकिन मेरे अंदर कहीं एक उम्मीद थी, एक विश्वास कि इस अंधकार के बाद भी सुबह होगी। शायद वह सुबह मेरे जीवन में कुछ नया लेकर आएगी या शायद वही पुरानी तकलीफें। लेकिन जो भी हो, मैं उस सुबह का सामना करने के लिए तैयार था।

रात धीरे-धीरे गुजर रही थी और मैं अपने विचारों में खोया हुआ था। कभी एंजल के साथ बिताए पलों को याद करता, कभी उन अनकहे शब्दों को जो मेरे दिल में अब भी बसे थे। लेकिन हर बार, जब मैं उन पलों को याद करता, मेरा दिल और भारी हो जाता।

सुबह जब होने लगी तो मैं छत से नीचे आया। रात का सन्नाटा धीरे-धीरे टूट रहा था और साथ ही मेरे दिल का बोझ भी कुछ कम हो रहा था। मैंने फैसला किया कि जो भी हो, मैं इस भाग्य को स्वीकार करूँगा। और इस विचार के साथ, मैंने उस रात को अलविदा कहा, एक नई सुबह का स्वागत करने के लिए।

मेरी आँखों में दर्द और उलझन का सागर उमड़ रहा था। एंजल जा चुकी थी। मुझे समझ नहीं आ रहा था कि इस खेल में मैं हार गया था और एंजल

जीत गई थी। गोटियाँ तो उसने फेंकी थीं। मैं तो बस एक मोहरा था, जिसे वह अपनी मर्जी से चला रही थी। मैंने अपनी डायरी खोली और उन पन्नों को देखने लगा, जहाँ मैने एंजल के साथ बिताए पलों को संजोया था। मैं अपने ही विचारों में खो गया। "सच कहूँ तो मुझे आज से पहले समझ ही नहीं आया कि इतने बरसों से वह कोई खेल खेल रही थी। जो हुआ उसके लिए मैं तो खुद को ही दोषी मानता आ रहा था।" मेरे मन में सवालों की झड़ी लग गई। "मुझमें ही कोई कमी होगी या दिव्य प्रकाश मुझसे बेहतर है, यही सोचता था मैं। लेकिन बेहतर है तो क्या एक को छोड़कर दूसरे से चिपकना उचित है?" मैं खिड़की के पास गया और बाहर के दृश्य को देखने लगा। मेरी नज़रें आसमान में भटकने लगीं, जैसे किसी उत्तर की तलाश में हो। मैंने सोचा, "एंजल ने क्यों ऐसा किया? क्या उसका प्यार सिर्फ एक खेल था?" लवगुरु के शब्दों ने गिरीश के मन में गूंजना शुरू किया। "देखना, पूर्ण रूप से तो एंजल और दिव्य प्रकाश दोनों कभी एक-दूसरे के नहीं हो सकेंगे। सब कुछ आधा अधूरा, तृप्ति से अधिक अतृप्ति, प्राप्ति से अधिक अप्राप्ति का दर्द भोगते जीवन पर भटकते रह जाएँगे।" मैंने अपनी मुट्ठी बांध ली और महसूस किया कि अब मुझे अपनी ज़िंदगी की दिशा खुद तय करनी होगी। एंजल का प्यार अगर एक खेल था तो वह इस खेल का एक मोहरा नहीं बनेगा। मैंने फैसला किया कि मैं अपनी लेखनी को अपना जीवन समर्पित करूँगा। मैं अपने दर्द को शब्दों में ढालकर एक उपन्यास का पार्ट-2 लिखूँगा, एक ऐसी कहानी जो उसे साबित कर सके, न सिर्फ एंजल के सामने, बल्कि खुद के सामने भी।

मैंने अपनी कलम उठाई और कागज पर लिखना शुरू किया। अब मेरी ज़िंदगी का उद्देश्य सिर्फ एक है – एक ऐसा लेखक बनना जो अपने दर्द को अपनी ताकत बना सके और दुनिया को दिखा सके कि सच्चा प्यार क्या होता है। मैंने अपने आँसू पोंछे और मुस्कराया। मैं जानता था कि यह सफ़र आसान नहीं होगा लेकिन तैयार था।

एंजल ने आईने के सामने खड़े होकर अपने चेहरे को ध्यान से देखा। उसकी बड़ी-बड़ी आँखों में एक अजीब-सी उदासी छिपी हुई थी, मानो उसकी आत्मा में कोई गहरा खालीपन बसा हो। उसने आईने में खुद से मुस्कराने की कोशिश की,

होंठों पर हल्की मुस्कान भी उभर आई लेकिन उसकी आँखें अब भी उदास और खोई-खोई सी थीं। उन आँखों में एक ऐसा दर्द था, जिसे वह छिपाना चाह रही थी लेकिन उसकी गहराई ने उसे फिर से वहीं खींच लिया, जहाँ से वह भागना चाह रही थी।

वह आईने में अपनी आँखों से खुद से सवाल करने लगी—क्या यह शून्यता उसी की वजह से है? वही पुरानी यादें, वही खोया हुआ प्यार, जो समय के साथ धुंधला तो हो गया था, पर खत्म नहीं हुआ। उसके दिमाग में उसका एक्स-बॉयफ्रेंड एक धुंधली छवि की तरह उभरने लगा। उसके साथ बिताए हुए लम्हों की मीठी-खट्टी यादें उसके दिल पर दस्तक देने लगीं। क्या वह सचमुच उससे आगे बढ़ पाई थी या फिर वह आज भी कहीं न कहीं उसी के ख्यालों में उलझी हुई थी?

एंजल ने एक गहरी सांस ली, फिर मुस्कराने की कोशिश की लेकिन उसकी मुस्कान में वह आत्मविश्वास नहीं था, जो कभी हुआ करता था। अब केवल आईने में खड़ी एक लड़की थी, जो अपने अतीत और वर्तमान के बीच कहीं खो गई थी।

## 12

# SDM ऑफिस

सुबह की सुनहरी किरणें जब खिड़की से अंदर आईं तो एंजल पहले से ही तैयार हो चुकी थी। आज का दिन उसके जीवन का सबसे महत्त्वपूर्ण दिन था—उसका पहला दिन बतौर SDM। थोड़ी नर्वसनेस के साथ-साथ गर्व का एहसास भी हो रहा था। उसने आईने में खुद को देखा और एक मुस्कान उसके चेहरे पर खिल उठी। उसकी आँखों में चमक थी, जैसे किसी योद्धा ने विजय हासिल की हो।

एंजल की मम्मी रसोई में हलवा बना रही थीं, उसकी पसंद का। वे भी अपनी बेटी की इस नई पारी को लेकर बेहद उत्साहित थीं। मम्मी ने एंजल को गले लगाया और उसके माथे पर एक प्यार भरा चुम्बन दिया। उन्होंने कहा, "तूने हमारी मेहनत का फल पा लिया, बेटा।"

एंजल ने गाड़ी की चाबी उठाई और एसडीएम ऑफिस के लिए निकल पड़ी। रास्ते में उसे अपने सफ़र के हर मोड़ की याद आ रही थी। कैसे उसने कड़ी मेहनत और धैर्य से हर मुश्किल को पार किया था। रास्ते में पेड़-पौधों की हरियाली भी उसे नई ऊर्जा दे रही थी। उसका दिल ख़ुशी से झूम रहा था, पर कहीं न कहीं एक हल्की उदासी भी थी।

एसडीएम ऑफिस पहुँचते ही उसका स्वागत बहुत गर्मजोशी से किया गया। ऑफिस का माहौल काफी अनुशासित था और उसे एक सहायक भी दिया गया था। लेकिन उसकी आँखें किसी ख़ास को ढूंढ़ रही थीं, किसी अपने को जो उसकी इस सफलता में उसकी ख़ुशी बाँट सके। उसकी मम्मी की उत्सुकता के बावजूद, एंजल का मन खाली सा लग रहा था।

पहला दिन चुनौतीपूर्ण था लेकिन एंजल ने हर काम को बड़े आत्मविश्वास के साथ संभाला। फाइलों की जाँच करना, मीटिंग्स में भाग लेना और लोगों की समस्याओं का समाधान करना—सब कुछ एक नए उत्साह के साथ किया। लेकिन मन के किसी कोने में गिरीश की यादें उसे बार-बार सताती रहीं।

काम खत्म होने के बाद, उसने ऑफिस के बाहर खड़े होकर आसमान की ओर देखा। उसने सोचा, "आज मेरी मेहनत रंग लाई है, पर दिल के बगीचे में अभी भी कुछ अधूरा है।"

घर लौटते समय, एंजल ने अपने दिल को समझाया, "जीवन की हर कहानी पूरी नहीं होती लेकिन हर नई शुरुआत, एक नए अध्याय की शुरुआत होती है।" उसके मन में एक नया संकल्प था—अपनी जिम्मेदारियों को पूरी निष्ठा के साथ निभाने का और अपने सपनों को नई उड़ान देने का।

एंजल एसडीम ऑफिस से लौटकर बालकनी में खड़ी होकर आसमान की ओर फिर देखने लगी। बादलों का एक झुंड धीरे-धीरे आसमान पर छा गया था और हवा में एक अजीब-सी ताज़गी घुलने लगी थी। अचानक, पहली बूंद गिरी और एंजल के गाल पर लुढ़क गई, जैसे कोई पुरानी याद उसके पास लौट आई हो। उसने अपने चेहरे को छुआ और उसकी आँखों में हल्की सी मुस्कान तैर गई। बारिश की बूँदें तेज़ होने लगीं और हवा ने उसके बालों को बिखेर दिया।

हवा जैसे उसे खींचने लगी, उसे उकसाने लगी—जैसे कोई पुराना दोस्त उसे बाहर खेलने के लिए बुला रहा हो। एंजल के दिल में एक अजीब-सी हलचल होने लगी। उसकी आँखें बंद हो गईं और उसने खुद को हवाओं और बूँदों के बीच समर्पित कर दिया।

कुछ पलों तक वो वहीं खड़ी रही, किंकर्तव्यविमूढ़ सी। उसका मन चाहता था कि वो बारिश में भीगे, बयार की नर्म थपकियों को महसूस करे, पर कुछ उसे रोक रहा था। उसकी सांसें गहरी हो गईं और दिल की धड़कनें जैसे बारिश के साथ ताल मिलाने लगीं। उसने एक गहरी सांस ली और अपनी बाहें फैलाकर आसमान की ओर मुँह कर लिया।

फिर अचानक, जैसे ही बूँदें और तेज़ हुईं, उसने एक कदम आगे बढ़ाया। बूँदें उसके चेहरे, उसके बालों, उसके कपड़ों से होकर गुज़रने लगीं। उसकी

हँसी अचानक फूट पड़ी, जैसे बारिश ने उसके अंदर दबी हुई ख़ुशी को जगा दिया हो।

एंजल ने अपने कमरे की खिड़की से बाहर देखा, जहाँ हल्की बारिश की बूँदें धीरे-धीरे धरती पर गिर रही थीं। वह ख़ामोश खड़ी थी, उसकी आँखें स्थिर थीं लेकिन उसके भीतर एक तूफान चल रहा था। हर एक बूँद की तरह, उसके मन में अनगिनत सवाल टकरा रहे थे। गिरीश का चेहरा उसके सामने बार-बार घूम रहा था। वह जानती थी कि उसने गिरीश को बहुत दुख दिया है लेकिन अब यह ख्याल उसे चैन नहीं लेने दे रहा था कि शायद इस समय गिरीश को उसकी सबसे ज्यादा ज़रूरत है।

वह उसे यूँ ही अकेला छोड़ने का ख्याल नहीं कर सकती थी। उनकी जो भी गलती थी, जो भी गलतफहमी थी, वह अब भी एक सच्चे दोस्त की तरह उसकी जिम्मेदारी महसूस कर रही थी। वह जानती थी कि गिरीश वैसे तो ज़िंदगी से प्यार करने वाला लड़का है—हमेशा सकारात्मक, कभी हार न मानने वाला। लेकिन फिर भी, उसके दिल में एक डर था, एक ऐसा डर जो उसे रातों को सोने नहीं दे रहा था। अगर गिरीश ने खुद को नुकसान पहुँचाने का सोचा तो? वह सोच रही थी कि क्या वह गिरीश के बिना जीवन को इतनी आसानी से स्वीकार कर सकेगी?

एंजल को याद आया कि जब वह पहली बार मुश्किलों में घिरी थी, गिरीश हमेशा उसके साथ खड़ा था। उसकी आँखों में चिंता थी लेकिन वह हमेशा उसे सहारा देता था, जैसे उसे हर तूफान से बचा लेगा। और आज, जब वह खुद उस तूफान से गुजर रहा था, एंजल खुद को असहाय महसूस कर रही थी। उसने जिस रास्ते का चुनाव किया था, उसने उसे गिरीश से दूर कर दिया था।

वह इस सोच में डूबी थी कि क्या उसे गिरीश से बात करनी चाहिए। लेकिन उसने पहले ही उससे संपर्क तोड़ लिया था। वह इस उलझन में थी कि कहीं उसकी वापसी उसे और अधिक उलझा न दे। फिर भी, उसके मन में यह ख्याल लगातार आता रहा कि कहीं गिरीश अकेला और असहाय महसूस न कर रहा हो। क्या उसने सही फैसला लिया था? क्या गिरीश को उसकी ज़रूरत थी? वह हर सवाल के जवाब ढूंढ़ने की कोशिश कर रही थी लेकिन जवाब कहीं नहीं मिल रहे थे।

एंजल ने जब दिव्य प्रकाश से रिश्ता तय किया तो उसे लगा था कि उसकी ज़िंदगी में अब एक नया अध्याय शुरू हो रहा है—उन्मुक्त, स्वतंत्र और सपनों से भरा हुआ। वह जो चाहे कर सकती थी। दौलत, ताकत और एक चमकती हुई ज़िंदगी उसका इंतज़ार कर रही थी। उसने अपने मन के अनुसार घर को सजाया, हर चीज़ में परफेक्शन की छाप थी। दीवारों के रंग से लेकर फर्नीचर तक, हर कोना उसकी पसंद के मुताबिक ढला हुआ था। सब कुछ इतना सुंदर था कि जैसे किसी ख़ूबसूरत फ्रेम में बंधा हुआ सपना।

लेकिन इन सजावटों और इस चमचमाती ज़िंदगी के बीच, उसे एक अजीब-सी बेचैनी घेरने लगी। हर रोज जब वह इस चमक-धमक को देखती तो उसे भीतर कहीं एक खालीपन महसूस होता। यह खालीपन ऐसा था, जैसे कोई अनकही कमी उसके दिल के किसी कोने में चुपचाप बैठी हो। उसने अपने मन को टटोला—क्या यह कमी गिरीश के न होने की वजह से है? फिर तुरंत ही उसने खुद को झिड़का, "नहीं, यह कैसे हो सकता है? यह सब कुछ तो मैंने खुद चाहा था। गिरीश अब कहाँ मायने रखता है?"

लेकिन यह सवाल उसके दिल से जाने का नाम नहीं ले रहा था। गिरीश की अनुपस्थिति उसके भीतर एक गहरी छाया की तरह मंडराने लगी थी। उन भारी पर्दों और सलीके से सजे कमरे में लौटने पर, उसे लगने लगा कि दीवारें और सजावट उसे चुपचाप मुँह चिढ़ा रही हैं। महीने भर बाद, उसकी इस नई-नवेली ज़िंदगी की चमक में धूल जमने लगी थी।

जो चीज़ें पहले उसे ख़ुश कर देती थीं, अब वे उसे अपने ही बंधनों की याद दिलाने लगीं। घर के कोने-कोने में छिपी खाली जगहें अब उसकी अपनी भावनाओं का आईना बन गई थीं—शांत, ठंडी और भारी।

दूसरी तरफ, मेरा जीवन एक अंधेरे कोने में जा चुका था। जब मुझे एंजल की सगाई की खबर मिली तो उसके भीतर मानो सब कुछ टूट गया। वह दिन अब भी उसकी यादों में जलता हुआ था—उस एक पल में मेरी दुनिया बिखर गई थी। एंजल के बिना मैं खुद को अधूरा महसूस करने लगा था। मैं कुछ दिन एक गहरी ख़ामोशी में डूब गया था, मेरी आँखों में कोई आंसू नहीं थे लेकिन दिल में एक

गहरा घाव था। मुझे यह यकीन नहीं हो रहा था कि जो लड़की कभी मेरी दुनिया थी, आज किसी और के साथ अपनी नई दुनिया बसाने जा रही है।

मैंने खुद को कई बार समझाने की कोशिश की थी। मैंने खुद से कहा था कि मैं मजबूत हूँ और जीवन से हार मानने वाला नहीं हूँ। लेकिन दिल की सच्चाई कोई नहीं बदल सकता। मैं टूट चुका था और मेरी आँखों के सामने बार-बार एंजल का चेहरा घूम रहा था। मेरे भीतर की जंग कोई देख नहीं सकता था। बाहर से वह वही पुराना गिरीश था—मुस्कराता हुआ, मजबूत दिखने वाला। लेकिन अंदर से मैं लड़ाई हार चुका था।

मेरी रातें अब लंबी हो गई थीं और दिन खाली। मेरे लिखने की आदत जो कभी मेरी सबसे बड़ी ताकत थी, अब मुझे और भी कमज़ोर कर रही थी। मैंने कई बार खुद से कहा था कि एंजल का जाना मेरे लिए नुकसान नहीं है, बल्कि यह मेरे जीवन की एक नई शुरुआत है। लेकिन हर बार जब मैं सोचता, यादें मुझे खींचकर वापस उसी जगह ले आतीं, जहाँ मैं खुद को सबसे अधिक टूटा हुआ महसूस करता था।

रात के तीन बजे का सन्नाटा और मेरी धड़कनें दोनों ही जैसे थम गए थे। हर रात यही होता था, मैं बिस्तर पर पड़ा करवटें बदलता और नींद से उठते ही एंजल का चेहरा मेरी आँखों के सामने आ जाता। उसकी हँसी, उसकी बातें और वह वक्त जब उसने मुझे थामा था—सब कुछ एक तूफान की तरह मेरे मन में उठता और फिर मुझे आंसुओं में बहा ले जाता।

सच कहूँ, एंजल की सगाई की खबर सुनते ही मेरा दिल जैसे किसी ने मसल दिया था। मैंने अपने फोन की स्क्रीन देखी तो वो तस्वीरें, वो पुराने मैसेज, सब मुझे ताने मारने लगे। मैंने खुद को उस कमरे में बंद कर लिया था, जहाँ कोई मेरी तकलीफ को नहीं देख सकता था। बाहर दुनिया चलती रही, लोग हँसते रहे, पर मेरी दुनिया जैसे ठहर गई थी।

हर सुबह डायरी लिखने का सिलसिला शुरू हुआ। आधे घंटे तक मैं उन कागजों पर अपनी पीड़ा उड़ेलता रहता। यह कोशिश थी खुद को संभालने की, जैसे कोई घायल व्यक्ति अपने घावों पर मरहम लगाता है। लेकिन जैसे ही रात का साया गहराता, मेरे जख्म फिर से ताज़ा हो जाते। मैं छत पर चढ़ता, ऊपर

देखता और सोचता, "क्यों न इस दर्द को हमेशा के लिए खत्म कर दूँ?" नीचे जमीन मुझे बुलाने लगती, जैसे वही अब मेरी आखिरी मंजिल है। लेकिन कुछ था जो मुझे रोक लेता। शायद वो मेरा कमज़ोर हौसला था या शायद दिल के किसी कोने में यह उम्मीद कि एक दिन सब ठीक हो जाएगा।

फिर भी, सवालों का सिलसिला बंद नहीं होता था। क्या मैंने एंजल को खोने लायक कुछ किया था? क्या मेरी मोहब्बत में कोई कमी थी? या शायद यह मेरी ही नियति थी कि मैं कभी उसे पा नहीं सका। ये सवाल मेरे साथ रहते थे, मेरी तन्हाई के साथी बन चुके थे। दिन हो या रात, इन सवालों का कोई जवाब नहीं था, बस एक अंतहीन दर्द था जो हर पल मुझे घेरता रहता था।

## 13

# शिमला

मैं, लवगुरु, सुमित और मोहित—चारों जिगरी दोस्त—इस बार एक ख़ास प्लान बना रहे थे। रोजमर्रा की ज़िंदगी से ब्रेक लेने और कुछ दिनों के लिए नई ऊर्जा बटोरने का इरादा था। शिमला की सर्द हवाओं में कुछ नया अनुभव करने का विचार सबके दिल में घर कर गया था। शिमला का नाम सुनते ही जैसे सभी के चेहरे खिल उठे।

"भाई, शिमला की बर्फ में जाकर तो असली मजा आएगा!" मोहित ने उत्साहित होकर कहा।

लवगुरु ने हँसते हुए कहा, "और क्यों नहीं?"

"बस यादें ही क्यों, शायद कुछ गुमनाम कहानियाँ भी बन जाएँ।" सुमित ने कहा।

शिमला जाने के लिए हमने अपनी कार चुनी। दिल्ली की भागदौड़ से निकलकर हरे-भरे रास्तों से होकर गुजरते हुए, हम शिमला की ओर बढ़ रहे थे। रास्ते में चाय और पकौड़े के स्टॉल पर रुकना भी हमारे लिए ज़रूरी था। लवगुरु ने वहाँ एक चाय वाले से मजेदार किस्सा छेड़ा और सबकी हँसी का माहौल बना दिया।

"भाई, यहाँ की चाय में भी प्यार घुला हुआ है," लवगुरु ने हँसते हुए कहा, "और हम प्यार के मारे हैं तो समझो कि ये चाय हमारे लिए अमृत है।"

रास्ते की हर घुमावदार सड़क, हर पहाड़ी मोड़ हमें शिमला के और करीब ले जा रही थी। गाड़ी में बजते गानों और हमारी बातचीत से सफ़र और भी आनंदमय हो गया।

शिमला पहुँचते ही हमने महसूस किया कि यहाँ की हवा में एक अलग ही ताज़गी है। ठंडी हवाएं, आसमान में तैरते बादल और दूर-दूर तक फैली हरी-भरी घाटियाँ। यह दृश्य जैसे हमारी आत्मा को सुकून देने के लिए ही बना था। हमारा होटल मॉल रोड के करीब ही था। वहाँ पहुँचकर हमने जल्दी से अपने बैग रखे और बिना कोई देर किए मॉल रोड की सैर पर निकल पड़े।

सुमित ने कहा, "भाई, मॉल रोड की एक-एक दुकान को खंगालना है, क्या पता कब कहीं कुछ अनमोल चीज़ मिल जाए।"

लवगुरु ने हँसते हुए कहा, "और भाई, मॉल रोड पर घूमते हुए अगर कोई ख़ूबसूरत लड़की दिख गई तो समझो सफ़र सफल हो गया।"

सर्द हवाओं से लिपटा हुआ हिमाचल प्रदेश का शिमला शहर, बर्फ की चादर में जैसे छिपा बैठा था। हर तरफ देवदार के पेड़, लकड़ी के बने पुराने घर और हवा में घुली हुई ताज़गी—सब मिलकर एक अनोखा नज़ारा पेश कर रहे थे। ऐसा लगता था जैसे स्वर्ग की एक छोटी सी झलक मिल रही हो।

सुबह के सूरज की पहली किरणें पहाड़ों की चोटियों पर पड़ चुकी थीं और इस ख़ूबसूरत सुबह में हम चारों की ठंडी हवाओं का आनंद लेते हुए निकल पड़े थे—जाखू चोटी की ओर। यह वही जगह थी जिसके बारे में सुना था कि यहाँ से पूरा शिमला शहर नज़र आता है और ऊपर भगवान हनुमानजी का एक प्राचीन मंदिर है, जो पहाड़ों की ऊंचाई पर गर्व से खड़ा है।

रास्ता घुमावदार और रोमांचक था। हर मोड़ पर प्रकृति की सुंदरता जैसे हमें रोक कर कह रही थी, "ठहरो, इस क्षण को जी लो।" बर्फ से ढके रास्ते, देवदार के ऊँचे पेड़ और उनकी छांव में बहते झरने—सब मिलकर हमें एक नई ऊर्जा दे रहे थे।

"यार, ये जगह वाकई में जादुई है," लवगुरु ने कहा, अपने हाथों को रगड़ते हुए। "यहाँ आने से पहले ऐसा लगता था कि यह सब बस फिल्मों में ही होता है।"

सुमित ने हँसते हुए जवाब दिया, "अरे भाई, यही तो अपने देश की खासियत है। कहीं बर्फीली चोटियाँ हैं, कहीं रेगिस्तान और कहीं समुद्र का किनारा। सबकुछ बस एक सफ़र की दूरी पर।"

मैंने भी उनकी बातों में शामिल होते हुए कहा, “और ये जाखू चोटी, इसकी अपनी ही एक अलग कहानी है। कहते हैं यहाँ के बंदर बहुत चालाक हैं जो चश्मे उतारने में माहिर हैं। इसलिए अपनी चीज़ें संभाल कर रखना भाई!”

चोटी तक पहुँचने के लिए हमने पैदल ही चढ़ाई करने का फैसला किया। रास्ते में कई छोटी-छोटी दुकानें थीं, जहाँ गर्म चाय और पकौड़े की ख़ुशबू हमारे कदमों को रोकने की कोशिश कर रही थी। लेकिन हम अडिग थे, हमें तो हनुमानजी के दर्शन करने थे और उस ऊँचाई से शिमला की वादियों को निहारना था।

जाखू चोटी की ऊंचाई जैसे-जैसे बढ़ती गई, हमारी सांसें भी तेज़ हो गईं। लेकिन उस मंदिर के दर्शन होते ही सबकुछ भूल गए। हनुमानजी की विशाल मूर्ति, जो 8,000 फुट की ऊंचाई पर स्थित थी, हमें आशीर्वाद देती हुई महसूस हुई। मंदिर में घंटियों की आवाज और हवा में बसी भक्ति की महक ने हमें अपनी आध्यात्मिकता से जोड़ा।

और फिर आए वो बंदर। मैंने चश्मे को कसकर पकड़ रखा था लेकिन लवगुरु के चश्मे को एक चालाक बंदर ने पलक झपकते ही पकड़ लिया। हम सभी ठहाके लगाकर हँस पड़े और थोड़ी बहुत कोशिशों के बाद बंदर ने चश्मा वापस कर दिया।

“ये बंदर भी कमाल के हैं,” सुमित ने हँसते हुए कहा। “इन्हें देखकर लगता है कि ये भी यहाँ के पुराने निवासी हैं, जो हमें सिखाने आए हैं कि प्रकृति की गोद में जीना कितना सरल और सुखद है।”

चोटी से शिमला का दृश्य अविस्मरणीय था। नीचे फैली हुई बर्फ से ढकी घाटियाँ और दूर तक फैले देवदार के जंगल जैसे हमें किसी दूसरी दुनिया में ले गए थे। यहाँ आकर सच में यह अहसास हुआ कि हमारे देश में ही स्वर्ग का नज़ारा है, बस हमें उसे ढूंढ़ना होता है।

मैं, लवगुरु और सुमित शिमला की ख़ूबसूरत वादियों में बैठे थे, ठंडी हवा उनके चेहरे को छू रही थी। तभी मैंने थोड़ी उदासी से कहा, “यार, एंजल ने मुझे धोखा दे दिया।”

लवगुरु हँसते हुए बोले, “भाई, नाम से ही समझ जाना चाहिए था। एंजल का मतलब स्वर्ग की परी, वो तो धरती के तुम जैसे सीधे-सादे लड़कों को पटखनी देने ही आई है।”

सुमित ने चुटकी लेते हुए कहा, "गिरीश, तुम भी न, आईएएस अधिकारी से दिल लगा बैठे। अब समझ में आया क्यों उसे 'इंटेलिजेंट एडमिनिस्ट्रेटिव सर्विस' कहते हैं।"

"तुम दोनों हँसी उड़ा रहे हो, पर मेरे दिल पर क्या बीत रही है, ये तुम नहीं समझोगे।" मैंने ने भौंहें चढ़ाकर कहा।

"हाँ भाई, अब आईएएस से ब्रेकअप का केस सुलझाने के लिए भी सिविल सर्विसेज़ की किताबें पढ़नी पड़ेंगी।" सुमित ने भी मज़ाक जारी रखते हुए कहा।

"तुम दोनों की तो हमेशा की तरह मज़ाक उड़ाने की आदत है। पर सच कहूँ, एंजल ने मुझे धोखा क्यों दिया, ये मैं कभी नहीं समझ पाऊंगा।" मैंने कहा।

"भाई, शायद तुम्हारी गर्लफ्रेंड के पास भी 'लाइफ एडमिनिस्ट्रेशन' का भी सर्टिफिकेट था। उसे पता था कि कब किसे टाटा करना है।"

"अरे गिरीश, अब इतना सीरियस मत हो। प्यार में धोखा मिलना भी आजकल की 'पढ़ाई' का हिस्सा है। एंजल ने तुम्हें जो 'लेसन' दिया है, उससे सीख लो।" सुमित ने हँसते हुए कहा।

"गिरीश भाई, तुमने भी किसे चुना? एंजल, वो तो गोल्ड डिगर निकली!" लवगुरु, जो अपने नाम के अनुरूप प्रेम मामलों का विशेषज्ञ था, हँसते हुए बोला।

सुमित ने जिज्ञासा से पूछा, "गोल्ड डिगर? ये क्या होता है?"

"गोल्ड डिगर वो महिला होती है जो किसी पुरुष के पैसों के लिए उससे रिश्ता बनाती है। जैसे कि एंजल ने किया। हमारे गिरीश भाई तो आईएएस अधिकारी पाकर बहुत ख़ुश थे, परन्तु उन्हें ये पता नहीं था कि वो तो अपने लिए सोने की खान तलाश रही थी।" लवगुरु ने व्याख्या की।

लवगुरु ने मज़ाकिया लहजे में कहा, "गिरीश, ये तो अच्छा हुआ कि तुम्हें समय रहते समझ आ गया। वरना एक दिन तुम्हारे घर में सोने की जगह नकली गहनों का ढेर होता और एंजल किसी और सोने की खान की तलाश में निकल जाती।"

मैंने अपने दोस्तों की बात सुनकर राहत की सांस ली। "भाई, अब समझ आया कि रिश्ते दिल से बनाए जाते हैं, न कि पैसे से।"

"भाई, तुमने लव मैरिज और अरेंज मैरिज तो सुनी ही होगी, पर क्या कभी 'कैडर मैरिज' के बारे में सुना है?" सुमित ने (चाय का कप उठाते हुए) कहा।

"कैडर मैरिज? ये कौन सा नया प्रकार है भाई? ये कैडर मैरिज क्या बला है?"

"अरे, ये तो लबासना (LBSNAA) में होती है। जब आईएएस ऑफिसर्स को उनके कैडर मिलते हैं तो उन्हें उसी कैडर में अपने लिए जीवनसाथी भी ढूंढ़ना पड़ता है। इसको कैडर मैरिज कहते हैं।"

"अरे वाह! तो मतलब IAS की नौकरी के साथ सरकारी शादी भी?" सुमित ने (हँसी रोकते हुए) कहा।

"तो क्या अब सरकार दूल्हा-दुल्हन का कैडर भी अलॉट करेगी? जैसे "मध्य प्रदेश का दूल्हा, उत्तर प्रदेश की दुल्हन"।" सुमित ने (मज़ाकिया अंदाज़ में) कहा।

"बिलकुल! और शादी के कार्ड में लिखा होगा : 'इस कैडर के अधिकारी और अधिकारी का शादी समारोह में सादर आमंत्रण है।'"

"तो मतलब, आईएएस की लाइफ में लव, अरेंज और कैडर मैरिज सब कुछ मिलेगा? बस प्यार के साथ प्रमोशन भी मिलना चाहिए।"

"तो क्या शादी के लिए भी ओपनिंग्स और क्लोजिंग डेट्स होंगी? जैसे 'कैडर मैरिज 2024 – अप्लाई नाउ!'"

"और इंटरव्यू भी होगा? 'बताइए, आपको इस कैडर की दुल्हन क्यों चाहिए?'"

"और हनीमून की छुट्टी भी 'कैडर बेस्ड' होगी। 'आपको मध्य प्रदेश कैडर की हनीमून डेस्टिनेशन अलॉट की गई है।'" मैंने कहा।

"सही है भाई, अब तो लग रहा है कि कैडर मैरिज भी एक सरकारी योजना बन गई है।" सुमित ने मज़ाकिया लहजे में कहा।

"और सबसे अच्छा ये है कि इस योजना का लाभ उठाने के लिए आईएएस बनना पड़ेगा।"

"तो फिर देर किस बात की? चलो, आईएएस की तैयारी शुरू करें और कैडर मैरिज का मजा लें।" तो नवांगतुक यूपीएससी एस्पिरेंट पंकज ने कहा।

"बिलकुल! और साथ ही साथ अपने कैडर के जीवनसाथी के साथ ख़ुशहाल ज़िंदगी बिताएं। एक बात पूछूं और... मान लीजिए गिरीश अगर आपको एंजल की शादी में जाने का अवसर मिले तो आपकी क्या प्रतिक्रिया होगी?" सुमित ने जोड़ा।

“वैसे तो जाने का कोई प्लान नहीं है फिर भी अगर जाऊं तो... जो बंदा एग्ज़ाम में फेल हो जाए, वो कम से कम रिजल्ट देखने तो ज़रूर जाएगा, कि कहाँ कमी रह गई थी।”

“गिरीश भाई, ये तो बढ़िया लाइन मारी है। लेकिन शादी में जाकर क्या करोगे?” लवगुरु ने कहा।

“देख भाई, मैं तो बस यही देखना चाहता हूँ कि एंजल ने सही सर्वर से कनेक्शन बना लिया है कि नहीं।”

“वाह, क्या डायलॉग मारा है! लेकिन यार, एंजल की शादी में जाओगे तो क्या आशीर्वाद भी दोगे?”

“अरे लवगुरु भाई, आशीर्वाद देने का तो सवाल ही नहीं उठता। मैं तो बस ये देखना चाहता हूँ कि मेरे बिना उसकी लाइफ कैसी कट रही है।”

“और शादी में गिफ्ट क्या दोगे भाई?”

“गिफ्ट? अरे सुमित, गिफ्ट में बस एक डायलॉग दूँगा—’देख लेना, ये भी मेरे बिना अधूरी रह जाएगी!’” मैंने कहा।

“वाह, गिरीश भाई, तुम तो सच्चे सपूत हो। लेकिन सच-सच बताओ, एंजल को देखकर क्या दिल नहीं धड़केगा?”

“अरे लवगुरु भाई, दिल धड़कने की क्या बात है? मैं तो वहाँ सिर्फ ये देखने जा रहा हूँ कि उसकी ज़िंदगी में कोई नया विलेन तो नहीं आया।” मैंने मुस्कराते हुए कहा।

“और अगर कोई नया हीरो मिल गया तो?”

“तो मैं कहूँगा, ‘मुझे भी एक्स्ट्रा कैरेक्टर रोल दे दो, ताकि कहानी में थोड़ा और तड़का लग जाए।’”

“वाह गिरीश भाई, तुम तो पूरी फिल्म बना रहे हो! लेकिन यार, एंजल की शादी में डांस भी करोगे?”

“अरे लवगुरु भाई, डांस करूँगा लेकिन उसी गाने पर— ‘तुझे देखा तो ये जाना सनम’ ...ताकि सबको याद रहे कि मैं वही हूँ, जिसने दिल लगाकर हारने की हिम्मत की थी।”

तीन दिन बाद सोमवार को मैं, लवगुरु और सुमित—शाम के समय पार्क की एक बेंच पर बैठे थे। हल्की ठंडी हवा चल रही थी और आसमान में लाल-गुलाबी रंग घुलने लगे थे। दिनभर की थकान के बाद ये पल हमारे लिए सुकून का था।

“सफलता को लोग गलत समझते हैं,” बातों-बातों में सुमित ने अचानक सफलता की बात छेड़ दी।

मैंने कहते हुए अपनी नज़रें आसमान की ओर उठा दीं। “यह किसी रेस्त्रां में जाने की तरह नहीं है कि डिनर का आनंद लेने के बाद आप बिल चुका सकते हैं। यहाँ पहले कीमत चुकानी पड़ती है”

लवगुरु मेरी ओर मुड़ा, उसकी आँखों में जिज्ञासा थी। “मतलब?” उसने पूछा।

मैंने गहरी सांस ली और कहा, “अगर तुम सफल होना चाहते हो तो हर दिन, हर पल पहले मेहनत करनी होगी। ये नहीं कि पहले आराम कर लो और बाद में कीमत चुकाओ। जो कीमत तुम आज चुका रहे हो—वो संघर्ष, वो त्याग, वो धैर्य—वही भविष्य में तुम्हें उस जीवन का आनंद देगा जिसे तुम पाना चाहते हो।”

सुमित ने अपनी सीट से थोड़ा आगे झुकते हुए कहा, “तो कहने का मतलब है कि आज जितना मेहनत करोगे, कल उतना ही फल पाओगे?”

मैंने उसकी ओर देखते हुए मुस्कराया, “ठीक समझे, दोस्त। हर कीमत का प्रतिबिंब तुम्हारे भविष्य में झलकेगा।”

“दोस्तो, आजकल मेट्रो सिटीज़ में वन नाइट स्टैंड का ट्रेंड काफी पॉपुलर हो रहा है। क्या ख्याल है आप सबका इस बारे में? “ लवगुरु ने कहा।

“अजनबियों (बगैर किसी भुगतान के) का अपनी इच्छा से एक साथ रात गुजारना, फिजिकल रिलेशन और अगले दिन फिर अजनबी बन जाना ही ‘वन नाइट स्टैंड’ है। रात गई और बात गई ही ‘वन नाइट स्टैंड’ है। एक रात के यौन संबंध को वन नाइट स्टैंड कहते हैं, जो एक कपल (एक स्त्री और पुरुष) के बीच आपसी सहमति से बिना पैसे अथवा पैसों के बदले किया जाता है। (हँसते हुए) भाई, यही तो आजकल का फैशन है। ‘पार्टी में मिले, दिल मिले, फिर रात मिली और सुबह... बाय बाय!’” सुमित ने कहा।

"'दिल मिले, रात मस्तानी हो जाए, सुबह फिर राहें जुदा-जुदा हो जाएँ।' ये ट्रेंड है लेकिन थोड़ी सावधानी भी ज़रूरी है, लवगुरु जी।"

"वन नाइट स्टैंड में अगर फीलिंग कैजुअल रखो तो मज़ा दोगुना हो जाए। लेकिन कहीं ये ट्रेंड ज्यादा न बढ़ जाए!" मैंने कहा।

"सही बात है, सुमित। रिलेशनशिप एक्सपर्ट्स का भी यही कहना है कि वन नाइट स्टैंड में कोई बुराई नहीं, बस सावधानी बरतना ज़रूरी है।" सुमित ने हिदायत के अंदाज़ में कहा।

"वाह, वाह! तुम सब तो शायर बन गए हो। लेकिन याद रहे, 'रात का रिश्ता हो, पर दिल का न हो बोझ, फीलिंग्स का समंदर न हो, बस कैजुअल हो सब कुछ।'"

"रात का साथी हो, बस एक रात का दोस्त, सुबह की रोशनी में फिर रास्ते हों अलग-अलग।"

"दोस्तो, वन नाइट स्टैंड का मतलब तो आप सभी जान गए हैं। दो अजनबी अपनी मर्जी से रात बिताते हैं, फिर अगले दिन फिर से अजनबी बन जाते हैं। क्या ख्याल है आप सबका इस बारे में?" लवगुरु ने (मुस्कराते हुए) कहा।

"बिल्कुल सही कहा लवगुरु जी। 'रात गई, बात गई' ही तो वन नाइट स्टैंड है।" सुमित (हँसते हुए) ने कहा।

"प्यार की गर्माहट हो, जादू की झप्पी हो, एक रात की कहानी हो, फिर सुबह सब कुछ फानी हो।"

"जवां रहने के लिए, रोमांस के बिना, एक रात की कहानी, है ये वन नाइट स्टैंड की जुबानी।"

"सही कहा, गिरीश। 'प्यार और रोमांस, कामुक मूड का मेल, यौन संतुष्टि के लिए, दो लोगों का खेल।'" लवगुरु ने सहमति जताते हुए कहा।

"एक रात के साथी, बिना किसी वादे के, चुम्बनों की बौछार हो, एक-दूसरे का आलिंगन हो।" सुमित ने शायराना अंदाज़ में कहा।

"शारीरिक अंतरंगता की बात, बिना किसी प्यार के, वन नाइट स्टैंड का मज़ा, सब कुछ बेकार के।"

"एक रात का प्यार, फिर कोई रिश्ता नहीं, सिर्फ एक रात की ख़ुशी, फिर कोई ख़्वाहिश नहीं।" मैंने हँसते हुए कहा।

"वन नाइट स्टैंड में प्यार नहीं, पर गर्माहट की कमी नहीं। वाह!" लवगुरु ने कहा, "तुम सबकी बातें सुनकर मजा आ गया।"

"रात की रंगीनी, सुबह की दूरी, वन नाइट स्टैंड की यही है कहानी।"

"ज़िंदगी में आएं नए चेहरे, पर दिल में जगह न दें, बस एक रात की बात हो, फिर सब कुछ भूल जाएँ।" मैंने कहा।

"वन नाइट स्टैंड की बात, किसी से न कहें, बस उस एक रात को जियें, फिर आगे बढ़ जाएँ।" मैंने कहा।

"तुम सबकी शायरियाँ तो कमाल की हैं। याद रहे, चाहे कोई भी रिश्ता हो, सम्मान और संवेदनशीलता हमेशा बनाए रखें।" लवगुरु ने कहा।

"अच्छा यार अनिल, आप रितिका से वन नाइट स्टैंड के जरिए ही मिलें थे न, अपनी कहानी डिटेल में बताओ।" लवगुरु ने कहा।

"दिल्ली की रातें हमेशा से जगमगाती रही हैं और इन्हीं जगमगाहट के बीच न जाने कितने लोग खो जाते हैं। तेज़ संगीत, चमचमाती रोशनी और हज़ारों चेहरों की भीड़ में एक चेहरा हमेशा ख़ास होता है। एक चेहरा जिसे देखने के बाद मन में एक अजीब सा खिंचाव महसूस होता है। यह खिंचाव उन अनकहे शब्दों और अदृश्य वायदों का होता है, जो शायद कभी दिन की रोशनी में नहीं निभाए जाते। रितिका, एक युवा और आत्मविश्वास से भरी लड़की, दिल्ली के एक प्रसिद्ध डिस्कोथेक में दोस्तों के साथ पार्टी करने आई थी। पार्टी की चकाचौंध और संगीत की धुन में वह पूरी तरह डूब चुकी थी। उसके दिल में कहीं गहरे, हाल ही में हुए ब्रेकअप की कड़वाहट अभी भी थी। वह चाहती थी कि वह इस कड़वाहट को किसी तरह मिटा दे, चाहे वह क्षणिक ख़ुशी के रूप में ही क्यों न हो।"

"उस रात को तुम दोनों के बीच में क्या-क्या बातें हुई थी।" सुमित ने कहा।

"अच्छा बताता हूँ। उसने सबसे पहले मुझे कहा था। 'तुम्हें पता है, मैं यहाँ क्यों आई थी?'"

"तुम्हारी आँखों में छिपे हुए दर्द से मैं अंदाज़ा लगा सकता हूँ। शायद, तुम भी खुद को खो देने के लिए यहाँ आई हो, उसी तरह जैसे मैं..." मैंने कहा।

"हाँ, कुछ ऐसा ही। कभी-कभी, इंसान किसी और की बाहों में अपना सुकून ढूँढ़ने की कोशिश करता है। शायद इसी लिए हम यहाँ हैं, एक-दूसरे के साथ।" रितिका ने (आहिस्ता से सिर हिलाते हुए) कहा।

"यहाँ आकर लगता है, जैसे इस शहर की रोशनी हमारे अंदर के अंधेरे को थोड़ी देर के लिए मिटा सकती है।"

"और शायद, इसी उम्मीद में हम दोनों ने एक-दूसरे की ओर कदम बढ़ाए हैं। शायद यह रात हमें उस खालीपन से बाहर निकाल सके, जो हमें भीतर से खा रहा है।" रितिका ने (हँसते हुए) बोला।

"हम दोनों जानते हैं कि यह सिर्फ एक रात की बात है लेकिन शायद यही एक रात हमें थोड़ी राहत दे सके।"

"मुझे ऐसा लगता है जैसे मैं इस पल में सब कुछ भूल सकती हूँ, अपना अतीत, अपने दर्द... बस एक रात के लिए।"

"यह रात हमारी है और हमें इसका पूरा आनंद लेना चाहिए। कोई वादे नहीं, कोई प्रतिबद्धताएं नहीं... बस हम और यह लम्हा।"

"तुम्हारे साथ यह पल जादुई लगता है। जैसे समय रुक गया हो और हमारे बीच बस यही नज़दीकी बाकी हो।" उन्होंने कहा।

"और यही जादू हमें इस रात को ख़ास बनाएगा। कल क्या होगा, हम नहीं जानते लेकिन आज की रात सिर्फ हमारी है।"

"तुम्हें कभी लगा है कि किसी अजनबी से इतनी गहराई से जुड़ाव महसूस करोगे?" रितिका ने कहा।

"नहीं लेकिन शायद यह हमारी ज़रूरत थी। किसी ऐसे के साथ होना, जो हमें बिना सवाल पूछे, समझे।" मैंने बोतल से पानी पीते हुए कहा।

"तो चलो, इस रात को अपने सभी दर्द और भावनाओं से भरा हुआ जी लें। कोई पछतावा नहीं, कोई अफसोस नहीं... बस हम।" उन्होंने अपने सैंडल उतारते हुए कहा।

"यह रात हमारी कहानी का वो पन्ना है, जो किसी किताब में नहीं लिखा जाएगा। लेकिन फिर भी, यह पन्ना हमारे दिलों में हमेशा के लिए छप जाएगा।" मैंने उसके माथे को चूमते हुए कहा।

“और यह कहानी शायद किसी और को कभी न बताई जाए लेकिन हम इसे हमेशा याद रखेंगे।” उसने अपना जैकेट खोलते हुए कहा।

“हाँ, इस पल को जीने के लिए हमें किसी और की ज़रूरत नहीं। हम हैं और यह रात है। यही काफी है।”

“इस पल में जीने की कोशिश कर रही हूँ लेकिन जानती हूँ कि सुबह होते ही सब कुछ खत्म हो जाएगा।” रितिका ने (गहरी सांस लेते हुए) कहा।

“वह रात, जो हम दोनों के लिए कुछ सुख और राहत लेकर आई थी, अब एक अधूरे सपने की तरह समाप्त हो रही थी। रितिका ने अपनी चीज़ें समेटीं और बिना कुछ कहे कमरे से बाहर निकल गई। मैंने भी कुछ नहीं बोला, बस उसे जाते हुए देखता रहा।”

दोनों जानते थे कि उनकी कहानी यहीं खत्म हो चुकी है और वे एक-दूसरे को फिर कभी नहीं देखेंगे।

“दोस्तो, प्यार की गर्माहट और जादू की झप्पी के बिना ज़िंदगी कैसी होगी? जवां रहने के लिए कभी-कभी रोमांस और कामुक मूड भी तो ज़रूरी है। क्या ख्याल है आप सबका?” लवगुरु ने (मुस्कराते हुए) बात को आगे बढ़ाते हुएकहा।

“सही कहा लवगुरु जी। जवां रहने का तरीका है, प्यार की गर्माहट, जादू की झप्पी से मिलती है दिल को राहत।” सुमित ने (हँसते हुए) कहा।

“रोमांस के बिना ज़िंदगी बेरंग सी... और रोमांस से ही आती है उसमें रंगीनियाँ।”

“आलिंगन की मिठास, शारीरिक अंतरंगता की बात, वन नाइट स्टैंड का ये सफ़र..... एक रात की कहानी, चुम्बनों की बौछार, आलिंगन का वो लम्हा, बन जाएँ यादगार।” सुमित ने कहा।

“तन की गर्माहट, जादू की झप्पी का मेल, जवां रखने के लिए, ये वन नाइट स्टैंड का खेल।”

“वाह, तुम सबकी बातें सुनकर मजा आ गया। एक रात का प्यार, एक रात का जुनून, सुबह की रोशनी में फिर, सब कुछ हो जाए धुंधला।” लवगुरु ने (मुस्कराते हुए) कहा।

"रोमांस के बिना, कामुक मूड का सहारा, यौन संतुष्टि के लिए, एक रात का नज़ारा।" सुमित ने शायराना अंदाज़ में कहा।

अगले दिन सुनसान पार्क की बेंच पर बैठा मैं अपने ही ख्यालों में उलझा हुआ था। मेरी आँखें किसी अनदेखे शून्य में गड़ी थीं और मन उस बवंडर में भटक रहा था, जो एंजल के परिवार के निर्णय ने मेरे भीतर पैदा किया था। उसी पल, सुमित ने धीरे से मेरा कंधा थपथपाया। वह मेरे बगल में आकर बैठा और कुछ देर तक बिना कुछ कहे मेरा चेहरा पढ़ता रहा। फिर एक गहरी सांस लेते हुए उसने वह बात कही, जो शायद मैं खुद से सुनना नहीं चाहता था।

"कभी किसी के लिए ज़िंदगी बर्बाद नहीं करनी चाहिए अपनी।" सुमित ने गंभीर स्वर में कहा, उसकी आँखों में मेरे लिए चिंता साफ झलक रही थी। "दुनिया इतनी स्वार्थी है... हर कोई अपने फायदे के लिए जीता है। और एंजल की फैमिली में भी वही हुआ। उन्होंने पैसों के आगे घुटने टेक दिए और तुम्हारा प्यार हार गया। यह हकीकत है, जिसे स्वीकार करना होगा।"

सुमित की बातें सुनकर मेरे दिल में फिर से वही चुभन हुई, जो इन दिनों हर वक्त महसूस होती थी। एंजल... वह मेरा प्यार थी और मैंने उसके लिए अपनी पूरी दुनिया छोड़ दी थी। लेकिन जब उसके परिवार ने धन और सामाजिक प्रतिष्ठा के आगे झुककर हमारी कहानी को खत्म कर दिया, तब ऐसा लगा जैसे मैं कुछ नहीं हूँ—सिर्फ एक अधूरी कहानी का नायक, जो कभी मुकम्मल नहीं हो सका।

"तो अब क्या करूँ, सुमित?" मैंने उससे पूछा, मेरी आवाज़ में हार की गूँज थी। "मुझे तो लग रहा है कि सब खत्म हो गया है। मेरे पास अब बचा ही क्या है?"

सुमित ने मेरी ओर देखा, उसकी आँखों में एक दृढ़ता थी। उसने कुछ पल के लिए चुप्पी साधी, फिर बोला, "तुम्हें खुद खड़ा होना है, गिरीश। यह हार नहीं है, बल्कि तुम्हारी नई शुरुआत है। अगर एंजल ने तुम्हें छोड़ा है तो इसका मतलब यह नहीं कि तुम्हारी ज़िंदगी खत्म हो गई है। उल्टा, अब तुम्हारे पास एक और बड़ा मौका है।"

मैंने सुमित की ओर देखा, उसकी बातों में एक अजीब-सी सच्चाई थी। "कैसा मौका?" मैंने संदेह भरी नज़रों से पूछा।

सुमित ने एक हल्की मुस्कान के साथ जवाब दिया, "इतना बड़ा आदमी बनो, गिरीश कि एंजल को तुम्हें खोने का मलाल ज़िंदगी भर रहे। उसे यह अहसास हो कि उसने क्या खो दिया है। इसके लिए तुम्हें खुद को साबित करना होगा, अपनी काबिलियत से, अपनी मेहनत से। वह दिन आएगा जब एंजल की ज़िंदगी में तुमसे ज्यादा कीमती कुछ नहीं होगा और तब वह पछताएगी।"

सुमित की बातों ने मेरे भीतर एक नई आग जला दी थी। यह आग थी खुद को साबित करने की, अपनी कीमत दुनिया को दिखाने की। अगर एंजल ने मुझे छोड़ा था तो अब मेरी बारी थी। मुझे इस हार को अपनी जीत में बदलना था और ऐसा करके सिर्फ खुद को नहीं, बल्कि पूरी दुनिया को दिखाना था कि मैं किस मिट्टी का बना हूँ।

मैंने एक गहरी सांस ली और सिर उठाया। "तुम सही कह रहे हो, सुमित," मैंने धीमी लेकिन दृढ़ आवाज़ में कहा। "अब मुझे खड़ा होना होगा। इस ज़िंदगी को नए तरीके से जीना होगा। एक दिन ऐसा आएगा जब एंजल खुद सोचने पर मजबूर होगी कि उसने मुझसे दूर होकर क्या खो दिया।"

# 14

# दिल्ली

कहते हैं कि दिल्ली एक शहर नहीं, एक अहसास है। सच कहूँ तो ये अहसास उस वक्त और बढ़ जाता है जब आप पुरानी दिल्ली की गलियों में धक्का खाते हुए अपने रास्ते का अनुमान लगाते हैं। इतनी तंग गलियाँ कि अगर दो आदमी आमने-सामने आ जाएँ तो पहले उन्हें ये तय करना पड़ता है कि कौन पीछे हटेगा और कौन आगे बढ़ेगा। फिर अगर गलती से कोई साइकिल रिक्शा आ जाए तो समझिए आपका दिल्ली दर्शन वहीं खत्म!

पुरानी दिल्ली की बात करें तो वहाँ का खान-पान अलग ही लेवल का है। दिल्ली वालों की मस्ती का कोई मुकाबला नहीं है। हाँ, यहाँ आपको हर राज्य का खाना मिलेगा, चाहे वो गुजरात के ढोकले हों या पंजाब के मक्खन वाले परांठे या फिर दाल-बाटी चूरमा हो या फिर बिहार का प्रसिद्ध व्यंजन लिट्टी-चोखा।

अब बात करें नाइटलाइफ की तो जनाब, दिल्ली के क्लब्स में रात होते ही ऐसा माहौल बनता है, जैसे बॉलीवुड की फिल्म का कोई क्लाइमेक्स सीन हो। हर कोई चमचमाते कपड़ों में झूमता दिखता है और डीजे ऐसा बजता है कि कान के डॉक्टरों का धंधा भी अच्छा चलने लगे। दिल्ली की नाइटलाइफ का एक ही नियम है – जितना तेज़ म्यूजिक, उतना हाई स्टेटस! और जब यहाँ के शॉपिंग मॉल की बात आती है तो वहाँ का अनुभव ऐसा होता है जैसे कंजूस का दिल पिघलाने की कोशिश कर रहे हों। यहाँ कोई भी मॉल खाली हाथ लौटने की इजाज़त नहीं देता। चाहे पर्स खाली हो या दिल, कुछ तो आप ज़रूर खरीदकर ही बाहर निकलेंगे।

संक्षेप में कहें तो दिल्ली एक ऐसा शहर है, जहाँ आकर कोई भी खाली पेट, खाली जेब या खाली दिमाग नहीं जा सकता। हर कोने में कुछ न कुछ आपको अचंभित कर देगा। और हाँ, अगर आपको दिल्ली का असली मजा लेना है तो ऑटो वालों से ज़रूर मोल-भाव करें, वरना समझिए दिल्ली ने आपको दिल से नहीं, दिमाग से बेवकूफ बनाया है!

उसी दिल्ली की मुखर्जी नगर की एक ढलती शाम जिसमें सूरज भी ऐसा झुका हुआ था जैसे वो भी यूपीएससी की तैयारी कर रहा हो। हर कोचिंग सेंटर से बाहर आते हुए चेहरों पर एक ख़ास तरह की निराशा और उम्मीद की मिली-जुली झलक थी। एक चाय की दुकान पर मैं और मोहित बैठे हुए थे।

"मोहित, यार, इस फ्लैट में अकेले रहते-रहते कभी-कभी दिल बहुत भारी हो जाता है। आईएएस की तैयारी करते हुए कब 27-28 की उम्र पार हो गई, पता ही नहीं चला। करियर बनाने के चक्कर में ज़िंदगी की उमंगों का एहसास ही नहीं रहा।" मैंने कहा।

"गिरीश भाई, 'करियर की दौड़ में जो आगे निकलता है, वो अपनी ज़िंदगी की दौड़ में कहीं पीछे छूट जाता है।' तुम्हारी बात सही है, पर ये भी सच है कि तुमने अपने सपनों को जीने की कोशिश की है।" मोहित ने कहा।

"यार, कोचिंग में पढ़ाते हुए शाम को जब घर लौटता हूँ तो दिल चाहता है कि दिनभर की अच्छी-बुरी बातें किसी से शेयर करूँ। पर किससे? एंजल से बात नहीं होती। बहुत याद आती है यार।"

"भाई, 'दिल की बातें जब जुबां पर आती हैं तो दर्द भी कम हो जाता है।' तुम्हारा दर्द समझ सकता हूँ। लेकिन एक बात कहूँ, 'जो नसीब में नहीं, उसे याद करने से क्या फायदा?'" उसने कहा।

"मोहित, सच कहूँ तो एंजल के बिना यह अकेलापन काटने को दौड़ता है। 'तन्हाई के साये में हर पल बीतता है, दिल का दर्द चेहरे पर नहीं, आँखों में बसता है।'"

"गिरीश भाई, 'जो दिल से दूर होते हैं, वे अक्सर यादों में बसते हैं।' औरत और मर्द की सोच में फर्क यही है। एक आदमी कामयाब होता है तो वो अपनी गर्लफ्रेंड से ही शादी करके नई ज़िंदगी की शुरुआत करता है। लेकिन जब लड़की

कामयाब होती है तो सबको छोड़कर अपनी हैसियत से भी ज्यादा इनकम वाले मर्द को तलाश करती है।"

"अच्छा है, भाई, 'दिल का दरिया जब सूख जाता है तो प्यार की कश्ती भी किनारे नहीं लगती।' पर तुमने अपने सपनों को पूरा करने के लिए सही राह चुनी है। और वही सबसे महत्त्वपूर्ण है।"

"हाँ मोहित, 'जो बीत गया, उसे भूल जाना चाहिए' क्योंकि ज़िंदगी आगे बढ़ने का नाम है, पीछे मुड़कर देखने का नहीं।"

"सही कहा भाई, 'ज़िंदगी की राहों में ख़ुशी और ग़म का साथ हमेशा रहेगा,' बस तुम्हें हर हाल में मुस्कराना पड़ेगा।" उसने कहा।

"तुम्हारी बातें सुनकर दिल हल्का हो गया, मोहित। 'सच्चे दोस्त वही होते हैं, जो हर मुश्किल में साथ निभाते हैं।'"

"तुम भी भाई, 'दोस्ती का मतलब सिर्फ साथ रहना नहीं, बल्कि हर कदम पर साथ निभाना है'।"

"आपको आजकल खेलना अच्छा नहीं लगता। बाहर आते-जाते नहीं हो। दोस्तों से घुलना-मिलना तो छोड़ो, आजकल कॉलेज में पढ़ाने भी नहीं जा रहे। एक लड़की को पूरा संसार बनाना अच्छा नहीं है, गिरीश भाई। एक लड़की के चले जाने से दुनिया खत्म नहीं होती है।" मोहित ने समझाया।

यह सुनकर मेरी आँखों में आंसू छलक आए।

"इतना इमोशनल होना सही नहीं है। तुम्हें पता है, चुपके-चुपके सगाई और रिश्ते पर बात की उसने। जो पैसे के लिए मरे उनके पीछे आंसू मत बहाओ। अच्छा हुआ छुटकारा मिल गया। मैं दुआ करुंगा कि ऐसी गोल्ड डिगर लड़कियाँ दुश्मन को भी ना मिले।" उसने कहा।

"मैंने सच्ची मोहब्बत की है इसलिए इतना दिल में दर्द हो रहा है, लाख समझाऊं लेकिन समझता नहीं है दिल।"

"अरे गिरीश, आज पहली बार गौर से देख रहा हूँ, आपकी आँख बड़ी कातिल है।" हम दोनों हँस पड़े।

"मोहित भाई, एंजल के प्रति मेरा अगाध प्रेम महज एक आकर्षण नहीं कहा जा सकता क्योंकि आकर्षण समय के साथ कम हो जाता है, लेकिन

प्लैटोनिक प्रेम कभी नहीं। ये एक ऐसा रिश्ता है जो रोमांस और वासना से परे है और हमेशा हमारी यादों में बसा रहता है। जैसे, 'सच्चा प्रेम वो है जो दिल से होता है, न कि केवल आँखों से'। मेरा प्रेम एंजल के प्रति उतना ही पवित्र है, जितना कि गंगा का जल। यह ऐसा प्रेम है जो वक्त के साथ केवल बढ़ता ही है, घटता नहीं। 'प्रेम वो नहीं जो पास रहने से होता है, प्रेम वो है जो दूर रहने पर भी न कम हो'।

शायराना अंदाज़ में कहूँ तो,

'तुझसे मोहब्बत कुछ यूँ निभाएँगे,
तेरी यादों में खुद को बसाएंगे।
वक्त के साथ ये दिल भी बदल जाएगा,
पर तेरे बिना ये दिल न धड़क पाएगा'।"

प्रेम का यह बंधन आत्मा का है, यह शरीर के बंधनों से परे है। 'मन के रिश्ते सच्चे होते हैं, वो तो दिल से जुड़े होते हैं'। एंजल के साथ मेरा यह प्रेम ऐसा है, जैसे 'अंधेरे में रोशनी की किरण'। यह प्रेम किसी भी भौतिक बंधन से मुक्त है और हर पल बढ़ता ही जा रहा है।

"तेरे बिना ये जहाँ सूना है, एंजल
तेरी यादों में ही मेरा दिल रोता है।"

"सच कहूँ तो मोहित भाई, प्रेम की यह भावना कभी भी मुरझाती नहीं, यह हमेशा हरी-भरी रहती है। 'सच्चा प्रेम वो है जो दिलों को जोड़ता है, न कि शरीरों को'। मोहित भाई, मेरा यह प्रेम एंजल के लिए ऐसा है, जैसे 'बिना बारिश के मेघ', जो अपने आप में सम्पूर्ण है और किसी बाहरी साधन की ज़रूरत नहीं होती। प्रेम की इस भावना में कोई दिखावा नहीं, कोई छल-कपट नहीं। यह शुद्ध और पवित्र है, जैसे 'निर्मल जल की धारा'।"

लवगुरु भाई, "प्यार वो नहीं जो सिर्फ बोल दिया जाए, 'प्यार वो है जो महसूस किया जाए'। एंजल के प्रति मेरा यह प्रेम सच्चा है और इसे किसी भी प्रकार के शब्दों में बाँधना मुश्किल है।"

"तू है मेरी दुआओं का असर, एंजल,
तेरे बिना मेरा दिल बेअसर।"

"यह प्रेम एक ऐसी धरोहर है, जो समय के साथ और भी मजबूत होती जाती है। 'सच्चा प्रेम वो है जो हर हाल में कायम रहता है, चाहे जैसी भी परिस्थितियाँ हों।' किसी भी संबंध में आकर्षण का नहीं, प्रेम का होना आवश्यक है। प्रेम में आप अपने प्रिय व्यक्ति की अधीनता स्वीकार कर लेते हैं, जबकि आकर्षण में ऐसा नहीं होता। प्रेम और आकर्षण में यही अंतर है। हालाँकि आकर्षण पहली सीढ़ी है लेकिन आप पहली ही सीढ़ी पर तो नहीं बने रह सकते। आपको अगली सीढ़ी पर चढ़ना ही पड़ेगा। वह सीढ़ी ही प्रेम है। किसी व्यक्ति को केवल बाहर से ही न देखें। यदि कोई क्रोधी है या थोड़ा नकचढ़ा है तो हम उसके व्यवहार के लिए उस व्यक्ति को जिम्मेदार ठहराते हैं लेकिन अगर हम व्यापक दृष्टिकोण से देखेंगे तो कई और पहलू सामने आएंगे। कभी-कभी लोग कहते हैं, 'ओह! देखो, मैंने इतना कुछ किया लेकिन फिर भी वह व्यक्ति मुझसे प्रेम नहीं करता'। ऐसा इसलिए होता है, क्योंकि वे असहज महसूस करते हैं। प्रेम तब होता है, जब आदान-प्रदान होता है और ऐसा तभी हो सकता है, जब आप भी दूसरे व्यक्ति को अपने लिए कुछ करने का अवसर दें। इसके लिए थोड़ी कुशलता की आवश्यकता है। हमें दूसरे व्यक्ति से भी बिना मांगे योगदान कराने में कुशल होना चाहिए। हम किसी से अपने लिए कुछ करवाने का सिर्फ एक ही तरीका जानते हैं- मांगना। एक संबंध में यह देखें कि दूसरा व्यक्ति भी आपके जीवन में योगदान दे, ताकि वह मूल्यहीन अनुभव न करे। प्रेम बढ़ने के लिए दोनों का आत्मसम्मान आवश्यक है। जब आप किसी से प्रेम करते हैं

तो आप उन्हें सांस लेने की भी जगह नहीं देते और यह कई बार घुटन भरा हो सकता है। घुटन प्रेम को खत्म कर देती है। एक-दूसरे के स्थान का सम्मान करें। कुछ समय छुट्टी लें। पुराने समय में लोग यह जानते थे, इसलिए पत्नियों को साल में एक महीने के लिए उनकी माँ के पास भेजने की प्रथा थी। एंजल के प्रति मेरे इस अगाध प्रेम को कोई भी माप नहीं सकता, क्योंकि यह प्रेम आत्मा का है और आत्मा कभी मरती नहीं।"

दूसरे दिन तिलकनगर के एक कैफे के कोने में बैठकर मोहित, लवगुरु और सुमित चाय की चुस्कियाँ ले रहे थे। बाहर हल्की धूप थी और कैफे के अंदर की एसी की ठंडक उन्हें सुकून दे रही थी। मोहित ने चाय का घूंट भरते हुए कहा, "यार, ये प्यार-व्यार भी बड़ा अजीब है। जितना सुलझाने की कोशिश करो, उतना उलझ जाता है।"

लवगुरु ने मुस्कराते हुए जवाब दिया, "सही कहा! प्यार वो पहेली है, जिसे हल करने की कोशिश में ही मजा है।"

सुमित ने हँसते हुए कहा, "और अगर हल ना निकले तो बस चाय पीकर आगे बढ़ जाना चाहिए!" तीनों ने ठहाका लगाया और बारिश के साथ उनकी बातें भी बहने लगीं।

"यार, सुना है एंजल ने गिरीश को धोखा दे दिया?"

"अरे भाई, वो तो होना ही था। आखिर गोल्ड डिगर जो ठहरी!"

"देखो, देखो, लवगुरु जी ने अब गोल्ड डिगर एक्सपर्ट की उपाधि भी ले ली है।" उन्होंने कहा।

"हाँ, सही कह रहे हो। पर यार, गिरीश भी कहाँ समझ पाता। उसे तो बस एंजल की सुंदरता दिखती थी।" सुमित ने कहा।

"वैसे, मोहित, तुम्हारा क्या ख्याल है? गिरीश अब क्या करेगा?"

लवगुरु ने (मुस्कराते हुए) कहा, "मुझे लगता है, गिरीश अब प्यार-मोहब्बत के चक्कर से तौबा कर लेगा। वो अब लवगुरु से ही सलाह लेने आएगा।"

"हाँ, क्यों नहीं! मैं तो हमेशा तैयार हूँ। वैसे, एंजल जैसी लड़कियों से बचने का एक ही उपाय है – प्यार में मत पड़ो।" लवगुरु ने (हँसते हुए) कहा।

"अरे वाह, लवगुरु! तुम तो सच में गुरु हो गए। अब तुमसे सलाह लेकर ही सब प्यार करेंगे।" सुमित ने (मज़ाकिया अंदाज़ में) कहा, "और जिनका दिल टूटेगा, वो सब लवगुरु के पास आकर दिल का इलाज कराएँगे।"

# 15

# नेहा की दो टूक

एंजल की सहेली आईएफएस अधिकारी नेहा शुक्ला का मन आज बहुत बेचैन था। उसकी सहेली एंजल की सगाई की खबर आई थी और सगाई का कारण सुनकर उसके दिल में एक अजीब-सी हलचल मच गई थी। एंजल ने एक बड़े राजनीतिक घराने के बेहद बिगड़ैल लड़के से सगाई कर ली थी। नेहा जानती थी कि एंजल हमेशा एक अच्छे और चरित्रवान लड़के की चाह रखती थी, जो उसकी भावनाओं को समझ सके लेकिन अचानक ही उसका ये निर्णय नेहा को भीतर से विचलित कर रहा था। वह छत पर खड़ी थी, आसमान में बादल घिर रहे थे और दूर से आती हल्की हवा उसके चेहरे से हौले से टकरा रही थी। नेहा सोच रही थी, "क्या सच में हैसियत और संपत्ति ही सब कुछ है? क्या केवल बाहरी ख़ुशी ही इतनी महत्त्वपूर्ण हो गई है कि हम उसे पाने के लिए अपने मूल्यों और आदर्शों को भी भूल जाए?"

कुछ दिन पहले तक, एंजल नेहा से कहा करती थी कि 'उसे एक ऐसा जीवनसाथी चाहिए जो उसके साथ हर परिस्थिति में खड़ा रहे, चाहे वह अमीर हो या गरीब'। वह कहती थी कि 'सच्चा सुख तो किसी के साथ अपने दिल की बात बाँटने में है, न कि केवल पैसों में'। लेकिन अब एंजल के इस कदम ने नेहा को यह सोचने पर मजबूर कर दिया था कि क्या जीवन की दौड़ में हम सब कहीं न कहीं अपने आदर्शों से समझौता कर रहे हैं।

नेहा ने मन ही मन एक निर्णय लिया कि वह अपनी बाकी सहेलियों से इस विषय पर खुलकर बात करेगी। उसे ऐसा लगने लगा था कि आज की लड़कियों

में यह भ्रम पैदा हो गया है कि केवल सरकारी नौकरी या संपत्ति ही उनका जीवन सुरक्षित कर सकती है। जबकि नेहा के विचारों में, जीवन का सच्चा सुख और संतोष किसी बाहरी चीज़ में नहीं, बल्कि उस इंसान के चरित्र में छिपा होता है, जिसके साथ हम अपना जीवन बिताने का निर्णय लेते हैं।

अगले दिन नेहा ने अपनी सहेलियों को एक कैफे में बुलाया।

माहौल में चहल-पहल थी लेकिन नेहा के मन में विचारों की एक सुनामी सी उठ रही थी। जब सभी सहेलियाँ एकत्र हो गईं तो नेहा ने अपना मन खोलकर उनके सामने रख दिया।

“देखो, मैं जानती हूँ कि हम सब जीवन में सुरक्षा चाहते हैं,” नेहा ने बात शुरू की, “और हमें ऐसा जीवनसाथी चाहिए जो हमें हर तरह की सुविधाएँ और ख़ुशियाँ दे सके। लेकिन क्या यह सही है कि हम केवल नौकरी और प्रॉपर्टी को ही अपनी प्राथमिकता बना लें?”

पूजा ने गहरी सांस ली, “नेहा, मैं जानती हूँ कि तुम क्या कहना चाहती हो। लेकिन आज के समय में हमें ये भी तो देखना पड़ता है कि हमारा भविष्य सुरक्षित हो। क्या एक अच्छे घर में शादी करना गलत है?”

नेहा ने पूजा की ओर ध्यान से देखा, “नहीं, गलत नहीं है, पूजा। लेकिन क्या तुमने कभी सोचा है कि केवल संपत्ति से मिलने वाला सुख कितना टिकाऊ है? सरकारी नौकरी या प्रॉपर्टी सिर्फ बाहरी ख़ुशियाँ दे सकती हैं। ये वे चीज़ें हैं, जो समय के साथ फीकी पड़ जाती हैं। आज तुम्हारे पास घर है, गाड़ी है, पैसे हैं लेकिन अगर तुम्हारा जीवनसाथी तुम्हारे साथ समझदारी से पेश न आए, तुम्हारी भावनाओं को न समझे तो क्या वह सब कुछ तुम्हें सच्चा सुख दे पाएगा?”

पूजा कुछ सोच में पड़ गई। नेहा की बातें उसके दिल को छू रही थीं लेकिन वह अभी भी अपने निर्णय के बारे में अनिश्चित थी।

“नेहा,” दूसरी सहेली साक्षी ने हस्तक्षेप किया, “तुम्हारे विचार अच्छे हैं लेकिन क्या हमें एक चरित्रवान लड़के की पहचान करने का सही तरीका पता है? आजकल हर कोई दिखावे में लगा रहता है। कौन सच्चा है और कौन नहीं, यह पहचानना मुश्किल हो गया है।”

नेहा ने साक्षी की बात पर गंभीरता से विचार किया, "तुम सही कह रही हो, साक्षी। आजकल दिखावे का ज़माना है। लोग अपनी असली पहचान छिपाकर अपनी बाहरी ज़िंदगी को सजा-संवार कर पेश करते हैं। लेकिन हमें चाहिए कि हम दिखावे से ऊपर उठकर उस इंसान के अंदर झाँकें। उसकी बातों से, उसके व्यवहार से और सबसे महत्त्वपूर्ण, उसकी नैतिकता से यह समझने की कोशिश करें कि वह वास्तव में कैसा इंसान है।"

"पर हम कैसे पता लगाएंगे कि कौन सच्चा है और कौन नहीं?" पूजा ने सवाल उठाया।

"यह आसान नहीं है लेकिन असंभव भी नहीं है," नेहा ने जवाब दिया। "जब तुम किसी के साथ समय बिताती हो, उसकी सोच, उसके व्यवहार और उसकी प्रतिक्रिया से तुम समझ सकती हो कि वह व्यक्ति कैसा है। क्या वह केवल बाहरी चीज़ों पर ध्यान देता है या वह तुम्हारी भावनाओं, तुम्हारी ख़ुशियों और दुखों को भी समझता है? फिर सबसे महत्त्वपूर्ण बात, क्या वह इंसान तुम्हें अपनी इच्छाओं और सपनों के साथ खुद को भी बेहतर बनाने की प्रेरणा देता है?"

सभी सहेलियाँ नेहा की बातों को ध्यान से सुन रही थीं। उनके मन में भी वही सवाल थे, जो नेहा के मन में थे।

नेहा ने अपनी बात आगे बढ़ाई, "सुखी जीवन का आधार केवल पैसे या संपत्ति नहीं है, बल्कि उस रिश्ते में ईमानदारी, समझदारी और प्रेम है। एक चरित्रवान लड़का जो तुम्हें और तुम्हारे परिवार को सम्मान दे, वह किसी भी संपत्ति से अधिक कीमती है क्योंकि वह तुम्हारे साथ जीवन के हर उतार-चढ़ाव में खड़ा रहेगा।"

साक्षी ने मुस्कराते हुए कहा, "तुम्हारी बातें सुनकर लगता है कि हम सबको फिर से सोचने की ज़रूरत है। शायद हमें शादी और रिश्तों को लेकर अपनी प्राथमिकताओं को फिर से परिभाषित करना चाहिए।"

नेहा ने भी मुस्कराते हुए उत्तर दिया, "बिल्कुल। हमें यह समझना चाहिए कि जीवन में सबसे बड़ा सुख वह है जो हमें अंदर से ख़ुशी और संतोष दे। बाहरी दिखावा और संपत्ति हमें केवल क्षणिक सुख दे सकते हैं लेकिन एक सच्चा और

चरित्रवान जीवनसाथी हमें वह स्थायी आधार देगा, जिस पर हम अपने पूरे जीवन का निर्माण कर सकते हैं।"

उस दिन कैफे में हुई इस बातचीत ने सभी सहेलियों के मन में एक नई सोच को जन्म दिया था। नेहा की बातें गहरी थीं लेकिन सच्ची थीं।

नेहा ने अपनी बात बड़े उत्साह से शुरू की थी और अब सबका ध्यान उसके तर्कों पर था। तभी एंजल ने अचानक अपनी कुर्सी से थोड़ा आगे झुकते हुए सवाल दागा, "पर हम कैसे पता लगाएंगे कि कौन सच्चा है और कौन नहीं?"

नेहा ने एंजल की ओर देखा, हल्की सी मुस्कान उसके चेहरे पर खेल गई। वह समझ चुकी थी कि एंजल के सवाल में कहीं न कहीं उसका अपना गिल्ट भी छुपा हुआ था। नेहा ने थोड़ा झिझकते हुए कहा, "देखो, एंजल, सच्चाई पहचानने का एक तरीका है – पहले खुद को पहचानो, फिर उस इंसान को चुनो, जो खुद को दिखावे से नहीं, अपने चरित्र से परिभाषित करता हो।"

साक्षी ने व्यंग्यात्मक अंदाज़ में कहा, "हाँ और ऐसा कोई मिल जाए तो लॉटरी से कम नहीं। वैसे, नेहा, तुम्हारा आईडियल लड़का कौन होगा?"

नेहा ने मुस्कराते हुए जवाब दिया, "साक्षी, आईडियल लड़के की परिभाषा आसान है। बस वो एंजल का एक्स गिरीश जैसा होना चाहिए।"

यह सुनते ही एंजल की मुस्कान थोड़ी फीकी पड़ गई। वह चाय के कप की तरफ ध्यान देने लगी लेकिन उसकी हल्की सी झेंप साफ दिख रही थी।

"गिरीश?" एंजल ने धीरे से कहा।

"हाँ, गिरीश," नेहा ने उसकी ओर देखते हुए कहा, "जिसे तुमने बड़ी आसानी से छोड़ दिया था क्योंकि शायद तुम्हें दिव्य प्रकाश की संपत्ति ज्यादा ज़रूरी लगी।"

पूजा और साक्षी ने एक-दूसरे की तरफ देखा और उनकी हँसी छूट गई।

एंजल ने थोड़ा खिन्न होकर हुए कहा, "ठीक है, ठीक है, अब इतना भी मत चिढ़ाओ।"

नेहा ने उसे हल्के से छेड़ते हुए कहा, "अरे, कोई बात नहीं। गलती इंसान से ही होती है!"

## 16

# बाल विवाह

13 मई 2023 का दिन। जोधपुर जिले के हाणिया गाँव का चौपाल अपने पूरे रंग में था। खेजड़ी के पेड़ के नीचे बिछी चारपाइयाँ, जिन पर बैठे गाँव के प्रमुख लोग और सामने ढेर सारे कुतूहल से भरे ग्रामीण। चौपाल पर आज ख़ास चर्चा होनी थी—बाल विवाह और उसकी रोकथाम के उपायों पर। गाँव के लिए यह एक ऐतिहासिक दिन था, क्योंकि डॉ. कृति भारती, जो सारथी ट्रस्ट की प्रमुख थीं, खुद इस चर्चा की अगुवाई करने के लिए आई थीं। सरपंच लुंबाराम ने लाल पगड़ी ठीक की और अपनी मूंछों को ताव देते हुए सभा का आगाज किया।

"धन्यवाद, धन्यवाद, सबको राम-राम। आज हम यहाँ बाल विवाह की इस समस्या पर चर्चा करने आए हैं। डॉ. कृति भारती हमारे बीच हैं और उन्होंने ही यह चौपाल बुलाने की बात की। तो चलिए, उनसे ही सुनते हैं कि इस समस्या का कोई हल कैसे निकाला जाए।" सरपंच लुंबाराम ने कहा।

डॉ. कृति भारती खड़ी हुईं, उनके चेहरे पर एक गंभीर मुस्कान थी। जैसे ही वे बोलने लगीं, हवा में एक अनोखी गंभीरता छा गई, "राम-राम, सरपंच जी और सभी गाँववासी। आज हम यहाँ बाल विवाह पर चर्चा करने और उसका समाधान निकालने के लिए इकट्ठे हुए हैं। कविता की कहानी इस दिशा में एक प्रेरणा है। उसने जिस तरह से अपने सपनों को जीने का फैसला किया और समाज के दबाव को चुनौती दी, वो हम सबके लिए एक मिसाल है।"

"कविता, तुमने बहुत हिम्मत दिखाई। अगर तुम अपनी बात नहीं रखतीं तो शायद आज हम यहाँ इस मुद्दे पर चर्चा नहीं कर रहे होते।"

कविता हल्के से मुस्कराई लेकिन उसकी माँ की आँखों में आँसू आ गए। वो थोड़ा झिझकते हुए अपनी जगह से उठीं और बोलीं, "हम तो बस अपनी बेटी की ख़ुशी चाहते थे लेकिन समाज के दबाव में आकर हमने गलत निर्णय ले लिया। हमें माफ कर दो, बेटी।" कविता की माँ ने कहा।

कविता ने माँ का हाथ पकड़ा और प्यार से कहा, "माँ, आपसे नाराज होने का तो कोई सवाल ही नहीं। आपने जो भी किया, वो समाज के दबाव में आकर किया। पर अब हमें मिलकर बदलाव लाना है, ताकि और कोई बेटी ऐसा ना झेले।"

"सही कहा, कविता। समाज की सोच को बदलना बहुत ज़रूरी है। लेकिन डॉ. कृति, हमें ये बताओ कि हम इस समस्या का समाधान कैसे कर सकते हैं? हमारे यहाँ तो सालों से यही चलता आ रहा है।" सरपंच लुंबाराम ने (गंभीर चेहरा बनाते हुए) कहा।

डॉ. कृति ने गहरी सांस ली और जवाब दिया, "सबसे पहले, हमें जागरूकता फैलानी होगी। शिक्षा का महत्त्व समझाना होगा। गाँव में शिक्षकों, माता-पिता और बच्चों को इस बारे में शिक्षित करना ज़रूरी है। अगर हम शिक्षा को बढ़ावा देंगे तो बाल विवाह अपने आप खत्म हो जाएगा।"

तभी गाँव के एक बुजुर्ग चतुरलाल जी, जो अब तक चारपाई पर बैठकर खैनी मल रहे थे, हँसते हुए बोले, "अरे बिटिया, तुम बड़ी-बड़ी बात कर रही हो। ये पढ़ाई-लिखाई वाली बातें तो सही हैं, पर हमारी औरतें तो आज भी हल चलाती हैं। हमें पढ़ाई-लिखाई की ज़रूरत क्या!"

डॉ. कृति उनकी तरफ देखकर मुस्कराईं, "चतुरलाल जी, अगर आपकी पोती पढ़-लिखकर डॉक्टर बनेगी तो आपको कैसा लगेगा?"

चतुरलाल जी ने अपनी खैनी को एकदम से गिरा दिया और बोले, "अरे, डॉक्टर? हमारी पोती? फिर तो गाँव में हल्ला मच जाएगा! सब कहेंगे, चतुरलाल की पोती डॉक्टर बनी है!"

सभी ग्रामीण हँस पड़े लेकिन माहौल में एक सकारात्मक ऊर्जा फैल गई।

पेड़ के नीचे, गांव के प्रमुख जिनमें सरपंच लुंबाराम अपने लाल साफे को बार-बार ठीक कर रहे थे, सुनिता शिक्षिका अपनी चश्मे के पीछे से लोगों को गौर से देख रही थी और सारथी ट्रस्ट की प्रमुख डॉ. कृति भारती, गाँव के हालात को समझने की कोशिश में गहन विचारमग्न थीं।

चौपाल में सबसे ज्यादा उत्साहित अगर कोई था तो वह गाँव के बूढ़े चतुरलाल जी थे। वे बोले, "अरे भाई, बाल विवाह के मुद्दे पर सब कह रहे हैं कि रुकना चाहिए लेकिन गाँव के छोरे-छोरियों का क्या? अरे हमारे ज़माने में तो लड़कियाँ पंद्रह की होते ही ब्याह दी जाती थीं। कोई दिक्कत भी नहीं थी!"

डॉ. कृति भारती मुस्कराईं और बोलीं, "बाबा, आप सही कह रहे हैं लेकिन अब जमाना बदल गया है। पढ़ाई-लिखाई का समय है। बच्चियाँ पढ़ेंगी, तभी तो आत्मनिर्भर बनेंगी।"

यह सुनकर सरपंच लुंबाराम जी, जो अब तक केवल अपनी मूंछों को ताव दे रहे थे, अपनी कुर्सी पर तन कर बैठ गए। "डॉ. कृति जी की बातों में दम है। अब हमारी कविता जैसी लड़कियों को देखिए, अगर इन्हें पढ़ने-लिखने का मौका नहीं मिलेगा तो ये क्या करेंगी? बिना पढ़ाई के भला कौन सा भविष्य बन पाएगा?"

इतने में सुनिता शिक्षिका ने अपना चश्मा ऊपर किया और बोलीं, "आप सबने सही कहा लेकिन एक बात बताइए, अगर लड़कियाँ स्कूल में आकर हमें रोज मिर्ची बड़े, कचौरी और समोसा खिलाएंगी तो उनका पढ़ाई में ध्यान कहाँ जाएगा?" पूरे गाँव में हँसी की लहर दौड़ गई। सबको पता था कि सुनिता शिक्षिका के स्कूल में खाने की व्यवस्था से ज्यादा चर्चा उनके हाथ के बने नाश्तों की रहती थी।

डॉ. कृति भारती ने माहौल को गंभीरता की ओर मोड़ते हुए कहा, "देखिए, बाल विवाह केवल एक सामाजिक बंधन नहीं है, यह हमारे बच्चों के भविष्य के लिए सबसे बड़ी बाधा है। हमें इसे रोकना होगा। और इसके लिए शिक्षा सबसे बड़ा हथियार है।"

सरपंच लुंबाराम ने मुस्कराते हुए कहा, "हथियार की बात तो ठीक है, पर मेरे गाँव में तो लड़कियाँ खुद खेतों में हल चला लें, वो भी एकदम मर्दों की तरह!"

सभी ने ठहाके लगाए लेकिन फिर डॉ. कृति ने धीरे से कहा, "लुंबाराम जी, गाँव की बच्चियाँ अगर कल की डॉ. कृति भारती, कविता या सुनिता बनेंगी तो आपको कैसा लगेगा?"

यह सुनकर सरपंच ने अपने साफे को ठीक किया और बोला, "फिर तो भाई, गाँव की लड़कियाँ पूरे देश में नाम रोशन कर देंगी। चलिए, हम सब मिलकर काम करते हैं, हाणिया गाँव को बाल विवाह मुक्त बनाते हैं।"

तभी विनित, जो हमेशा गाँव के हर मुद्दे पर सबसे आगे रहता था, खड़ा होकर बोला, "देखिए, हमें खुद भी जागरूक होना होगा। हमने देखा है कि शिक्षा और जागरूकता से ही बदलाव संभव है। कविता इसका जीता जागता उदाहरण है। अगर हम अपनी बेटियों को पढ़ाएंगे तो हमारा गाँव और हमारा समाज खुद-ब-खुद बदल जाएगा।"

डॉ. कृति ने सहमति में सिर हिलाया और कहा, "बिल्कुल सही कहा और हम सारथी ट्रस्ट की तरफ से हर संभव सहायता करेंगे। हमें बस आप सबका साथ चाहिए।"

सरपंच लुंबाराम ने एक गहरी सांस ली और बोले, "तो क्या अब हम सब यह फैसला करें कि हाणिया गाँव बाल विवाह मुक्त बनेगा?"

गाँव वालों में एक जोश उठ खड़ा हुआ। सबने एक सुर में कहा, "हाँ, हम बाल विवाह के खिलाफ हैं!"

"सभी को सोचना है,
बाल विवाह रोकना है!
हम सब मिलकर,
इसे जड़ से मिटाएंगे!"

सभा में बैठे सभी लोग तालियाँ बजाने लगे और अपनी सहमति जताने लगे। नारे हवा में गूँजते रहे :

"होने दो पहले उसका विकास,
शादी करके न तोड़ो उसकी आस।"

"बाल विवाह नहीं है भला,
बेटी को रहे हो तुम जला।
पढ़े लिखे लोगों का हो समाज,
बाल विवाह का न हो आगाज।"
सामाजिक विज्ञान की शिक्षिका सुनीता जी ने कहा।

"कम उम्र में न करो शादी,
यह है उसके जीवन की बर्बादी।"

गाँव के हर कोने में इन नारों की गूंज फैल चुकी थी। हर परिवार इस बात को समझ चुका था कि अब बदलाव का समय आ गया है।

फिर, अचानक चतुरलाल जी ने एक और मजेदार टिप्पणी कर दी, "अरे ठीक है लेकिन अब बाल विवाह नहीं होगा तो कम से कम सरपंची द्वारा आज चौपाल चर्चा में रखी गई दावत वाली मिठाई तो खाना मत भूलना! ब्याह हो या न हो, मिठाई तो ज़रूरी है!"

सब ठहाके लगाने लगे और चौपाल में हँसी-मज़ाक का दौर फिर से शुरू हो गया। डॉ. कृति ने हँसते हुए कहा, "चतुरलाल जी, मिठाई तो पक्की है। लेकिन अब मिठाई सिर्फ ख़ुशियों के लिए होगी, दुखों के नहीं।"

इस हँसी-मज़ाक के बीच, गाँव में एक नई शुरुआत हो चुकी थी।

लुंबाराम, गाँव के सरपंच, अपनी लाल पगड़ी को ठीक करते हुए और मूंछों को ताव देते हुए खड़े हुए। वह हमेशा से ही अपने दृढ़ स्वभाव और बेबाक अंदाज़ के लिए जाने जाते थे। उन्होंने ठेठ राजस्थानी लहजे में कहा, "साथियो, माणस जी आवाई तो कद कै म्हारै हाणिया म धाणी लागै, अर म्हारै गाँव की धरती भी कुशलपने थारी बाट जोवे। आज जी बात गम्भीर है, अर म्हाने पाछे नहीं हटणो।"

गाँव का बुजुर्ग गणपत खाँसा चारपाई पर बैठे हुए बोले, "सरपंच जी, म्हारे हियाँ तो एक कहावतो है— 'बालक सो घी मेलो, बुड्ढा सो तेल'। बालकन की बातां म तेल सरीखी नजाकत है, सो हमें बचावनो पड़सी। बाल विवाह छाँट्यां बिना गाँव की भलाई कोनी।"

सभा में बैठे लोग सिर हिला रहे थे। कोई पीछे से बोला, "ठीक कैवो गणपतजी, पण ई तो म्हारा रीथ-रिवाज है। बाप-दादा सा चाल्या आ रह्यो है, ई तोड़णों कोनी सोऽल ससरो काम।"

लुंबाराम ने उसकी ओर देखा और बोले, "भाईसा, रीथ तो बेमौसम बरसात री तरह है। म्हारे कहाण म भी कहा है, 'रीथ बदलै तो वक्त बदलै।' अर अब वखत बदलणो है।"

इतने में डॉ. कृति भारती ने सभा को संबोधित किया, "भाइयो-बहनो, म्हारे राजस्थानी समाज की शक्ति हमारी संस्कृति और हमारे संस्कार हैं। लेकिन बाल विवाह समाज पर बोझ है। आज हम इस रीथ को बदलने के लिए यहाँ हैं। हमारे बच्चों को पढ़ने-लिखने दो, उनकी ज़िंदगी सवारने दो। आप सब जानते हो, "जैसे बीज बोओगे, वैसा फल पाओगे।""

सभा में हलचल सी मच गई। कई महिलाओं ने सिर हिलाकर कृति की बात का समर्थन किया। एक बूढ़ी महिला ने कहा, "पण माईसा, अगर बचिया पढ़-लिख जासी तो ऊँचो करसी, पर जो ब्याही पड़सी जद कू ऊ ठोकरा ख़ासी।"

कृति ने मुस्कराते हुए जवाब दिया, "माँसा, म्हारी कहावत तो ए भी है ना— 'पंख होया पंछी घणी दूर उड़े।' अगर आप बालकों ने पर लगने दोगे तो ऊ ऊंचो उड़ सकसी। अर ब्याह मं भी सूझ-बूझ ले सकसी।"

लुंबाराम ने डॉ. कृति की ओर देखते हुए कहा, "ठीक कैवो माईसा, हमें तो रीथ बदलवणो पड़ी। गाँव म वचन देवा हूँ कि हम सब मिल कै बाल विवाह रोकी दिखासां।"

सभा ने तालियों से समर्थन किया और एक नया संकल्प गाँव में जागृत हो गया। हाणिया गाँव की धरती पर बदलाव की बयार चल पड़ी थी और हर चेहरा भविष्य की उम्मीदों से दमक रहा था।

## 17

# वक्त से बिछड़े "हम"

वक्त हमेशा आगे बढ़ता है, जैसे नदी का बहाव, जिसे किसी भी सूरत में रुकना नहीं होता। इंसान भी इसी बहाव के साथ बहता चला जाता है और उसे लगता है कि पीछे छूटी हुई बातें धीरे-धीरे धुंधली हो रही हैं। वह सोचता है कि हर बीती हुई याद, हर गुज़रा लम्हा समय के साथ ज़हन से मिट चुका है। पर यह सिर्फ एक भ्रम होता है क्योंकि मन का एक कोना हमेशा उन यादों को सहेजकर रखता है। वही कोना, जो कभी खुलकर सामने नहीं आता और इंसान की रोजमर्रा की ज़िंदगी की हलचल में कहीं खोया रहता है।

लेकिन वक्त की अपनी चाल होती है। जब इंसान सबसे ज्यादा खुद को वर्तमान में खोया हुआ पाता है, जिम्मेदारियों में डूबा, तब वक्त चुपके से उसके सामने उसी पुरानी याद को फिर से ला खड़ा करता है। कोई भूली-बिसरी आवाज़, किसी पुराने गीत की धुन या कोई परिचित गंध उस भूली हुई याद को अचानक से ज़िंदा कर देती है। वह याद, जो कभी सोची समझी हुई बातों में गिनती नहीं जाती थी, अचानक से उसके सामने आकर खड़ी हो जाती है।और तब इंसान को एहसास होता है कि वह धुंधली यादें मिटती नहीं हैं, वे बस कहीं छुपी रहती हैं, अपने वक्त का इंतज़ार करती हैं। जैसे ही वक्त अपने चक्र में मुड़ता है, वो यादें फिर से जीवंत हो उठती हैं और इंसान उन्हें फिर से जीने को मजबूर हो जाता है।

सर्दी की एक ठंडी रात थी और घर की घड़ी की टिक-टिक ने एक अद्वितीय मौन का निर्माण कर दिया था। इस मौन में एंजल और उसकी सहेली लक्षिता के बीच गिरीश को लेकर एक लंबी और गहन बातचीत चल रही थी।

"लक्षिता, यह क्या हो रहा है? पिछले 15-16 दिनों से गिरीश हर रात मेरे सपनों में आ रहा है। मैं ऐसे नहीं रह सकती। मुझे उससे बात करनी ही पड़ेगी," एंजल ने कुछ चिंतित, कुछ रोमांटिक लहजे में कहा।

लक्षिता, जो हमेशा की तरह समस्या के समाधान की चाबी रखती थी, ने एक कुशल समाधान सुझाया। "तो फिर क्या सोच रही हो, एंजल? तुमने उन्हें चीट किया और फिर याद क्यों आ रही है। अब दुबारा याद आ रही है तो उसे फोन करो और दिल का हाल बता दो। एक दिन मिलने के लिए बुलाओ और सब कुछ साफ कर दो। लेकिन मुझे नहीं लगता कि वह तुझे माफ करेंगे।"

एंजल की आँखों में चमक आ गई। "हाँ, लक्षिता, तुम ठीक कह रही हो। मैं अभी फोन करती हूँ।"

दोनों ने अपनी गर्म चाय के कप उठाए और बातचीत का शोर केवल घड़ी की टिक-टिक में खो गया।

दिल्ली महानगर की वो शाम कुछ अजीब थी। हल्की बारिश हो रही थी और बाहर की हल्की ठंडी हवा खिड़की से अंदर आ रही थी। मैं अपने कमरे में बैठा, छाछ का गिलास हाथ में लिए, पुरानी यादों में खोया हुआ था। तभी फोन बजा। स्क्रीन पर नाम चमका—एंजल। कुछ समय पहले अगर यह कॉल आया होता तो शायद मैं ख़ुशी से झूम उठता। लेकिन अब, मेरे भीतर कुछ बदल चुका था। मैंने फोन उठाया। दूसरी तरफ से वही जानी-पहचानी आवाज़ आई लेकिन इस बार उसमें कोई उन्माद नहीं था, सिर्फ एक थकी हुई सी ख़ामोशी थी।

मैंने कुछ पल सोचा। दिल में हलचल तो हुई, पर मेरे होंठों ने सख्त जवाब दिया, "मिलने का क्या फायदा, एंजल? जो होना था, हो चुका है।"

वह ख़ामोश रही, जैसे अपनी गलतियों का बोझ खुद ही महसूस कर रही हो। उसने मुझे ठुकरा दिया था, उस वक्त जब मैं कुछ नहीं था। उसका चुनाव पैसों और शोहरत का था और मेरा आत्मसम्मान कहीं उसके फैसले के नीचे कुचला गया था। लेकिन अब, समय ने सब कुछ बदल दिया था। मैं सफल हो गया था और एंजल को शायद यह एहसास हो गया था कि उसने जो रास्ता चुना था, वह सिर्फ दिखावे का था, अंदर से खोखला।

"मैं जानती हूँ," उसने कहा, उसकी आवाज़ में पश्चाताप की हल्की सी झलक थी। "लेकिन मैं तुमसे माफी मांगने आई हूँ और शायद... एक मौका और?"

उसकी बात सुनकर एक पल के लिए मेरा दिल पिघलने लगा। लेकिन फिर वही पुरानी चोटें याद आ गईं। जब उसने पैसे को चुना था, तब मैं कुछ नहीं था और उसने बिना सोचे-समझे मुझे छोड़ दिया था। अब जब मैं सफल हो चुका था। मेरी पहली किताब ने अविश्वसनीय सफलता हासिल की। किताब की सफलता के बाद एंजल को ट्रोल किया जा रहा था। तो वह वापस लौटना चाह रही थी। पर मैं जानता था कि अगर आज मैंने उसे स्वीकार कर लिया तो वह मेरे आत्मसम्मान की हार होगी।

"एक बार ...आखिरी बार मिल तो लो गिरीश?" एंजल ने अनुरोध किया।

"ठीक है, कनॉट प्लेस के उसी कैफे में जहाँ हम अक्सर मिलते थे।" मैंने कहा।

"डन, कब?"

"तीन दिन बाद, सोमवार को..."

आधी रात की नीरवता में, अकेला खड़ा मैं, अपनी छत से सुदूर क्षितिज की ओर देखता हूँ। आज दिल्ली शहर की ताज़ा बारिश से धुली गलियाँ और इमारतें एक अलग ही चमक में डूबी हुई हैं। जैसे किसी पुरानी तस्वीर पर लगी धूल अचानक हट गई हो और हर रंग, हर लकीर, पहले से अधिक स्पष्ट दिखाई देने लगी हो।

आकाश आज बेहद साफ है। वर्षों से धुंध से ढके तारे आज ऐसे टिमटिमा रहे हैं जैसे किसी ने आकाश पर जमी कालिमा को धो दिया हो। दूर-दूर की चीज़ें भी अब साफ-साफ नज़र आ रही हैं, जैसे इस शहर ने आज अपनी पुरानी गलतियों को धो दिया हो और एक नया रूप धारण कर लिया हो।

मेरी नज़र एक ऊँचे मोबाइल टावर पर जाकर ठहरती है। टावर की शीर्ष पर जलती-न बुझती लाल-नीली बत्तियाँ दूर से ऐसे दिख रही हैं मानो वे भी इस शहर के सितारों का हिस्सा बन गई हों। कुछ ही दूरी पर खड़ी बहुमंजिली इमारतें भी अपनी चमक-दमक से रात को रोशन कर रही हैं। इन कृत्रिम प्रकाशों और आकाश के असली तारों के बीच की सीमा मिट सी गई है। आज की रात कुछ ख़ास है। जैसे इस शहर ने अपना कोई बड़ा गुनाह स्वीकार कर, उसे धोकर खुद

को पवित्र कर लिया हो। लेकिन इस शांति और सफाई के पीछे कहीं न कहीं एक अजीब सा खालीपन भी है, एक ऐसा खालीपन जो हर चमकती रोशनी के बीच छिपा हुआ है, फिर भी अनदेखा नहीं किया जा सकता।

# 18

# मुलाकात एक्स से

18 अगस्त, 2023 का दिन। शाम की लाली आसमान में फैल चुकी थी जब मैंने *दैनिक जागरण* के लिए अपना आर्टिकल भेजा और उसी रेस्टोरेंट की तरफ रुख किया, जहाँ मैं और मेरी एक्स गर्लफ्रेंड एंजल कई बार मिलते थे। दिल की धड़कनें तेज़ थीं, जैसे किसी पहाड़ी से झरना बह रहा हो। रेस्तरां के दरवाजे पर कदम रखते ही ऐसा लगा जैसे समय ने एक कदम पीछे खींच लिया हो। रेस्तरां के अंदर की रोशनी धुंधली थी, जैसे किसी पुरानी याद की परछाईं। मेरी साँसें तेज़ हो गईं, मानो दिल के समुद्र में तूफ़ान उठ रहा हो। हर टेबल पर बैठे लोग, हर मुस्कान और हर आवाज़ मुझे उसके साथ पुरानी मुलाकात की याद दिला रहे थे।

कनॉट प्लेस के उस व्यस्त कैफे की भीड़ के बीच एक कोने की टेबल पर एंजल बैठी थीं। हल्की धूप कांच की खिड़की से होकर उनके चेहरे पर पड़ रही थी, जिससे उनके होंठों पर एक खोई-सी मुस्कान दिखाई दे रही थी। वह अपनी उंगलियों से कप के हैंडल को घुमा रही थीं, मानो किसी सोच में डूबी हों। उनके सामने खाली कुर्सी थी, जैसे किसी का इंतज़ार कर रही हो।

कैफे में लोगों की हलचल, बैकग्राउंड में बजता धीमा संगीत और कॉफी की ख़ुशबू एक अलग ही माहौल बना रहे थे। तभी मैं दरवाजे से अंदर आता हूँ, हल्का मुस्कराते हुए चारों तरफ नज़र दौड़ाता हूँ और फिर मेरी एंजल पर टिक जाती है।

मैं उनके सामने आकर बैठ जाता हूँ। दोनों के बीच कुछ पल की चुप्पी होती है, मानो हर शब्द का वजन तौला जा रहा हो। उसी बीच वेटर मेन्यू लेकर आता है और टेबल पर रख देता है।

"सर, मेन्यू देख लीजिए," वेटर हल्की मुस्कान के साथ कहता है।

मैंने मुस्कराते हुए उसकी तरफ देखा, "अरे यार, तुम्हें अब तक समझ में नहीं आया? वही पुराना— एक ब्लैक कॉफी और... शायद एंजल के लिए कुछ नया हो?"

एंजल हल्की हँसी के साथ कहती हैं, "नया? तुम्हें तो पता ही है, मैं वही कॉफी ऑर्डर करूँगी जो हमेशा से करती आई हूँ।"

मैंने उसके चेहरे को गौर से देखा और एक व्यंग्यात्मक लहजे में बोला, "तुम्हारा 'हमेशा' बदल भी सकता है, पता नहीं कब... जैसे और भी चीज़ें बदल गई हैं।"

वेटर यह सुनते ही हँसी को दबाते हुए नोट्स लिखता है और कहता है, "तो फिर वही कॉफी, मैडम?"

एंजल ने मुस्कराते हुए सिर हिलाया, "हाँ, वही।"

वेटर वहाँ से चला जाता है लेकिन उसके जाते ही माहौल में एक हल्की सी ख़ामोशी फिर से छा जाती है। हम दोनों के बीच पहले जैसी सहजता नहीं थी, मानो किसी पुराने रिश्ते की डोर बहुत कमज़ोर हो गई हो।

"तुम्हें अब भी वही कॉफी पसंद है?"

एंजल ने मेरी आँखों में देखते हुए कहा, "हाँ, कुछ चीज़ें नहीं बदलतीं लेकिन शायद हम बदल जाते हैं।"

मैंने हल्के से हँसकर जवाब दिया, "शायद। पर देखो, यहाँ हम फिर से बैठे हैं, एक ही टेबल पर, वही पुरानी कॉफी के साथ।"

फिर मैं चुप हो गया। लेकिन हम दोनों मुस्कान के पीछे की कड़वाहट छिपाने की कोशिश करते रहे। दोनों ने एक-दूसरे की आँखों में वो अनकही बातें पढ़ ली थीं, जिनके बारे में कभी खुलकर बात नहीं हुई थी।

चाय का कप लेकर मैंने खिड़की के बाहर झांकते हुए सोचा, "दिल तो पागल है, यादों के झरोखे में बार-बार झांकता है।" हर घूँट के साथ एक नई याद ताज़ा

हो रही थी। वो पहली हँसी, वो पहली नज़रें मिलाना, सबकुछ जैसे फिर से जी रहा था। कैफ़े की घड़ी की टिक-टिक जैसे मेरे दिल की धड़कनों के साथ तालमेल बिठा रही थी।

हम बहुत देर से यूँ ही बैठे थे—पास लेकिन फिर भी एक अजीब-सी दूरी के साथ। न मैं कुछ बोल रहा था, न वह। कभी-कभी उसकी नज़रें मुझ पर पड़तीं और मैं भी अपनी निगाहें चुपचाप उस पर डालता लेकिन हम दोनों में से कोई पहल नहीं कर रहा था।

इस ख़ामोशी में बहुत कुछ था—अधूरे सवाल, अनकही बातें, शायद कुछ अनसुलझे एहसास भी। मुझे उसकी हर सांस सुनाई दे रही थी और शायद उसे मेरी भी। उस कमरे की बंद दीवारें भी हमारी इस अजीब-सी चुप्पी से असहज हो रही थीं।

"क्यों गिरीश तुम मुझे भूल गए?"

"तेरे जैसे इंसान को कोई कैसे भूल सकता है, जिसके अंदर दिल है ही नहीं सिर्फ दिमाग है, वह भी घुटनों में।" अनायास ही मेरे मुँह से निकल गया। "तुम एक करियर ओरिएंटेड लड़की थीं माना, पर तुम्हें किसी की भावनाओं से खेलने की परमिशन नहीं मिल सकती।" मैंने कहा।

"वाह! तुम तो सच में बदल गए हो। पहले ऐसे नहीं थे। मेरे दिमाग का एक हिस्सा शायद घुटनों में है, इसलिए तो मैं हमेशा घुटने टेकने की स्थिति में रहती हूँ, ख़ासकर तुम्हारे सामने।" उन्होंने कहा।

"तुम्हारे जाने के बाद बहुत कुछ बदल गया। लेकिन एक चीज़ नहीं बदली, वो है तुम्हारा चेहरा, जो हमेशा मेरे सामने रहता है।"

"तुम्हें देखकर लगता है जैसे तुम मुझे भूलने की कोशिश कर रहे हो, पर कोशिश नाकामयाब हो रही है।" उन्होंने कहा।

"शायद, कोशिश करने का कोई फायदा नहीं। वैसे भी, तुमसे बेहतर 420 इंसान कोई हो नहीं सकता।"

थोड़ी देर तक वह मौन रही।

"गिरीश, मैं थक चुकी हूँ। इस नश्वर शरीर से, इस अस्थिर मन से, अतृप्त आत्मा से। मुझे आराम चाहिए, सुकून चाहिए। यह सुकून मुझे तेरी गोद में

ही मिल सकता है। तुम मान ही जाओ, तुम्हें भुलाना मेरे बस में नहीं।" उसने गिड़गिड़ाते हुए कहा।

"और मुझे अब पाना तेरी किस्मत में नहीं, एंजल।"

"इश्क़ है या इबादत, कुछ भी समझ में नहीं आता, गिरीश। बस ये समझ लो कि वो एक ख़ूबसूरत ख़याल था जो दिल से अभी तक नहीं जाता। गिरीश, तेरी यादों ने मुझे कभी चैन से सोने नहीं दिया। तेरे बिना सब कुछ अधूरा लगता है। मैं हर पल तुझसे दूर होने का दर्द महसूस करती हूँ।" (आंसू पोंछते हुए) उन्होंने कहा।

"मैंने भी कभी नहीं सोचा था कि हमारी राहें इस तरह अलग होंगी। पर ज़िंदगी ने हमें अलग कर दिया, एंजल। तुम्हारी यादें मेरे दिल में बसती हैं लेकिन हमारे रास्ते अब अलग हैं।"

"मुझे सुकून चाहिए, गिरीश। वो सुकून जो सिर्फ तेरे पास है। क्या तुम मुझे फिर से वही प्यार और अपनापन दे सकते हो?"

"एंजल, प्यार और अपनापन तो दिल से ही आते हैं। लेकिन मैं अब तुम्हें वो नहीं दे सकता, जो तुम मुझसे मांग रही हो। हम दोनों का रास्ता अब अलग है और हमें इसे स्वीकार करना होगा।"

उस शाम फिर बिल का भुगतान करके कैफे से बाहर आ गए। बाहर निकलते हुए मैंने सोचा, "दिल के आंगन में यादों का मौसम कभी खत्म नहीं होता।" ज़िंदगी की किताब में कुछ पन्ने अधूरे ही रहते हैं और शायद हमारी कहानी भी उन्हीं पन्नों में से एक थी।

हम दोनों पैदल चल रहे थे, एक ख़ामोशी की सरगर्मी के बीच। सड़कों पर हल्की-हल्की रोशनी थी और उस शांत रात की हवाएँ हमारी सांसों को छू रही थीं। एंजल मेरे पास थी, इतनी करीब कि उसकी नज़दीकी का एहसास मुझे अंदर तक महसूस हो रहा था।

हमारे कदम सिंक में चल रहे थे, जैसे हमारी सोच और धड़कनें एक ही ताल में बंधी हों। कभी-कभी हमारे हाथ अनजाने में छू जाते—उस एक छोटे से स्पर्श में जैसे पूरी दुनिया थम जाती। उस लम्हे में ऐसा महसूस होता कि सब कुछ रुक

गया है, जैसे हम दोनों के बीच की दुनिया अचानक ख़त्म हो गई हो और बस वही हल्का-सा स्पर्श रह गया हो।

मैंने उसकी ओर देखा, उसकी आँखों में एक चमक थी, जैसे वो भी उस क्षण की गहराई को महसूस कर रही हो। हम दोनों कुछ नहीं बोले लेकिन वो ख़ामोशी हमारे बीच एक अलग ही संवाद बुन रही थी। मुझे यकीन था कि वो भी वही महसूस कर रही थी जो मैं कर रहा था—एक अजीब-सी कशिश, जो न शब्दों में बयाँ की जा सकती थी और न ही नज़रअंदाज़ की जा सकती थी।

हमारी उंगलियाँ फिर से एक-दूसरे से छू गईं। इस बार मैंने अपने हाथ को थोड़ा और करीब किया, जैसे अनजाने में उस स्पर्श को और महसूस करना चाहता होऊं। फिर उसने भी मेरी उंगलियों को हल्का सा थाम लिया। वो क्षण... वो क्षण किसी प्रेमकहानी का सबसे ख़ूबसूरत पन्ना था, जो शायद न कभी लिखा गया था और न कभी लिखा जाएगा लेकिन हम दोनों उसे जी रहे थे।

उस पल में दुनिया के सारे सवाल बेकार हो गए थे। बस हम थे, हमारा साथ था और वो अदृश्य धागा जो हमारे दिलों को एक-दूसरे से बांध रहा था।

“गिरीश, मुझे समझ नहीं आता कि कैसे तुझसे दूर रहूँ। तेरी यादें, तेरी बातें, सब कुछ मुझे हमेशा तेरे पास खींचती हैं।” एंजल ने आँखों में आँसू भरे, टूटे हुए स्वर में कहा।

“मुझे भी तुम्हारी यादें हमेशा परेशान करती हैं लेकिन हमें इनसे ऊपर उठना होगा। हमें अपने जीवन में आगे बढ़ना होगा, चाहे जितना भी मुश्किल हो।” मैंने कहा।

“शायद तुम सही कह रहे हो लेकिन यह स्वीकार करना बहुत कठिन है। मैं तुझे भुला नहीं सकती, गिरीश। तेरी यादें मुझे हमेशा तड़पाती रहेंगी।” उसने कहा।

“यादें हमारे जीवन का हिस्सा होती हैं, एंजल। वे हमें सिखाती हैं, हमें मजबूत बनाती हैं। हम उनके साथ जीना सीख सकते हैं लेकिन हमें उन्हें भुलाने की कोशिश नहीं करनी चाहिए।”

“ठीक है, गिरीश। मैं कोशिश करूँगी लेकिन तुझे भुलाना मेरे लिए कभी आसान नहीं होगा।”

"मुझे पता है, एंजल। मेरे लिए भी यह कभी आसान नहीं होगा। लेकिन हमें अपने जीवन में आगे बढ़ना होगा। तुम्हारी फैमिली रिश्ते से ख़ुश नहीं है। मैं भी यह कभी नहीं कहता तुझे कि अपनी फैमिली छोड़कर मेरे पास आ जाना चाहिए।"

"तुमने मुझसे दोस्ती क्यों की थी? एंजल बताओ!"

"मैंने सोचा था कि जीएस जीके पढ़ाई की और बाकी वो सारी बातें कर सकती थी जो किसी और से नहीं कर पाती थी। मन और मानसिक स्तर मिलने से गहरी दोस्ती कब भावनात्मक स्तर तक पहुँची पता ही नहीं चला मुझे।" एंजल ने कहा।

"अच्छा।"

"पता है गिरीश, बेकार की बातों में एक मिनट टाइम न वेस्ट करने वाली मैं क्यों घंटों तुम्हारी बेतुकी बातों पर फोन नहीं काटती थी। फोन काटना तो दूर अक्सर खुद फोन कर लेती है, बिन मतलब की बातें सुनने के लिए। फिर वो दिन भी आया जब तुमने खुलकर स्पष्ट शब्दों में प्रपोज़ कर दिया।" एंजल ने कहा।

"पढ़ाई पूरी करके मनपसंद जॉब आईएएस पाने के बाद, रिश्तों की झड़ी लग गई थी। उस समय तो तूने बहुत सारे रिश्ते रिजेक्ट किए तो फिर आखिर तुमने इस राजनीतिक परिवार से यह रिश्ता क्यों स्वीकार कर लिया? तुम्हें कुछ तो उस बड़े राजनीतिक घराने में दिखा होगा – पैसा, पद, पावर. . . मैं कैसे मान लूँ कि तुम आज मेरे पास में चलकर आई हो तो मेरे पास में ही रहोगी क्योंकि तुमने पहले भी मुझे चीट किया और आगे कैसे भरोसा कर लूं?" मैंने कहा।

"प्लीज़ एक बार..."

"तुम इतनी जिद्दी क्यों हो? पढ़ी-लिखी हो, आईएएस हो और ख़ूब समझदार भी हो लेकिन जो मैं कह रहा हूँ वह तुम्हारी अक्ल में घुस क्यों नहीं रहा। मैं उन लड़कों में से नहीं हूँ जो ख़ूबसूरत लड़कियों के चेहरे देखकर, अपनी आँखों की क्षुधा को शांत करते हैं। तुम इंगेजमेंट में चिपक-चिपक कर प्री वेडिंग फोटोशूट करा रही थीं। तुम्हें मेरे प्यार की कद्र होती तो तुम ऐसा करने से पहले 100 बार सोचतीं और ऐसा हरगिज नहीं करतीं।" मैंने गुस्से से कहा।

"वैसे एंजल एक मज़ाकिया सवाल तुमसे कर रहा हूँ, बताना – 'व्हाट इज योर बॉडी काउंट?'"

"माइन आई थिंक सिक्सटी फोर ऑर सिक्सटी फाइव।"

"ओह गॉड! मतलब 64 लोगों के साथ... मैं तो सोच रहा था कि केवल मेरे साथ ही तुमने फिजिकल रिलेशन बनाए हैं ..." मुझे मन ही मन में हँसी आ गयी। मैंने हँसी को दबाने की कोशिश करते हुए कहा "पागल लड़की, बॉडी काउंट का मतलब होता है (अशिष्ट भाषा में) किसी व्यक्ति ने कितने लोगों के साथ फिजिकल रिलेशन बनाए हैं।"

"तुम अपनी हरकतें नहीं सुधारोगे... वैसे गिरीश, इंसान सोचता कुछ है, होता कुछ है।"

"मैं हर रात को खोया-खोया सा तुम्हारे कॉल व मैसेज का इंतज़ार करता रहता। दिल रोने-रोने को हो उठता। न सुबह अच्छी लगती न शाम ...न कॉलेज जाना अच्छा लगता, न अखबारों में कॉलम लिखना। मन तुम्हारी यादों में खोया रहता। मन की भटकन शांत ही नहीं हो रही थी। कुछ महीनों तक रात-रात भर नींद नहीं आती थी। इसी उधेड़बुन में मानसिक स्वास्थ्य भी चौपट रहने लगा, चेहरा पीला पड़ने लगा। मुझे तीन महीने तक बेंगलुरु में मनोचिकित्सक से सलाह लेनी पड़ी।"

"आई एम वैरी वैरी सॉरी...!"

"तुम्हारी फैमिली का क्या करें जिन्हें मैं फूटी आँख नहीं सुहाता।"

"लेकिन तुम मुझे बहुत अच्छे लगते हो।"

"क्यों?"

"कोई क्यों अच्छा लगने लगता है, इसका जवाब किसी के पास नहीं होता शायद।" यह कहते हुए उसके गालों पर लाली की परतें ऐसे बिखर गईं मानो मखमली कालीन बिछ गया हो। दोनों एक-दूसरे को पल भर के लिए देखते रहे। आँखों की भाषा के सामने शब्दों का न तो महत्त्व होता है, न ज़रूरत।

"हमारे जेहन में हमेशा चलता था कि दोनों जब कुछ बन जाएँगे, तभी घरवालों से शादी की बात की जाएगी। लेकिन तुम जब IAS बन गईं तो अपनी फैमिली की बातों में आ गईं और हमें छोड़ दिया अकेला ...कभी व्हाट्सएप चैट्स पढ़ता, कभी हमारी ईमेल को बार-बार पढ़ता रहा।" मैंने गुस्से में कहा।

"मैं तुम्हें पसंद करती हूँ, बहुत ज़्यादा।"

"केवल पसंद ही करती हो या फिर प्यार भी।"

"मेरे जीवन में भयानक अकेलापन है गिरीश, कितनी घुटन है, तुम अंदाजा भी नहीं लगा सकते ...तुम्हारे बिना मेरी ज़िंदगी बेवजह सी लगती है।"

"घुटन किस बात की तुमने अपने जीवन के निर्णय खुद लिए है। तुम्हें लगता था कि गिरीश एक असफल युवा है। जब बुक बेस्ट सेलर बन गई तो तुम दोबारा आ गईं मेरे पास। मुझे इस बात का दुख नहीं है कि तुम मेरे साथ नहीं हो, मुझे इस बात का दुख है कि तुम अब भी खुद को समझ नहीं पा रही हो।" मैंने कहा।

"तुम्हारे बिना मेरा दिल सूना है, जैसे कोई बिना सुर के गाना। गिरीश समझो, तुम्हारे बिना सब कुछ है, पर सब कुछ होकर भी कुछ नहीं है।"

"वैसे सच बताऊं तो पहली ही मुलाक़ात में तुम बहुत अच्छी लगी थीं एंजल और कभी तुम्हें भुला नहीं पाया।" मेरे स्वर में प्रशंसा थी। "तुम्हारी ख़ूबसूरती, ड्रेस सेंस, बातचीत का ढंग अद्भुत था।"

"अगर अच्छी लगी थी तो तुमने मुझे जाने क्यों दिया था?"

"मुझे कहाँ मालूम था, तुम्हारी फैमिली और तुमने चुपके-चुपके रिश्ता तय किया था।"

"गिरीश ज़िंदगी एक किताब की तरह होती है, जिसमें हम हर दिन एक नया पन्ना पलटते हैं।"

"आज हुई हमारी मुलाकात भी किताब के एक पन्ने में लिखी जाएगी।"

"तुम्हारे बिना मैं एक खाली पन्ना हूँ। बात इतनी है कि हम तुम्हें भूल नहीं पा रहे हैं और तुम हमें याद नहीं रखना चाहते हो।" उन्होंने कहा। "तुम्हारे बिना हर चीज़ बेमानी लगती है।"

"जब हम साथ थे तो तुम्हें शराब के बस नाम ही मालूम थे। अब सुना है कि तुमने शराब पीना शुरू कर दिया है।"

"जब दिल टूटे तो नशे में ही सुकून मिलता है। गिरीश बाबू, जब फूल मुरझा जाए तो उसकी ख़ुशबू कहाँ रह जाती है? जब जख्म गहरा हो तो मरहम भी बेअसर हो जाता है।" एंजल ने कहा।

"माँ ने कहा कि तुम शराब पीने लगी हो और उनसे कई दिनों तक बात नहीं की।"

"जब उम्मीद टूट जाए तो रिश्तों का सहारा भी छूट जाता है।"

"तुम तो घर की रौनक हुआ करती थीं। अब खुद गुमसुम सी रहने लगी हो।"

"जब दिल की रोशनी बुझ जाए तो चेहरे की चमक भी फीकी पड़ जाती है। जब तुम थे तो हर दिन एक त्योहार था। अब हर दिन एक सजा है।" उन्होंने कहा।

"मुझे नहीं पता था कि तुम्हारी ज़िंदगी इस मोड़ पर आ जाएगी।"

"जब सांसें तुम्हारे नाम से चलती थीं तो अब कैसे ज़िंदा रहूँ बिना तुम्हारे? जब मोहब्बत की कश्ती डूब जाए तो साहिल की तलाश बेकार हो जाती है। सच कहूँ तो जब दिल की बात दिल में रह जाए तो ज़िंदा रहना भी बेमानी हो जाता है।" उन्होंने भावुक होकर कहा।

"एंजल, तुम सिगरेट और शराब पीने लगीं? कब से?" मैंने पूछा।

"हाँ, जब से मैंने बिना पूछे तुमसे, दूसरे इंसान से सगाई का निर्णय लिया। अब पछता रही हूँ तो यही सहारा है। तब ही से, मेरे नये दोस्त—सिगरेट और शराब—मेरे जीवन में आए। हर बार जब मैं अपने निर्णय पर पछतावा करती हूँ, ये दोनों मेरे दिल के गहरे कोनों में जाकर बैठ जाते हैं और मेरे मन में सवाल उठाते हैं।" उन्होंने कहा।

"अच्छा तो तुम्हारी सगाई के साथ बोनस में ये बुरी आदतें भी मिलीं?"

"हाँ, सगाई का ऑफर था, 'एक को नुकसान, एक को पछतावा मुफ्त'।"

"फिर तो सगाई के बाद शादी का क्या होगा?" मैंने उत्सुकतावश पूछा।

"शायद। ज़िंदगीभर की सिरदर्दी।"

"लगता है तुम्हारी सगाई ने तुम्हें मुझसे भी ज्यादा दुखी कर दिया है।"

"हाँ।"

"मैं यह समझ कर भुलाने की कोशिश कर रहा हूँ कि परीलोक की परियाँ जीवन में कुछ समय के लिए आ तो सकती हैं लेकिन वो आपकी ज़िंदगी नहीं

बन सकती। (हालाँकि मैं उसको बताना चाहता था कि मैंने पिछले आठ महीने में तुम्हें एक मिनट के लिए भी नहीं भुलाया।)"

मेरे मन में कुछ इस तरह चल रहा है।

"प्रेम का नकाब ओढ़कर आई थी वो,
गोल्ड डिगर की पहचान छिपाई थी वो।
गिरीश के सपनों को कर गई चूर,
और दौलत को बनाया मंज़िल का नूर।"

"इन्हीं पंक्तियों से आपने मुझे ही आड़े हाथ ले लिया। मुझे नहीं सुनना, मेरा दिमाग खराब हो रहा है।" उन्होंने कहा।

मैंने कहा, "कुछ और भी सुनिए।"
"धोखा देकर भी तुम मुस्करा रही हो,
किसी और की बाहों में जगह पा रही हो।
दिल की क्या फिक्र है तुम्हें,
जब दौलत से दरिया बहा रही हो।"

"मैंने भी ज़िंदगी में बहुत धोखे खाए हैं, गिरीश।"

"धोखे खाए नहीं दिए हैं... इतना गहरा धोखा, इतना गहरा घाव जो ज़िंदगी भर नहीं सकता।"

"गिरीश मैं तुमसे शायद प्यार करती हूँ..." एंजल आज भी ख़ूबसूरत लग रही थी, मानो जलपरी पानी से निकलकर मेरे सामने आ खड़ी हुई हो। "आनन-फानन में सब बातचीत तय हो गई।" उसने कहा।

"मैडम आनन-फानन उसको नहीं कहते हैं, प्री वेडिंग शूटिंग हो रही थी... इंगेजमेंट में भी इतने लोग आए थे जितने हमारे घर में पांच शादियों में नहीं आते हैं ...इतनी धूमधाम से आपने इंगेजमेंट की थी... इतना बड़ा बहाना आनन-

फानन का मत बनाओ।" उन दिनों अपने में ही खोया और चुप सा रहने वाला मैं इस बार तपाक से बोला।

मैंने कहा, "जब तलवार की धार पर चलना ही था,

तो क्यूँ पीछे हट गए?

जब इरादे फौलादी थे तो क्यूँ बहक गए?

जब दिल में जुनून था तो क्यूँ मोहब्बत को कुर्बान कर दिया?

जब वादों का वजन था तो क्यूँ रिश्तों का पुल ढह गया?

जब उम्मीद की किरण थी तो क्यूँ अंधेरों में खो गए?

जब तुमसे बेहतर कोई हमसफ़र नहीं था तो क्यूँ सफ़र में ही बदल गए?

जब प्यार की आग में जले थे तो क्यूँ राख होने से पहले बुझ गए?

जब हमारा साथ चाँद-तारों की तरह चमकता था तो क्यूँ तूफान में डूब गए?

जब हमारी मोहब्बत किले की दीवारों से भी मजबूत थी तो क्यूँ एक झटके में ढह गई?

जब ज़िंदगी की किताब में तुम ही पहला और आखिरी पन्ना थे तो क्यूँ अचानक से स्याही खत्म हो गई?

जब दिल के बाग़ में सिर्फ तुम्हारी तस्वीर थी तो क्यूँ उसे पतझड़ ने निगल लिया?

जब तुम ही मेरी धड़कन थे तो क्यूँ तुम्हारे बिना अब सांसें थमने लगीं?"

"आपने जो गलती की, उस गलती से सबक के रूप में आप दुनिया भर की लड़की को क्या संदेश देना चाहेंगी?"

"मैं सभी लड़कियों से यही अनुरोध करूँगी कि वे केवल सरकारी नौकरी या अच्छी प्रॉपर्टी को जीवन का लक्ष्य न बनाएं, बल्कि व्यक्ति के चरित्र को सबसे अधिक महत्त्व दें। सरकारी नौकरी और संपत्ति केवल बाहरी ख़ुशी प्रदान कर सकती हैं, जो समय के साथ फीकी पड़ जाती है। लेकिन यदि आप सच्चे अर्थों में सुखी जीवन और आंतरिक संतोष की कामना करती हैं तो एक चरित्रवान लड़के और परिवार को चुनें। ऐसा परिवार, जो नैतिक मूल्यों में समृद्ध हो, सच्चे सुख और शांति का स्रोत बन सके। चरित्र ही वह स्थायी आधार है, जिस पर सुखी और समृद्ध जीवन का निर्माण होता है।" एंजल ने कहा।

"गिरीश, तुम्हारी किताब सुपरहिट हो गई है। मुझे बहुत ख़ुशी है।" उसने आगे कहा।

"एंजल, ख़ुशी तो मुझे भी है लेकिन तुम्हारे आने की वजह से नहीं।"

"यह क्या कह रहे हो, गिरीश? मैंने हमेशा तुम्हारी ख़ुशी चाही है।"

"सच में? तो जब मैं संघर्ष कर रहा था, तब कहाँ थी तुम्हारी ख़ुशी?"

"मैं... मैं उस समय समझ नहीं पाई। लेकिन अब मैं यहाँ हूँ, तुम्हारे साथ।"

"अब? जब सब कुछ ठीक हो गया है, जब मुझे तुम्हारी ज़रूरत नहीं है, तब तुम वापस आई हो?"

"गिरीश, मैंने गलती की थी लेकिन मैंने कभी तुम्हें भूलने की कोशिश नहीं की।"

"एंजल, तुम्हें समझ नहीं आता। मुझे संघर्ष में साथ देने वाली हमसफ़र चाहिए थी, केवल सफलता में हिस्सेदारी करने वाली नहीं।

वह रात गहरी और सन्नाटे से भरी हुई थी, जैसे कि समय ने हमारे बीच एक परदा डाल दिया हो। एंजल की आवाज़ में हिचकिचाहट थी लेकिन उसकी आँखों में फिर से वही पुरानी उम्मीद झलक रही थी। उसने धीरे से कहा, "मैं जानती हूँ, गिरीश। लेकिन क्या मेरी गलती को माफ़ करके एक और मौका नहीं दे सकते?"

मैंने उसकी आँखों में देखा, जहाँ कभी प्यार का सागर था, अब केवल पश्चाताप की लहरें थीं। मैंने एक लंबी साँस ली और अपनी आवाज़ को संयमित रखा, "गलतियाँ माफ हो सकती हैं, एंजल। लेकिन गुनाह नहीं।"

वह एकदम चौंकी, उसकी आँखों में सवाल उमड़ने लगे, मानो वह यह समझने की कोशिश कर रही हो कि मैं किस ओर इशारा कर रहा हूँ। मैं उसकी उस मासूमियत भरी झलक को पहचानता था लेकिन अब वह झूठी लग रही थी, जैसे उसने मासूमियत की ओट में एक बड़ा खेल खेला हो।

"तुम्हें याद है, अजमेर?" मैंने ठंडी आवाज़ में कहा। "जब तुम और तुम्हारे परिवार ने मेरे खिलाफ थाने में शिकायत दर्ज कराई थी?"

उसका चेहरा सफेद पड़ गया और वह धीरे-धीरे पीछे हटने लगी। उसकी

आँखें मेरी ओर देख रही थीं, जैसे उसे यकीन नहीं हो रहा हो कि मैं यह बात जानता हूँ। "वो... वो तो..." उसने कुछ कहने की कोशिश की लेकिन शब्द जैसे गले में ही अटक गए।

"तुम्हारे परिवार ने बड़ी साज़िश रची थी, एंजल। तुमने सोचा था कि पुलिस मेरी ज़िंदगी बर्बाद कर देगी। लेकिन तुम जानते हो क्या हुआ?" मैंने एक हल्की मुस्कान के साथ कहा, "पुलिस इंस्पेक्टर ने मुझे बताया था कि तुम लोगों की शिकायत झूठी थी। उन्होंने कहा कि इस तरह की झूठी शिकायत पर FIR नहीं की जा सकती।"

एंजल ने अब पूरी तरह से चुप्पी साध ली थी। उसकी आँखों में घबराहट थी और वह अब समझ चुकी थी कि मैं उसकी हर चाल से वाकिफ़ हूँ। उस इंस्पेक्टर की बात मुझे आज भी याद थी, जब उसने मुझे भरोसा दिलाया था कि सच्चाई की हमेशा जीत होती है। और आज, इस क्षण में, वही सच्चाई मेरे सामने खड़ी थी—मगर अब वह बिखर चुकी थी।

मैंने एक लंबी साँस ली और अपनी नज़रों को उसके चेहरे से हटा लिया। "तुमने मेरे खिलाफ साज़िश की थी, एंजल। वह कोई गलती नहीं थी, बल्कि एक गुनाह था। अब मुझसे और कुछ कहने की उम्मीद मत रखना।"

उसकी आँखों में आँसू थे लेकिन मेरे भीतर अब कोई करुणा नहीं बची थी। मैंने अपना रास्ता पकड़ा और उससे दूर हो गया, उस रात को हमेशा के लिए पीछे छोड़ते हुए।

## 19

# एक नया मकसद

3 सितंबर 2023 का दिन। उस दिन हल्की धूप थी, हवा में हल्की ठंडक थी। आसमान में बादल छाए थे, मगर बारिश का कोई संकेत नहीं था। कमरे में बैठे हम तीनों—सुमित, लवगुरु और मैं—चुपचाप अपने-अपने ख्यालों में खोए हुए थे। हमारा फ्लैट इस समय गुमसुम सा लग रहा था, जैसे दीवारें भी हमारी बातचीत का इंतज़ार कर रही हों। कमरे के कोने में रखे लैम्प की मंद रोशनी भी उस उदासी को बढ़ाने का काम कर रही थी, जो मेरे दिल में बसी हुई थी।

सुमित ने मेरे कंधे पर हाथ रखते हुए हल्की हँसी में कहा, “गिरीश, दिल टूटने की ये कहानी तो हर किसी की होती है। अब ये मत सोच कि तुझसे कोई गलती हो गई। अगर उसने तेरा दिल तोड़ा है तो ये उसकी कमी है, तेरी नहीं। पर एक बात याद रख—दिल टूटने का मतलब ये नहीं कि ज़िंदगी भी टूट गई। भाई, तुम एक नया मकसद बनाओ और उस पर फोकस करो।”

मैंने उसकी बात सुनी लेकिन अंदर से कुछ टूट सा गया था। “सम्भालूँ कैसे यार? मुझे तो हर वक्त यही लगता है कि मैं अब और कुछ नहीं कर पाऊंगा। मेरा दिल इस तरह टूटा है कि हर चीज़ बेमानी लगती है। वो मेरे लिए सब कुछ थी। अब क्या बचा है?” मेरी आवाज़ में एक अजीब-सी उदासी थी।

लवगुरु, जो हमेशा मज़ाकिया और चुलबुला रहता था, इस बार गंभीर हो गया। उसने मेरी ओर देखते हुए कहा, “देख गिरीश, जब दिल टूटता है तो उस दर्द को कोई दूसरा नहीं समझ सकता। ये बात तो सच है। वो दर्द तेरा अपना है और तू ही उसे महसूस कर सकता है। पर इसका ये मतलब नहीं कि तुझे उस दर्द में डूबे रहना

है। दिल टूटना सिर्फ एक अनुभव है, जो तुझे और मजबूत बना सकता है। ये हर किसी के साथ होता है। सवाल ये है कि तू उस दर्द को कैसे संभालता है।"

मैंने एक पल के लिए उसकी आँखों में देखा। उसकी बातों में सच्चाई थी लेकिन मेरा दिल अब भी उसके शब्दों को स्वीकार करने के लिए तैयार नहीं था। "लेकिन मैं क्या करूँ? मुझे तो ऐसा लगता है जैसे अब कुछ बचा ही नहीं। हर दिन खाली लगता है, जैसे मेरी ज़िंदगी से सारी रंगत छिन गई हो।"

सुमित ने हँसते हुए मेरे सिर पर एक हल्की थपकी दी। "गिरीश, यार! दुनिया यहाँ खत्म नहीं होती। अगर वह चली गई तो इसका मतलब ये नहीं कि तुम्हारा भी सब कुछ चला गया। तेरे अंदर वो ताकत है, जिससे तू अपनी ज़िंदगी को नए सिरे से शुरू कर सकता है। और भाई, तेरे पास क्या नहीं है? तेरी किताबें, तेरे शब्द—तूने अपनी पहली किताब से ही धूम मचा दी। उस दर्द को तुझसे बेहतर कौन संभाल सकता है?"

मैं हल्के से मुस्करा दिया, जैसे कहीं भीतर से एक छोटी सी उम्मीद जागी हो। लवगुरु ने आगे कहा, "याद रख गिरीश, तूने अपने शब्दों से दुनिया को हिला दिया है। ये दिल टूटने का दर्द भी एक कहानी ही तो है—एक नई शुरुआत। उसे अपनाओ क्योंकि शायद इसी से कुछ और शानदार निकलेगा।"

उनकी बातों ने मुझे थोड़ा सुकून दिया। शायद सच में मेरा दर्द मेरी नई कहानी का हिस्सा बन सकता था।

"यार, यही बात है। दिल टूटने का मतलब ये नहीं कि ज़िंदगी ख़त्म हो गई। दिल टूटने से लोग बड़े-बड़े काम कर जाते हैं, क्योंकि उस दर्द में इतनी ताकत होती है कि इंसान या तो बिखर जाता है या फिर उससे बाहर आकर कुछ बड़ा कर जाता है।" सुमित ने (थोड़ी दृढ़ता से) कहा।

"गिरीश, दर्द का ये दौर तुझे ज़िंदगी में नए रास्ते दिखा सकता है, अगर तू इसे सही दिशा में ले जाए। ये वक्त खुद को बनाने का है, बिखरने का नहीं। तू देख, कई लोगों का दिल टूटता है लेकिन जो लोग उस दर्द से कुछ सीखते हैं, वही असल में कामयाब होते हैं। जब दिल टूटता है, तब हम खुद को बेहतर समझ पाते हैं। शायद ये तुझे भी कुछ नया सिखाने आया हो।" लवगुरु ने समझदारी भरी नज़रों से देखते हुए कहा।

"मुझे तो यही लगता है कि मैं डिप्रेशन में जा रहा हूँ। कोई मकसद नहीं दिखता। क्या इस दर्द से कभी छुटकारा मिल सकता है?"

"यार, छुटकारा मिल सकता है लेकिन उसके लिए वक्त देना होगा। तुझे कुछ नया शुरू करना होगा, कुछ ऐसा करना होगा जिसमें तू अपना दर्द भूल सके। तू खुद देखेगा, जैसे-जैसे तू अपने काम में डूबेगा, ये दर्द धीरे-धीरे कम हो जाएगा।" सुमित ने (दिलासा देते हुए) कहा।

"याद रख, दिल टूटना सिर्फ एक पड़ाव है, मंज़िल नहीं। अगर तुझे सच में दर्द हो रहा है तो उसका इस्तेमाल कर। इसे अपनी ताकत बना। ज़िंदगी तुझसे कुछ कह रही है—अब वक्त आ गया है कुछ बड़ा करने का।" लवगुरु ने थोड़ा सकारात्मक होकर कहा।

"शायद तुम लोग सही कह रहे हो। मैं इसे खत्म नहीं समझूंगा, बल्कि एक नए सफ़र की शुरुआत समझूंगा। दर्द तो है, पर शायद इससे कुछ सीखकर आगे बढ़ सकता हूँ।"

"यही बात! अब दर्द से घबराना नहीं, उसे गले लगाओ और उससे आगे बढ़ो। और याद रखना, हम तेरे साथ हैं।"

मुखर्जी नगर की हलचल भरी गलियों के बीच बत्रा का अग्रवाल स्वीट, खाने-पीने के शौकीनों के लिए किसी स्वर्ग से कम नहीं है। धूप ढल रही थी और उसके साथ ही सड़क पर भीड़ कम हो रही थी। लाल और पीली रोशनी से सजी दुकानें एक अजीब सा आकर्षण बिखेर रही थीं। ऐसे में लवगुरु, मोहित और सुमित, तीनों दोस्त, कुछ मीठे और तीखे का स्वाद चखने के लिए वहाँ पहुँचे थे।

लवगुरु ने मुस्कराते हुए कहा, "चलो भाई, आज थोड़ा दर्द को भूलकर कुछ मीठा और तीखा खाते हैं। प्यार-व्यार सब अपनी जगह है लेकिन पेट की भूख मिटाना भी ज़रूरी है।" उसकी आवाज़ में एक हँसी थी लेकिन कहीं न कहीं दिल की गहराइयों में छिपे दर्द का एक अंश भी झलक रहा था।

मोहित, जो हमेशा हर बात पर व्यंग्य करने के लिए मशहूर था, सुमित से मज़ाकिया अंदाज़ में बोला, "यार सुमित, अब तो ऐसा लगने लगा है कि प्यार में भी लोग बैंक बैलेंस चेक करते हैं। पहले लड़कियाँ दिल में उतरने की बात करती थीं, अब वॉट्सऐप स्टेटस चेक करके बताती हैं कि लड़का कितना अमीर है।"

सुमित, जो कुछ ज्यादा ही गंभीर रहता था, मुस्कराते हुए बोला, "अरे यार, क्या करें! जमाना बदल रहा है। आजकल प्यार का इज़हार नहीं, इन्वेस्टमेंट होता है। पहले लड़कियाँ कहती थीं 'दिल के दरवाजे पर दस्तक दो,' अब कहती हैं, 'क्या तुम्हारे बैंक के लॉकर में जगह है?'"

दोनों हँस पड़े। तभी पास की टेबल पर बैठे कुछ लोग उनकी बातों को ध्यान से सुनने लगे। सुमित ने चाय का एक घूंट लेते हुए कहा, "देखो, मैं यह नहीं कह रहा कि सभी लड़कियाँ ऐसी होती हैं लेकिन कुछ तो हैं जिन्हें सिर्फ पैसा और स्टेटस चाहिए। उन्हें यह भी नहीं समझ आता कि शादी प्यार से होती है, न कि पैसे से।"

मोहित ने थोड़ी गंभीरता से कहा, "सही बात है लेकिन यार, पैसा आजकल ज़रूरत भी तो बन गया है। एक लड़की अपनी ज़िंदगी में आराम और सुख चाहती है तो इसमें गलत क्या है?"

सुमित ने हल्की सी मुस्कान के साथ जवाब दिया, "गलत तो कुछ नहीं है। लेकिन यार, ये सोचो कि अगर रिश्ते की नींव ही पैसे पर रख दी जाए तो प्यार कब ढूंढ़ेगा? पैसा तो आ-जा सकता है लेकिन प्यार अगर चला गया तो फिर क्या बचेगा?"

तभी कोने में बैठे एक सज्जन, जो शायद उनकी बातें सुन रहे थे, बीच में बोल पड़े, "बिल्कुल सही कहा, बेटा! मैंने तो अपने ज़माने में यही देखा है कि जिन रिश्तों की बुनियाद पैसे पर रखी गई होती है, वो अक्सर हिल जाते हैं। लेकिन अब के बच्चे तो अपने भविष्य की गारंटी चाहने लगे हैं, कहते हैं, प्यार से पेट भरता है क्या?"

मोहित ने उनकी तरफ़ मुस्कराते हुए कहा, "अंकल, आप भी तो समझते हैं, आज के टाइम में लड़कियों को स्टेटस चाहिए। आराम चाहिए। शादी प्यार से नहीं, पैकेज देखकर होती है।"

अंकल ने अपनी चाय का कप उठाते हुए हँसते हुए कहा, "हाँ बेटा, पैकेज से ही तो आजकल शादी की वेबसाइट्स भरी पड़ी हैं। पहले प्यार होता था, फिर शादी। अब पहले शादी होती है, फिर लोग सोचते हैं कि प्यार कैसे करें।"

सुमित ने माहौल को थोड़ा हल्का करने की कोशिश की, "अंकल, आपने बिल्कुल सही कहा। लेकिन एक बात बताइए, अगर लड़की कोई बिजनेसमैन लड़के से शादी कर रही है तो क्या वो प्यार से ज्यादा कंपनी की डील्स पर ध्यान देगी?"

अंकल ने हँसते हुए जवाब दिया, “देखो बेटा, प्यार और बिजनेस दोनों का अलग-अलग तरीका है। लेकिन हाँ, एक बात तो तय है, आजकल प्यार भी 'प्रॉफिट एंड लॉस स्टेटमेंट' की तरह हो गया है। अगर लड़का घाटे में चला गया तो समझो प्यार भी चला गया।”

मोहित ने सुमित की तरफ़ देखते हुए मज़ाक किया, “अच्छा हुआ भाई, हम कम पैसे वाले ही सही लेकिन कम से कम किसी के प्यार में घाटा नहीं खाया।”

सुमित ने जवाब में ठहाका लगाया, “बिल्कुल! और देखो, गरीबों का प्यार सबसे सच्चा होता है क्योंकि हमसे कोई हमारे पैसों के लिए तो प्यार नहीं करेगा!”

दोनों की हँसी से आसपास का माहौल ख़ुशनुमा हो गया। अंकल ने भी उनकी बातों पर मुस्कराते हुए अपना कप खाली किया और वहाँ से उठकर चले गए। मोहित और सुमित अब भी हँसते हुए सोच रहे थे कि प्यार, पैसा और स्टेटस के इस खेल में सबसे महत्त्वपूर्ण चीज़ क्या है। दोनों ने एक-दूसरे की तरफ़ देखा और साथ में कहा, “असली प्यार ही असली प्रॉफिट है!”

तभी लवगुरु और मोहित आ जाते हैं।

“अच्छा गिरीश, ये तो बताओ, एंजल की शादी कब है? आखिर वो दिन भी तो आएगा जब तुम्हें शादी के कार्ड पकड़ने पड़ेंगे।” लवगुरु ने हल्की मुस्कान के साथ मेरी तरफ देखते हुए कहा।

“मुहूर्त तो अगले साल फरवरी का है। अभी चार-पांच महीने का वक्त है।”

“फरवरी 2024? यार, वो दिन तो बड़ा करीब आ गया है। तो क्या सोच रहे हो? क्या तुम वहाँ जाओगे?” सुमित ने चौंकते हुए दोहराया।

“भाई, अगर शादी में जाएँ तो कैसा रहेगा? सोचो, दूल्हा-दुल्हन स्टेज पर खड़े हैं और तुम्हें देखकर एंजल की आँखों में एक पल के लिए पुरानी यादें चमक जाएँ। फिल्मी सीन की तरह!”

“फिल्मी सीन से परे, मोहित। एंजल अब अपनी नई ज़िंदगी चुन चुकी है। उसकी और दिव्य प्रकाश की शादी हो रही है। मुझे बस यह स्वीकार करना है और आगे बढ़ना है। लेकिन कहीं न कहीं, उस शादी के बारे में सोचकर थोड़ा भारी ज़रूर लगता है।”

“भाई, ये वक़्त आसान नहीं होगा, ये तो तय है। लेकिन कभी-कभी जीवन में कुछ रिश्ते छूट जाते हैं, ताकि हम खुद को बेहतर बना सकें। क्या तुमने यह सोचा है कि क्या वाकई शादी में जाना ठीक होगा?” लवगुरु ने कहा।

“शादी में जाना या न जाना शायद इतना महत्त्वपूर्ण नहीं है। असली बात यह है कि तुमने जो किया, वो सही था। तुमने अपने आत्मसम्मान को चुना। एंजल ने अपनी ज़िंदगी चुन ली है और अब तुम्हें अपनी ज़िंदगी की नई राह चुननी है।”

“तुम लोग सही कह रहे हो। अब मुझे अपनी दिशा ढूंढ़नी होगी। एंजल की शादी एक अध्याय का अंत है लेकिन मेरे लिए यह एक नए अध्याय की शुरुआत भी है। शायद मैं वहाँ न जाऊं।”

चारों दोस्त एक पल के लिए चुप हो जाते हैं, फिर धीरे-धीरे हँसी-मज़ाक में वापस लौट आते हैं। मेरे दिल में थोड़ी उदासी ज़रूर है लेकिन दोस्तों के बीच बैठकर मुझे यह एहसास होता है कि मैं कभी भी अकेला नहीं रहूँगा।

## 20

# जिया जले...

सुबह की पहली किरण जैसे ही खिड़की के पर्दे से होकर कमरे में आई, एंजल की पलकों पर हल्की चमक पड़ी। उसने धीरे से आँखें खोलीं लेकिन नींद का नशा अब भी उसकी रगों में दौड़ रहा था। यह सिर्फ शरीर की थकान नहीं थी, बल्कि एक गहरी मानसिक और आत्मिक थकान थी, जिसे वह पिछले कुछ महीनों से महसूस कर रही थी। हर सुबह की तरह यह भी एक और लड़ाई का दिन था—उसके और उस ख़ामोश दर्द के बीच, जिसे उसने अपने भीतर हमेशा के लिए कैद कर लिया था।

एंजल ने बिस्तर से उठकर खिड़की से बाहर देखा। बाहर की दुनिया वैसी ही थी, जैसे हर रोज होती थी। लोग अपनी-अपनी ज़िंदगी में मशगूल, भागदौड़ करते हुए लेकिन उसके भीतर सब कुछ ठहरा हुआ था। उसने एक लंबी सांस ली और खुद को उठने के लिए मजबूर किया। बिस्तर से उतरते हुए उसने सोचा कि शायद यह थकान कभी नहीं जाएगी लेकिन फिर भी वह अपनी दिनचर्या में डूबी रही।

उसने शॉवर लिया, हल्का नाश्ता बनाया और फिर बिना कुछ बोले कपड़े बदलने लगी। शीशे के सामने खड़ी होकर उसने अपने चेहरे को गौर से देखा। वही चेहरा, वही आँखें लेकिन अब उनमें कुछ खो चुका था। कभी-कभी वह खुद को भी पहचानने में असफल हो जाती थी। गिरीश का ख्याल अब भी उसकी आत्मा पर गहरा छाया हुआ था। लेकिन अब वह उस ख्याल से भागना नहीं चाहती थी; उसने उसे अपने जीवन का हिस्सा बना लिया था।

उसने खुद को संभालते हुए अपने सारे काम निपटाए और एसडीएम ऑफिस के लिए तैयार हो गई। उसके हर कदम में एक स्थिरता थी, मानो वह खुद को किसी कठोर परीक्षा से गुजार रही हो।

ऑफिस जाते वक्त भी गिरीश उसके मन से निकल नहीं सका। सड़क पर चलते हुए वह हर चीज़ को देख रही थी लेकिन हर दृश्य में उसे गिरीश की छवि दिखाई दे रही थी। वह जानती थी कि जीवन की यह यात्रा उसके बिना कठिन है लेकिन उसने इसे स्वीकार कर लिया था।

अंधेरी रात का पहला पहर था, जब आसमान के सितारे अपनी रोशनी को धरती तक पहुँचाने के लिए संघर्ष कर रहे थे। चारों ओर ऐसा सन्नाटा पसरा हुआ था कि हवा की सरसराहट भी गहरे रहस्यों की तरह फुसफुसा रही थी। हरियाली में छिपी हुई झिंगुरों की धीमी आवाजें, दूर किसी अनदेखी नदी की मद्धम सी लहरों की गूँज और पहाड़ों की ऊँचाइयों से टकराकर लौटती ठंडी हवा की सरसराहट—सब मिलकर एक ऐसा दृश्य रच रहे थे, मानो यह रात किसी अनकही कहानी को अपने भीतर समेटे हुए हो। आसमान में चाँद हल्का सा झाँक रहा था, उसकी चाँदनी पहाड़ियों के ऊपर कंबल की तरह बिछी हुई थी। समय ठहरा हुआ सा लगता था और इस ठहराव में एक गहराई थी, जो हर बीतते पल के साथ और भी गहरी होती जा रही थी।

मेरी साँसें तेज़ चलने लगीं, जैसे कोई अदृश्य लुहार मेरी छाती में धौंकनी चला रहा हो। अचानक मैं अपने आप को एक इंसानी जिस्म के रूप में नहीं बल्कि झारखंड की उन पुरानी, गहरी कोयला खदानों में पाता है, जहाँ सदियों से सब कुछ जीवाश्म में बदलता रहा है। न जाने कितने अरमान, कितने सपने, समाज की ठोकी हुई नैतिकता की चट्टानों के नीचे दबते चले गए थे, उन्हीं खदानों की दरारों में।

कभी-कभी मुझे लगता था कि मेरे भीतर भी कोई कोयला खदान है, जहाँ अनगिनत जज़्बात जीवाश्म बनकर जड़ हो चुके हैं। समय के साथ, मेरे भीतर की चट्टानें इतनी भारी हो गई थीं कि मैं चाहकर भी उन्हें हिला नहीं सकता था। जैसे हर भावना उसके भीतर वज़नी हो गई हो, ठंडी और कठोर।

लेकिन फिर, एंजल का खयाल उसे छूता है। मेरी सोच से उठने वाली हल्की चिंगारी, उन भारी-भरकम चट्टानों के बीच कहीं जाकर अपना रास्ता बना लेती

है। वह चिंगारी धीरे-धीरे मेरे भीतर के कोयले की दरारों में समा जाती है और फिर अचानक से उसकी सांसें एक नई धौंकनी की तरह धधकने लगती हैं। जैसे मेरी साँसों ने उस लाल अंगारे को अपने भीतर जगह दे दी हो, मेरी पूरी देह में आग फैलने लगी थी। पहले धीमी आँच से जलता हुआ, फिर धीरे-धीरे धू-धू कर उठने वाली ज्वाला में बदल गया। वह खदान, जो सदियों से शांत और ठंडी थी, अब एक भट्टी में बदल रही थी। वह भीतर ही भीतर जलता रहा, उस आग में तपता रहा, मानो मेरी सारी पीड़ा, मेरे सारे दबे हुए अरमान अब राख बनने को बेताब थे।

बीते कई महीनों से यह जलन मेरी दिनचर्या का हिस्सा बन गई थी। हर रात वह इसी आग में सुलगता था और सुबह होते-होते वह भट्टी बुझ जाती थी, जैसे किसी ने रातभर धुआं छोड़ने के बाद अचानक से सब शांत कर दिया हो। मैं खुद को उस पुराने गीत की तरह महसूस करता, जो कहीं दूर गूँज रहा था—“जिया जले, जां जले, नैनों तले धुआं चले, रातभर धुआं चले।”

# 21

# ओल्ड राजिंदर नगर और मुखर्जी नगर

दिल्ली की दो अलग-अलग दुनियाएँ- ओल्ड राजिंदर नगर और मुखर्जी नगर। बाहर से देखने पर आपको लगेगा कि यह महज दिल्ली के दो मोहल्ले हैं लेकिन अंदर से ये दोनों इलाकें देश के भविष्य को गढ़ने वाले अफसरों की नर्सरी हैं। ओल्ड राजिंदर नगर का हर नुक्कड़ जैसे घोषणा करता है, "आईएएस की कुंजी हमारे पास है!" चारों ओर तख्तियों पर बड़े-बड़े अक्षरों में संस्थानों के नाम लिखे होते हैं। जैसे किसी ने UPSC को अपनी बपौती मान लिया हो। वहाँ की गलियों में चलते-फिरते छात्रों को देखो तो ऐसा लगेगा जैसे वे दार्शनिक हो गए हों। कंधे पर बैग टांगे, कान में इयरफोन लगाए और मुँह में कुछ अंग्रेजी के टॉपर्स के अनमोल शब्द टहलते हुए। "लाइफ इज़ ऑल अबाउट हार्ड वर्क!" "ऑप्टिमिज़म इस द की!"

इसी बीच सीनियर छात्रों का एक समूह एक कोचिंग सेंटर के बाहर सिगरेट पीते हुए बातचीत करता है, "भाई, उस कोचिंग में जाना, वहाँ पिछले साल के टॉपर भी क्लास लेने आते हैं। वहाँ के नोट्स से तो सबकुछ क्लीयर हो जाएगा!"

"हाँ यार लेकिन वो सिविल सर्विसेस की तैयारी के साथ-साथ थॉमस पिकेटी का "कैपिटल इन द ट्वेंटी फर्स्ट सेंचुरी" भी पढ़वा रहे हैं। इतना तो कॉलेज में भी नहीं पढ़ा था।"

अब जरा मुखर्जी नगर की ओर रुख करते हैं। यहाँ का दृश्य बिल्कुल अलग है। यहाँ के छात्रों की दुनिया में कोई थॉमस पिकेटी नहीं है, बल्कि यहाँ विकास दिव्य कीर्ति का यूट्यूब वाला भाषण ज्यादा प्रेरणा देता है। यहाँ हर कोचिंग सेंटर

किसी सदी के पुराने पेड़ की तरह लगता है, जो नए छात्रों के आने पर अपनी जड़ें और गहरी कर लेता है।

मुखर्जी नगर की गलियों में कुछ छात्रों की सुनें तो एक नई संस्कृति की झलक मिलती है।

"भाई, ये कोचिंग जॉइन कर रहा हूँ। यहाँ के टीचर खुद बिहार के चंपारण जिले के डीएम थे। फिर इस्तीफा दे दिया, अब हमें पढ़ा रहे हैं।"

"सच? ये तो वही है, जिसने खुद यूपीएससी की नौकरी छोड़ दी थी!"

"हाँ और अब हिंदी माध्यम से अफसर बना रहे हैं।"

एक छात्र, जिसका चेहरा उन लंबे-चौड़े नोट्स से ढका हुआ था, अचानक चाय की चुस्की लेते हुए बोला, "भाई, हमें अंग्रेजी की झंझट में नहीं पड़ना। अपनी हिंदी ही काफी है। असली अफसर तो वही होता है जो अपनी भाषा में जनता से जुड़ सके।"

मुखर्जी नगर के छात्र अक्सर आपस में ठहाके लगाते हुए कहते, "ओल्ड राजिंदर नगर वाले समझते हैं कि अंग्रेजी की चमक-दमक से हमसे आगे निकल जाएँगे। लेकिन असली परीक्षा तो भाषाओं की नहीं, सोच की है। और हमारी सोच जितनी देसी है, उतनी ही ज़मीनी भी।"

इसी बीच, कहीं से एक साउंड बॉक्स पर अनाउंसमेंट गूंजता है, "यहाँ पढ़िए, हिंदी में टॉपर बनाने वाले टीचर! जिनके पढ़ाए छात्र यूपीएससी की परीक्षा में झंडे गाड़ चुके हैं!"

इस बीच मुखर्जी नगर के एक चाय के ढाबे पर माहौल गर्म था, जैसे यूपीएससी की तैयारी के बीच सबको बहस करने का बहाना मिल गया हो। कुछ छात्र गरम चाय की चुस्कियों के साथ गिरीश और एंजल की लव स्टोरी पर चर्चा कर रहे थे।

"अरे भाई, प्यार-व्यार सब चकाचक तब तक है जब तक जेब में पैसा है। प्यार बिना पैसा, ऐसा तो हो जैसे समोसा बिना आलू!" सुरेश ने हँसते हुए कहा। सभी हँसी में फूट पड़े।

"देख भाई, रिश्ते में प्यार होना चाहिए, पर लॉयल्टी का कोई भरोसा नहीं। आजकल ज्यादातर रिश्ते "लैला-मजनू" टाइप के कम और "बाजार की माया" वाले ज्यादा होते हैं।" पीसीएस छात्र अमित ने चाय का सिप लेते हुए कहा।

"मोहब्बत में पैसा अगर हो तो कोई ग़म नहीं, पर जेब खाली हो तो "इश्क़" नाम की स्टोरी में दम नहीं।" अमन ने शायराना अंदाज़ में तंज कसा।

सभी ठहाका मारकर हँस पड़े लेकिन बात के पीछे का दर्द भी समझ गए।

"यार, अब जमाना बदल गया है। प्यार में भरोसा अब वैसा नहीं रहा। धोखा खाने वाले हमेशा वही कहते हैं, "वो मुझसे नहीं, मेरे पैसे से प्यार करती थी।" वैसे, ऐसा है भी। अब देखो न, एंजल ने गिरीश को क्यों छोड़ा? क्योंकि उसके पास एक आईएएस की ऊंची ख़्वाहिशों को पूरा करने के लायक पैसे नहीं थे!"

"और भाई, एंजल को पैसों से प्यार था या गिरीश से, यह तो सिर्फ वही जानती है। वैसे लड़कियों के लिए किसी ने सही कहा है, 'शक्ल से नहीं, बैंक बैलेंस से तय होता है कौन कितना "क्यूट" है'!" सुरेश ने कहा।

यह सुनकर सभी एक बार फिर से हँसी में डूब गए।

"आरज़ू वस्ल की रखती है परेशां क्या क्या,

क्या बताऊं कि मेरे दिल में है अरमां क्या क्या..." अमित ने एक और शायरी झाड़ दी।

यह शेर सुनकर सबने तालियाँ बजाईं, मानो अमित ने कोई बड़ी शायरी कह दी हो।

"लेकिन यार, ऐसा नहीं है कि सब लड़कियाँ पैसों से प्यार करती हैं। कुछ रिश्ते आज भी सच्चे होते हैं। सबको एक ही तराजू में तौलना ठीक नहीं है।"

"सौरभ भाई, तुम तो कवि हो ! पर सच बताऊं, 'जब लड़की पैसे से प्यार करती है, तो बेचारा लड़का "दिल का रोगी" बन जाता है।'"

"बिल्कुल! और जब लड़का पैसे वाला बन जाता है, तब वो किसी और लड़की को 'रोगी' बना देता है!" सुरेश ने कहा।

सभी ठहाका लगाते हुए चाय का लुत्फ उठाने लगे।

ओल्ड राजेंद्र नगर की हलचल भरी गलियों में स्थित एक छोटे से चाय के ढाबे पर, यूपीएससी की तैयारी करने वाले कुछ छात्र गर्म चाय की चुस्कियों के बीच बैठकर गिरीश और एंजल की लव स्टोरी और उसके ब्रेकअप पर चर्चा कर रहे थे। माहौल में गंभीरता भी थी और हल्की-फुल्की हँसी भी।

सुनील, अपनी चाय को घुमाते हुए बोला, "यार, ये एंजल ने गिरीश को धोखा दे दिया। अब बताओ, प्यार का भरोसा ही नहीं रहा इस जमाने में।"

राजेश ने हँसते हुए कहा, "भाई, धोखा नहीं, ये सब गोल्ड डिगर वाली बात है। कुछ लड़कियाँ सिर्फ पैसों से प्यार करती हैं।"

इस पर अमन ने एक शायराना अंदाज़ में कहा, "धोखा भी बादाम की तरह है, जितना खाओगे उतनी अक्ल आती है।"

सभी हँसने लगे। अनिल ने चुटकी ली, "बिलकुल सही कहा, भाई। लड़कियों को अपने अरमान पूरे करने होते हैं, तभी तो वो अमीर लड़कों के पास जाती हैं।"

इसी बीच, रोहित गंभीर होकर बोला, "अरे यार, सब लड़कियाँ ऐसी नहीं होतीं। ये जो हम "गोल्ड डिगर" वाली बातें करते हैं, वो तो बस हमारे दिमाग का खेल है। किसी-किसी को पैसे की सुरक्षा चाहिए होती है, पर इसका मतलब ये नहीं कि हर कोई सिर्फ पैसों के पीछे भागता है।"

राकेश, जो अब तक शांत बैठा था, ने कहा, "मुझे तेरा इश्क़ बेइमान सा लगता है, कभी इधर कभी उधर भटकता तेरा दिल, मुझे धोखेबाज सा लगता है।"

सभी फिर से गंभीर हो गए। तभी, अमन ने फिर एक शेर मारा,

"वक़्त के एक दौर में इतना भूखा था मैं
कि, कुछ न मिला तो धोखा ही खा गया।"

राजेश ने हँसते हुए कहा, "सही है यार, मगर आजकल तो मोहब्बत भी फाइव स्टार होटल जैसी हो गई है। बिना पैसे सब सूना-सूना लगता है।"

अमन ने जवाब दिया, "लेकिन असली मोहब्बत में पैसे की क्या कीमत! सच्चा प्यार वो है, जहाँ दिल की आवाज सुनाई देती है, न कि वॉलेट की खनक।"

सभी ने हामी भरी और अपनी चाय खत्म करते हुए माहौल में फिर से हल्कापन ले आए।

"यार, एक बात समझ नहीं आती," रवि ने चाय का कप रखते हुए कहा। "लड़कियाँ खुद कैसी भी हों लेकिन शादी के लिए हमेशा ऐसा लड़का ढूंढ़ती हैं जो कुंवारा हो, शर्मिला हो और पैसे वाला हो। और अगर सरकारी नौकरी हो तो सोने पे सुहागा।"

"हाँ भाई, सही कह रहा है तू!" दीपक ने हँसते हुए समर्थन दिया। "लड़की की खुद की नौकरी हो या ना हो, पर लड़के के पास तो होनी चाहिए। ऐसा लगता है जैसे हमारे पास सरकारी नौकरी होना अनिवार्य है। अगर IAS, IPS नहीं बने तो समझ लो तुम्हारी कोई औकात ही नहीं।"

अनुराग, जो अब तक चुपचाप चाय की चुस्कियों में मग्न था, बोला, "लेकिन ये नया फेमिनिज्म ही है ना? लड़कियाँ चाहती हैं कि वो चाहे जैसी भी हों, लड़का परफेक्ट होना चाहिए। वो खुद कितनी भी कमज़ोर, पढ़ाई में कमज़ोर या किसी भी आर्थिक स्थिति में हों लेकिन उन्हें तो वही लड़का चाहिए जो सबसे ऊंचे पायदान पर हो।"

"अरे भाई, इसे तो अब स्टीरियोटाइप कहो या हमारी सोशल कंडीशनिंग लेकिन सच्चाई यही है।" विकास ने अपनी किताब बंद करते हुए कहा। "हम यूपीएससी की तैयारी करने वाले लड़के जैसे ही कुछ हद तक सफल हो जाते हैं तो रिश्ते आना शुरू हो जाते हैं। लेकिन वो खुद कितनी भी प्रोग्रेसिव क्यों ना हों, लड़के में बस पक्का भविष्य और पैसे की गारंटी चाहिए।"

मोहित, जो इस तरह की बातचीत से अक्सर बोर हो जाता था, ने अपनी चाय खत्म करते हुए कहा, "कभी-कभी सोचता हूँ कि ये सारी बातें सही हैं या फिर बस हम लोगों की फ्रस्ट्रेशन है? हमसे भी तो वही अपेक्षाएँ होती हैं, जो समाज से लड़कियों से होती हैं। हम खुद भी तो एक परफेक्ट लड़की ढूंढ़ते हैं, जो ख़ूबसूरत हो, पढ़ी-लिखी हो और हमारी पसंद की हो।"

दीपक ने ठहाका लगाते हुए कहा, "वो तो है यार! हम सबकी उम्मीदें भी आसमान पर हैं। लेकिन सच ये है कि ये समाज हमें एक ऐसी दिशा में धकेलता है, जहाँ सब कुछ एक डील की तरह लगने लगता है।"

बातचीत धीरे-धीरे गहरी होती गई। चाय की दुकान पर बैठे वे लड़के अब खुद को समाज के सांचे में फिट करने के संघर्ष को समझने लगे थे। मुखर्जी नगर का यह अड्डा अब केवल एक पढ़ाई का स्थान नहीं, बल्कि उन सवालों का घर भी बन गया था, जिनके उत्तर न जाने कब मिलेंगे।

## 22

# एक नई उम्मीद

रात का सन्नाटा धीरे-धीरे गहराता जा रहा था और कमरे के कोने में रखी मेज पर एक अधूरी चिट्ठी पड़ी थी। उसके आसपास बिखरे कागज, इंक की कुछ सूख चुकी बूंदें और गिरा हुआ पेन मेरे मन की बेचैनी को बयाँ कर रहे थे। मैं चिट्ठी लिखते-लिखते थम गया था। मेरी आँखों में आँसू थे और दिल में अजीब-सी टीस। चिट्ठी में कुछ इस तरह मैंने लिखा था–

प्रिय एंजल,

होली के त्योहार की रंग-बिरंगी ख़ुशबू दिल्ली की हवा में घुल चुकी है और हर रंग, हर ख़ुशबू, हर याद मुझे बार-बार तुम्हारे पास खींच लाती है। इन रंगों में सबसे ज्यादा गहरा वो रंग है जो मैंने तुम्हारी आँखों में देखा था—प्यार का रंग, उम्मीद का रंग। तुम से बिछड़े हुए कितना वक्त बीत गया है लेकिन हर दिन लगता है जैसे कल की ही बात हो। तुम्हारी मुस्कान, तुम्हारे गालों के वो गहरे डिंपल, तुम्हारी खिलखिलाती हँसी—सब कुछ अभी भी उतना ही ताज़ा है, जैसे तुम मेरे सामने खड़ी हो।

दिल्ली की ये सर्द हवाएँ मेरे अंदर एक अजीब-सी बेचैनी भर देती हैं। लोग होली की तैयारी में जुटे हैं, पर मेरा मन कहीं और है। मैं तुम्हारी यादों में बसा हूँ, उन लम्हों में जो हमने साथ बिताए थे।

तुम्हारी यादों की धूप मेरे जीवन की हर सर्द रात को रोशन करती है और मैं हर बार उसी गर्मी को महसूस करता हूँ, जो तुम्हारे साथ होने पर होती थी। तुम्हारे स्पर्श की वह कोमलता, तुम्हारी हँसी की वह मधुर ध्वनि, सब कुछ आज भी मेरे साथ है, भले ही तुम नहीं हो।

तुम्हारे बिना मेरा यह शहर कितना सूना लग रहा है। यहाँ के शोरगुल में भी मैं तुम्हारी ख़ामोशियों को ढूंढ़ता हूँ। तुम्हारी वही ख़ामोशियाँ जो हमारे बीच की बातें कह देती थीं। जब तुम पहली बार मुझसे मिली थीं तो तुम्हारी आँखों में एक जादू था, एक अजीब-सी मासूमियत। आज भी जब मैं अकेला होता हूँ तो मैं उस पहली मुलाकात को याद करता हूँ, जैसे वह कल की ही बात हो।

एंजल, शायद तुम जानती हो कि तुम्हारी गैरमौजूदगी मुझे अंदर से कितना तोड़ती है। पर फिर भी मैं तुम्हें याद करके खुद को संभाल लेता हूँ। तुम्हारी हर हँसी, हर मुस्कान मेरे दिल के कोने में बसी है। जब मैं उदास होता हूँ तो तुम्हारी कल्पना में खो जाता हूँ। तुम्हारी मौजूदगी मेरे जीवन का आश्रय थी और अब तुम्हारी यादें ही मुझे जीने का सहारा देती हैं।

तुम्हारे बिना मेरी दुनिया बिल्कुल अधूरी है। मेरा हर दिन तुम्हारे बिना काटना मुश्किल हो जाता है। क्या तुम्हें याद है जब हम पहली बार मिले थे? उस दिन की हर एक बात मेरे ज़हन में जैसे किसी फिल्म की तरह चल रही है। मैं अपने कमरे में बैठा हूँ, पर जैसे ही अपनी आँखें बंद करता हूँ तो मुझे महसूस होता है कि तुम मेरे पास हो। मैं तुम्हारी मौजूदगी को महसूस कर सकता हूँ, तुम्हारी नर्म उंगलियाँ मेरे बालों में गुदगुदी कर रही हैं, तुम्हारी हँसी मेरे कानों में गूंज रही है। क्या तुम भी कभी मुझे याद करती हो, एंजल?

आज शाम, जब मैं ये पत्र लिख रहा हूँ तो मुझे ऐसा लगा जैसे तुम मेरे साथ हो। मैंने अपनी आँखें बंद कीं और तुम्हारे हाथों को अपने कंधे पर महसूस किया। तुम्हारे कोमल स्पर्श ने जैसे मेरे दिल को सहला दिया। ऐसा लगा जैसे तुम मेरे गालों पर अपना स्नेहिल

चुंबन जड़ रही हो और मैं उस एहसास में खो गया। तुम्हारी वो मौजूदगी, जो आज भी मेरी आत्मा को सुकून देती है, वो हमेशा मेरे साथ रहेगी।

एंजल, तुम मेरी ज़िंदगी की सबसे चमकदार रोशनी थी। जब तुम मेरे जीवन में आईं तो ऐसा लगा जैसे हर दिशा में उजाला हो गया हो। मेरा जीवन तुम्हारे बिना अधूरा था और तुम्हारे साथ मैंने खुद को पूरा महसूस किया। तुम्हारी आवाज़ मेरे कानों में संगीत की तरह गूंजती है। जब भी मैं तुम्हारी आवाज़ सुनता हूँ, ऐसा लगता है जैसे कोई सुरीला गीत बज रहा हो और मैं कभी नहीं चाहता कि ये गीत बंद हो।

तुम मेरी परी हो, मेरी प्रेम कहानी की वो किरदार, जो हर किताब में दर्ज होनी चाहिए। हमारे बीच का प्यार, हमारी कहानी अद्भुत थी और यह सदियों तक लोगों के दिलों में ज़िंदा रहेगी। मैं हमेशा तुम्हें अपने दिल में संजो कर रखूंगा। हमारी प्रेम कहानी भले ही अधूरी रह गई हो लेकिन मेरे लिए वह कभी खत्म नहीं होगी। कभी-कभी ज़रूर लगता है कि 'ये महलों, ये तख्तों, ये ताजों की दुनिया, ये इंसान के दुश्मन समाजों की दुनिया, ये दौलत के भूखे रिवाजों की दुनिया, ये दुनिया अगर मिल भी जाए तो क्या है?' पर खुद को संभालता हूँ। इस दिल को तुम्हारी तलाश अब भी है, जैसे किसी को उसके खोए हुए पंखों की तलाश हो। सच कहूँ तो तेरे बिना मेरे जीवन में कोई रंग नहीं हैं, सब कुछ बेरंग सा लगता है।

दिल्ली की हवा, तुम्हारी यादों से भरी हुई है। ऐसा लगता है जैसे तुम्हारे बिना जीने का कोई मतलब नहीं है, जैसे सूरज के बिना दिन का कोई मतलब नहीं है। मेरी जीवन की परी तुम्हारे बिना ये दुनिया सूनी लगती है, जैसे चाँद के बिना रात। जब भी मैं तुम्हारे पास होता था तो जैसे समय थम जाता था। अब तुम्हारे बिना यहाँ एक घड़ी सदियों सी लग रही है। मैंने निश्चय किया है कि तुम्हारी यादों के भरोसे ही 5-7 उपन्यास लिखूँ। वैसे सच कहूँ तो ज़िंदगी

जीने का मजा तब आता है, जब आप किसी को प्यार करें और वो प्यार आपको वापस मिले। मैं इस मामले में बदक़िस्मत हूँ। याद रखना, तुम्हारा गिरीश हमेशा तुम्हारे दिल के किसी कोने में रहेगा, चाहे समय कितना भी आगे बढ़ जाए। मुझे नहीं पता कि मैं क्या करूँ लेकिन मैं चाहता हूँ कि तू ख़ुश रहे।

सदा तुम्हारा,
गिरीश

मैं अपने बिस्तर के किनारे बैठा था, सिर झुका हुआ, आँखें लाल और धुंधली। सामने खिड़की से आती हल्की चाँदनी मेरे चेहरे पर पड़ रही थी, मगर वो भी उस गहरी उदासी को कम नहीं कर पा रही थी जो मेरी आत्मा में बसी थी। मेरी कांपती उंगलियों के बीच लहराता हुआ एक कागज़ का टुकड़ा था—वही चिट्ठी जो मैंने अपनी एक्स गर्लफ्रेंड एंजल के लिए लिखी थी।

एंजल... यह नाम मेरे जीवन में किसी कविता की तरह था, जिसने उसे बहुत-कुछ सिखाया था। मगर अब, जब वह मेरे जीवन से चली गई थी तो हर शब्द, हर पंक्ति, एक घाव की तरह दर्द दे रहे थे। मैंने उस चिट्ठी में अपनी सारी भावनाएँ उड़ेल दी थीं, पर जैसे ही उसे पूरा करना चाहा, मेरी आँखें भर आईं। मैं शब्दों को नहीं रोक सका; मेरी आँखों से छलकते आँसू पन्नों पर गिर रहे थे, जैसे मेरी सारी भावनाएँ उस कागज में समा जाना चाहती हों।

मैं सोचने लगा कि कैसे मैं और एंजल एक समय में सबसे करीब थे। उसकी मुस्कान, उसकी खिलखिलाहट, उसकी बातें, सब कुछ मेरी दुनिया का हिस्सा थीं। पर अब वो सब कुछ, सिर्फ यादें बनकर रह गई थीं। वो आँसू सिर्फ दर्द के नहीं थे; वो पछतावे, खोई हुई उम्मीदों और अधूरे सपनों के आँसू थे। हर बूंद मेरे दिल के भीतर जमा उस दुःख को बहा रही थी, जिसे उसने अब तक छिपाकर रखा था। मुझे याद आया कि कैसे एंजल मेरे ज़िंदगी का हिस्सा थी और अब वह उससे कोसों दूर हो चुकी थी। मैंने खुद को सँभालने की कोशिश की, पर आवाज़ भीग चुकी थी। दिल के कोने में दर्द की एक गहरी परत थी, जो समय के साथ और गहराती जा रही थी। मैं जानता था कि अब एंजल

वापस नहीं आएगी, पर दिल यह मानने को तैयार नहीं था। मैंने उस चिट्ठी को फ़ाड़ दिया।

मैं अपने कमरे में बैठा था। हाथ में किताब की पहली कॉपी थी, मेरी मेहनत, सपने और प्यार का फल। मेरी किताब का शीर्षक चमक रहा था। ये वही किताब थी जिसने मुझे एक अनजाने व्यक्ति से बेस्टसेलर बना दिया था। लेकिन मेरी आँखों में वो चमक नहीं थी, जो एक सफल लेखक की होनी चाहिए। दिल में एक खालीपन था, जिसे किसी भी तारीफ़ या सफलता से नहीं भरा जा सकता था।

दरवाजा हल्के से खटखटाया गया। मोहित, मेरा सबसे करीबी दोस्त, अंदर आया। उसके चेहरे पर मुस्कान थी लेकिन मेरे चेहरे की उदासी देखकर वह तुरंत गंभीर हो गया। उसने कमरे में चारों ओर देखा, दीवारों पर लगे किताब के पोस्टर्स, अवॉर्ड्स और प्रशंसा पत्र सबकुछ बता रहे थे कि गिरीश ने क्या हासिल किया है लेकिन दोस्त की आँखों में ख़ुशी की जगह उदासी थी।

"गिरीश भाई, क्या हो रहा है?" मोहित ने धीरे से पूछा, जैसे वह किसी टूटे हुए ख़्वाब को संभाल रहा हो।

मैंने किताब को एक बार फिर निहारा और बिना कोई जवाब दिए, उसे टेबल पर रख दिया। "कुछ नहीं मोहित, बस यूं ही..." मेरी आवाज़ में भारीपन था, जैसे शब्दों के पीछे कई अनकहे भाव छुपे हों।

मोहित मेरे पास बैठ गया। "देखो, मैंने तुम्हें बुक रिलीज़ के बाद से देखा है। तुम इस पल का इंतज़ार कर रहे थे लेकिन अब जब ये तुम्हारे पास है तो तुम्हारे चेहरे पर वो मुस्कान क्यों नहीं है जो होनी चाहिए?"

मैंने एक लंबी सांस ली। "मोहित, ये सबकुछ है लेकिन कुछ कमी है। जब मैंने ये किताब लिखी, हर शब्द के पीछे एक चेहरा था, एक इंस्पिरेशन थी। और अब, जब वो इंस्पिरेशन मेरे साथ नहीं है तो ये सारी सफलता खोखली सी लगती है।"

मोहित ने मेरी आँखों में देखा और उसे एहसास हुआ कि ये वही पुरानी यादें हैं, जो गिरीश को अब भी बांधे हुए हैं। "तुम अब भी उसे याद कर रहे हो, है ना?" मोहित ने धीरे से कहा लेकिन उसके शब्दों में एक साफ संदेश था।

मैंने नज़रें झुका लीं। "हाँ, मोहित। चाहे मैंने कितना भी आगे बढ़ने की कोशिश की हो लेकिन एंजल की यादें मुझे नहीं छोड़तीं। हर बार जब मैं इस

किताब को देखता हूँ, मुझे वही पल याद आते हैं, जब हम साथ थे। ये किताब उस वक्त की गवाह है और शायद इसलिए मैं इस सफलता को पूरी तरह महसूस नहीं कर पा रहा।"

मोहित ने समझदारी से मेरी बातों को सुना। वह जानता था कि मैंने एंजल को कितना प्यार किया था। लेकिन वह यह भी समझता था कि गिरीश को अब इस प्यार से आगे बढ़ना चाहिए। "गिरीश, देखो, मैं समझ सकता हूँ कि एंजल तुम्हारी ज़िंदगी का अहम हिस्सा रही है। लेकिन क्या तुम सोचते हो कि वो चाहती थी कि तुम ऐसे उदास और खोए रहो?"

मैंने अपने दोस्त की बातों पर गौर किया। "शायद नहीं लेकिन मैं अपने दिल को कैसे समझाऊँ? जब भी मैं उसे याद करता हूँ, ऐसा लगता है जैसे मैं फिर से उससे जुड़ रहा हूँ।"

"पर क्या तुम नहीं सोचते कि तुम्हारी ये यादें तुम्हारे आगे बढ़ने के रास्ते में रोड़ा बन रही हैं?" मोहित ने गंभीरता से कहा। "तुम्हारी किताब बेस्टसेलर बन चुकी है। तुम्हारे पास वो सबकुछ है, जो तुमने कभी सोचा था। लेकिन इस सफलता को अगर तुम पूरी तरह से महसूस नहीं कर सकते तो इसका मतलब है कि तुम अपने अतीत में फंसे हुए हो।"

मैंने ख़ामोश होकर मोहित की बातें सुनीं। "मैं जानता हूँ, मोहित। लेकिन ये सब इतना आसान नहीं है। एंजल मेरे लिए सिर्फ एक इंसान नहीं थी, वह मेरे शब्दों की प्रेरणा थी। जब भी मैं लिखता हूँ, उसका चेहरा सामने आ जाता है।"

मोहित ने मेरे कंधे पर हाथ रखा। "लेकिन अब समय आ गया है कि तुम आगे बढ़ो। एंजल तुम्हारे जीवन का एक ख़ूबसूरत हिस्सा थी लेकिन वह तुम्हारी पूरी ज़िंदगी नहीं हो सकती। अब तुम्हें अपनी ख़ुशी ढूंढ़नी चाहिए, न कि उस ख़ुशी को जो कभी थी।"

मैंने धीरे से सिर हिलाया। "तुम सही कह रहे हो, मोहित। लेकिन कैसे?

मोहित ने एक गहरी सांस ली। "शायद तुम्हें यह समझना होगा कि एंजल तुम्हारे जीवन में इसलिए आई थी, ताकि तुम वह लेखक बन सको जो तुम आज हो। लेकिन अब, तुम्हें खुद को उस लेखक के रूप में पहचानना होगा, जो सिर्फ एंजल की यादों से नहीं, बल्कि अपनी रचनात्मकता से प्रेरित होता है।"

मैंने धीरे-धीरे अपने दोस्त की बातें समझनी शुरू कीं। "शायद तुम सही हो, मोहित। मैंने अपनी किताब के हर शब्द में उसे ढूंढ़ा लेकिन अब मुझे खुद को ढूंढ़ना होगा।"

मोहित ने मुस्कराते हुए कहा, "यही बात है। देखो, तुम्हारी सफलता अब तुम्हारी है। इसे पूरी तरह से जीने का समय आ गया है। एंजल तुम्हारी प्रेरणा थी लेकिन अब तुम्हारी ज़िंदगी तुम्हारी अपनी है।"

मैंने पहली बार दिल से मुस्कराने की कोशिश की। "शायद, मुझे अब उस खालीपन को भरना होगा, जो उसने छोड़ा था।"

मोहित ने मेरे चेहरे पर वह हल्की सी मुस्कान देखकर राहत महसूस की। "यही बात है। याद रखना, तुम्हारी ख़ुशी का रास्ता तुम्हारी खुद की सोच और मेहनत से निकलेगा, न कि किसी और की यादों से।"

मैंने मोहित की बातों को दिल से लगा लिया। "तुम्हारा धन्यवाद, मोहित। शायद मुझे अब खुद को बदलने का समय आ गया है।"

मोहित ने दोस्ताना अंदाज़ में मेरे कंधे पर थपथपाया। "तुम हमेशा से मजबूत थे, गिरीश। अब तुम्हें अपनी इस सफलता को पूरी तरह से जीना है। मैं हमेशा तुम्हारे साथ हूँ।"

मैंने सिर हिलाया और अपनी किताब को एक बार फिर देखा। इस बार, मैंने उसमें एंजल की यादों को नहीं, बल्कि अपनी मेहनत और सपनों को देखा। मुझे एहसास हुआ कि अपनी ज़िंदगी को नए सिरे से जीने का समय आ गया है।

मोहित ने मुझको गले लगाया और कहा, "अब चलो, तेरी इस सफलता का जश्न मनाएं। ये सिर्फ शुरुआत है, दोस्त।"

मैंने मुस्कराते हुए मोहित के साथ कदम बढ़ाए। मेरी आँखों में एक नई चमक थी, एक नई उम्मीद। मैंने अपनी ज़िंदगी में आगे बढ़ने का फैसला कर लिया था।

# 23

# एक सफ़र में दो अनजाने

18 नवंबर 2023 का दिन। मैं चचेरे भाई की शादी में जाने के लिए घर आ रहा था। दिल्ली के सराय रोहिल्ला रेलवे स्टेशन पर थोड़ी भीड़ थी। मैं अपनी ट्रेन का इंतज़ार कर रहा था, जो हमेशा की तरह देर से आने वाली थी। घड़ी की ओर देखता और फिर पटरियों पर टकटकी लगाए, मैं अपने सफ़र का ख्याल कर रहा था। जब ट्रेन प्लेटफार्म पर पहुँची तो मेरी नज़रें अपनी बोगी को तलाशने लगीं।

तभी पीछे से एक जानी-पहचानी आवाज़ आई, "गिरीश..!"

उस आवाज़ में कुछ था, जिसने मेरे कदम रोक दिए। मैंने धीरे से पलटकर देखा और सामने खड़ी थी – एंजल। कुछ पल के लिए समय जैसे ठहर गया। उसकी आँखों में कुछ था, शायद सवाल या फिर कोई पुरानी याद। लेकिन मेरी नज़रों के सामने वो सारे दृश्य उभर आए – बिछड़ना, उसका किसी अमीर परिवार में शादी कर लेना और मेरे साथ किए गए वादों का टूटना।

हम दोनों कुछ देर तक बिना कुछ बोले खड़े रहे। मेरी आँखें उसकी ओर टिक गईं लेकिन दिल के भीतर एक बवंडर उठने लगा था। ट्रेन की गूंजती आवाज़ों के बीच, उस ख़ामोशी में बहुत कुछ छिपा हुआ था। मेरा सेकंड एसी का टिकट था और एंजल 1$^{st}$ एसी की तरफ बढ़ रही थी। हम कुछ सेकंड एक-दूसरे को देखने के बाद अपनी-अपनी बोगी की तरफ बढ़ चले।

ट्रेन की रफ्तार तेज़ हो चुकी थी लेकिन एंजल का दिल किसी पुरानी याद में उलझा हुआ था। वो अपनी सीट से उठकर गेट के पास आकर खड़ी हो गई,

बाहर की तरफ निहारते हुए लेकिन मन कहीं और खोया हुआ था। ऊँचा कद, गोरा रंग और तीखे नाक-नक्श उसे भीड़ से अलग करते थे, पर उसकी ख़ूबसूरती से भी ज्यादा लोग उसकी स्मार्टनेस और बुद्धिमत्ता की तारीफ़ करते थे। आज भी वही सुंदरता उसके चेहरे पर झलक रही थी लेकिन उसका मन उदास था।

वो सोचने लगी कि गिरीश कितना अलग था। जितना मददगार, अब उतना ही निर्लिप्त। कभी भी ज़रूरत पड़ती तो वो बिना एक पल की देरी के मदद के लिए हाज़िर हो जाता। लेकिन अब महीनों गुज़र गए और उसने एक बार भी हालचाल पूछने के लिए मैसेज तक नहीं किया। उसके पास हर किसी की मदद करने की ताकत थी लेकिन मैं ही रिश्तों को निभाने में पीछे रह गई।

वो उन पुराने दिनों को याद कर रही थी, जब उनकी बातें घंटों चला करती थीं। लेकिन फिर, जैसे समय का पहिया घूमा और उनके बीच की बातें बिल्कुल बंद हो गईं। अब वो दोनों एक ही ट्रेन में थे, फिर भी एक अजीब-सी ख़ामोशी उनके बीच पसरी हुई थी।

ट्रेन की रफ्तार जैसे-जैसे तेज़ हो रही थी, वैसे-वैसे एंजल का दिल और भी गहरे अतीत में डूबता जा रहा था। उसे महसूस हो रहा था कि बाहर की तेज़ हवाएं भी उसकी बेचैनी को शांत नहीं कर पा रही थीं। गेट के पास आकर खड़ी, उसने खिड़की के बाहर झांकते हुए घने जंगलों, पहाड़ों और खेतों को देखा लेकिन उसकी आँखों के सामने केवल यादों की धुंध थी। उसकी आँखें कभी-कभी बंद हो जातीं और उसके होठों पर हल्की-सी मुस्कान आती लेकिन फिर वो मुस्कान खो जाती, जैसे कोई तारा टूटकर गहरे अंधकार में विलीन हो जाता है।

एंजल के गोरे चेहरे पर एक अजीब-सी चमक थी, पर उसके भीतर की उदासी उस चमक को मद्धम कर रही थी। ट्रेन की हल्की हिचकोले खाती चाल और बाहर के बदलते दृश्य उसे कहीं दूर लेकर जा रहे थे—उस समय में, जब गिरीश और वो एक-दूसरे के बेहद करीब हुआ करते थे।

गिरीश...उसका ख्याल आते ही एंजल का दिल एक बार फिर बेचैन हो गया। गिरीश की छवि उसकी आँखों के सामने आ गई। उसकी हँसी, उसकी शांत आँखें और वह आत्मविश्वास जो हर मुश्किल को आसान बना देता

था। गिरीश न सिर्फ देखने में आकर्षक था, बल्कि उसकी गहरी समझ और ईमानदारी ने एंजल को हमेशा प्रभावित किया था। पर आज गिरीश के साथ बिताए वो हँसी-मज़ाक, वो तकरारें, वो गहरी बातें सिर्फ बीती बातें लगने लगीं, जैसे कोई सपना था जो अब धुंधला हो गया हो।

एंजल को याद आया कि गिरीश हमेशा कहता था, "रिश्ते निभाने के लिए दिल से जुड़ना ज़रूरी है, न कि सिर्फ शब्दों से।" वह अक्सर उसे समझाता था कि प्यार में सब्र, समर्पण और समझ ही असली मापदंड होते हैं। लेकिन शायद एंजल ने उस समय गिरीश की बातों को ठीक से समझा ही नहीं था। उसे हर वक्त यकीन था कि गिरीश हमेशा उसके साथ रहेगा, उसकी हर ज़रूरत पर हाजिर होगा और शायद इसी भरोसे में वह रिश्ते की बारीकियों को नज़रअंदाज़ करती गई।

गेट के पास खड़ी, एंजल को याद आया कि एक बार जब वह बहुत परेशानी में थी, गिरीश ने बिना एक पल की देरी के उसकी मदद की थी। वह कितनी बार उसके लिए लड़ता, समाज के सवालों और अपनी खुद की उलझनों से उसे बचाता। लेकिन जब गिरीश को उसकी ज़रूरत थी, जब उसके सपने और उसकी भावनाएं उसे पुकार रही थीं, तब एंजल ने खुद को उन क्षणों से दूर कर लिया था। वह अपनी महत्त्वाकांक्षाओं, अपनी ख़ुशियों की खोज में इतनी खो गई थी कि उसे यह एहसास ही नहीं हुआ कि गिरीश कितनी बार चुपचाप उसकी राह देख रहा था।

ट्रेन अब एक पुल के ऊपर से गुजर रही थी। नीचे बहती नदी का शोर एंजल के कानों में गूंजा लेकिन वह आवाज़ भी उसे अतीत की धारा से निकाल नहीं सकी। गिरीश ने अपने जीवन में उसे हमेशा समझाया था कि रिश्ते एक पेड़ की तरह होते हैं। उन्हें समय, ध्यान और प्यार की ज़रूरत होती है। अगर उन्हें खाद-पानी न दिया जाए तो वो सूखने लगते हैं। और शायद यही हुआ था उनके रिश्ते के साथ। एंजल ने अपने हिस्से की जिम्मेदारियाँ पूरी तरह नहीं निभाई थीं और धीरे-धीरे उनका रिश्ता सूखता चला गया था।

पर अब वो पछतावे में घुल रही थी। वह जानती थी कि गिरीश के साथ उसका रिश्ता एक बार टूटने के बाद शायद दोबारा वैसा नहीं हो सकता था। वह समझ चुकी थी कि गिरीश को खोने का दुख कितना गहरा था और यह बात उसे

अंदर से खा रही थी। अब जब वह गिरीश की ज़िंदगी से दूर थी तो उसे एहसास हो रहा था कि वह वास्तव में उसे कितना चाहती थी।

उसकी आँखों के कोने भीगने लगे थे। वह अब गिरीश के संदेशों, उसकी आवाज़ और उसकी देखभाल को बेतहाशा मिस कर रही थी। पर सचाई यह थी कि वह स्वयं ही उस मोड़ पर खड़ी थी, जहाँ से वह गिरीश से दूर हो चुकी थी। गिरीश ने अपने जीवन में एक नया अध्याय लिख लिया था और एंजल उसके अतीत का एक छोटा-सा हिस्सा बनकर रह गई थी।

उसने एक गहरी सांस ली, मानो अपने अंदर दबी पीड़ा को बाहर निकालना चाह रही हो। उसकी सांसों में एक भारीपन था, जो उसके दिल के दर्द को बयाँ कर रहा था। उसकी आँखें बंद हो गईं और कुछ देर के लिए उसने खुद को बीते समय की यादों में बहने दिया। उसे महसूस हुआ कि यह सफ़र केवल ट्रेन का नहीं था, बल्कि उसकी ज़िंदगी का भी था—वह सफ़र जो गिरीश के बिना चल रहा था लेकिन हर कदम पर उसकी यादों का बोझ साथ था। वह भी जानती थी कि गिरीश जैसा शख्स कभी उसकी ज़िंदगी में दोबारा नहीं आएगा। उसकी आँखों से छलके आंसू किसी टूटे हुए सपने के बिखरे हुए टुकड़ों की तरह थे, जो उसकी आत्मा को चीर रहे थे। उसने खुद को संभालने की कोशिश की, पर उस पल का दर्द इतना गहरा था कि वह चाहकर भी उसे दबा नहीं पाई।

स्टेशन की हलचल के बीच, एंजल अपनी यादों की गहराइयों में डूब चुकी थी। उसे याद आया कि गिरीश हमेशा उसके लिए वहाँ मौजूद रहता था, उसके हर दुःख, हर ख़ुशी का हिस्सा बनकर। उसकी हँसी, उसकी बातें, उसकी वो प्यारी आदतें—सब कुछ आज भी उसकी यादों में बसा हुआ था। लेकिन अब वह सब केवल यादें थीं और उन्हीं यादों का बोझ उसे जीने नहीं दे रहा था। ट्रेन रुक चुकी थी और बाहर चहल-पहल थी। लेकिन एंजल के लिए समय जैसे थम गया था। उसकी आँखें भरी हुई थीं और वह जानती थी कि चाहे वह कितनी भी कोशिश कर ले, गिरीश की यादें उसकी ज़िंदगी का हिस्सा बनी रहेंगी।

ट्रेन ने अचानक एक छोटे से स्टेशन पर रुकने की तैयारी की। बाहर कुछ गांव के लोग अपने बैग और थैले लिए चढ़ने लगे। एंजल ने गहरी सांस ली, जैसे अपने भीतर जमा दुख को बाहर निकालने की कोशिश कर रही हो। वह

जानती थी कि वह अपनी ज़िंदगी में आगे बढ़ना चाहती है, पर वह यह भी समझ चुकी थी कि गिरीश जैसा शख्स कभी दोबारा उसकी ज़िंदगी में नहीं आएगा।

उसने अपने आंसुओं को पोंछा और धीरे-धीरे अपनी सीट की ओर लौट आई। ट्रेन एक बार फिर चल पड़ी थी लेकिन इस बार एंजल के मन में एक ठहराव सा था।

## 24

# प्रेम, प्यार, जज्बात

शाम का समय था, हल्की-हल्की हवा बह रही थी और आसमान में सूरज ढलने को तैयार था। मैं, मोहित लवगुरु और सुमित—हडसन लाइन स्थित एक पार्क में धीरे-धीरे टहल रहे थे। पार्क में थोड़ी-बहुत चहल-पहल थी लेकिन हमारा मन उन आवाजों से परे किसी और ही दुनिया में खोया हुआ था।

लवगुरु हमेशा की तरह अपनी धीमी, सोचने वाली चाल में था, जैसे हर कदम के साथ किसी गहरे विचार में डूबा हो। उसकी आँखों में एक अलग ही चमक थी, जैसे वो किसी रोमांटिक कहानी का नया अध्याय लिख रहा हो लेकिन ज़ुबान से कुछ नहीं कह रहा था। सुमित, हमेशा की तरह, हल्के अंदाज़ में कोई चुटकुला सुना रहा था, जिससे बीच-बीच में हमारी हँसी फूट पड़ती। उसकी बातों में एक सुकून था, जैसे वो ज़िंदगी की उलझनों से परे एक सरल दुनिया में जी रहा हो।

हमारी चाल में कोई जल्दबाजी नहीं थी। पार्क की हरियाली और हल्की ठंडक ने हमें एक तरह की शांति में ढाल दिया था। कभी-कभी हम रुकते, बेंच पर बैठे लोगों को देखते या खेलते हुए बच्चों को और फिर बिना कुछ कहे फिर से चल पड़ते। हमारी बातचीत में न कोई बड़ा मुद्दा था, न ही कोई ख़ास चिंता—बस दोस्ती का एक सहज बहाव था, जो हमें उस शाम के साथ बहाए जा रहा था।

सूरज अब तक आधा डूब चुका था और उसकी सुनहरी किरणें पार्क की पत्तियों के बीच से छन कर हमारी राह पर बिछ रही थीं। लवगुरु ने अचानक कुछ

कहा, एक गहरा विचार, जिसे सुनकर हम दोनों थोड़ा रुक गए। सुमित ने उसकी बात पर हँसते हुए कहा, "तू हमेशा ऐसी फिलॉसॉफी क्यों मारता है, यार?"

हम हंसे लेकिन फिर भी लवगुरु की बात ने कहीं न कहीं दिल में हल्की सी दस्तक दी थी। शायद इसलिए कि उस शांत शाम में, उस टहलने के सफ़र में, हम अपने विचारों और भावनाओं से भी टकरा रहे थे—शायद खुद से भी।

"यार, मुझे कभी-कभी लगता है कि प्यार के पीछे भी बहुत गणित होता है। लोग सोचते हैं, तौलते हैं, फायदे-नुकसान का हिसाब लगाते हैं। आखिर ऐसा क्यों?" मोहित ने कहा।

"क्योंकि मोहित, प्यार जब विचार से जुड़ता है तो वो गणित बन जाता है। विचार चालाक होते हैं, तर्क-वितर्क करने वाले। हर चीज़ का हिसाब-किताब रखते हैं। लेकिन असली प्रेम तो भाव का खेल है, जहाँ तर्क का कोई स्थान नहीं होता। जैसे पेड़ की जड़ें गहरी होती हैं, वो ही उसकी असली ताकत होती हैं। पत्ते तो केवल दिखावे के लिए होते हैं।" सुमित ने मुस्कराते हुए जवाब दिया।

लवगुरु, हमेशा की तरह अपने गहरे दार्शनिक अंदाज़ में बोला, "हाँ, यार। विचार से प्रेम कभी निर्दोष हो ही नहीं सकता। विचार तो हमेशा सजग रहने को कहता है—'धोखा न खा जाओ।' लेकिन प्रेम... वो तो बस बहता है, बिना शर्त, बिना सवाल के। जैसे छोटा बच्चा, जब पैदा होता है तो वो भाव में समर्थ होता है, विचार में नहीं। उसके प्यार में कोई शर्त नहीं होती।"

सुमित ने अपने सिर को सहलाते हुए कहा, "पर क्या ये भावनात्मक प्रेम सुरक्षित होता है? विचार हमें धोखे से बचाते हैं लेकिन प्रेम में खोने का डर हमेशा रहता है। विचार तो आखिरकार हमारा हित ही देखते हैं, है ना?"

"विचार तुम्हें शायद धोखे से बचा ले, सुमित लेकिन अंत में वो खुद भी धोखा दे जाता है। क्योंकि विचार तर्क से बंधे होते हैं और तर्क का प्रेम कभी गहरा नहीं हो सकता। जब तुम प्रेम को विचारों से तौलते हो तो वो व्यापार बन जाता है। लेकिन भाव का प्रेम... उसमें तुम खो सकते हो लेकिन वही खोना असली जीत है।" लवगुरु ने थोड़ी गंभीरता से जवाब दिया।

मोहित ने उत्सुकता से पूछा, "तो मतलब हम जितना प्रेम को तर्क और विचारों से बांधते हैं, उतना ही हम उससे दूर चले जाते हैं?"

सुमित ने धीरे-धीरे सिर हिलाते हुए कहा, "शायद तुम सही कह रहे हो। जीवन का असली आनंद तभी मिलता है जब हम उसे महसूस करते हैं, तर्क-वितर्क में नहीं फंसते। प्रेम तो बहता हुआ जल है, अगर उसे विचारों के बंधन में बांध दोगे तो उसका प्रवाह रुक जाएगा।"

"बिल्कुल! प्रेम तो वृक्ष के नीचे की छिपी जड़ है, जो जीवन को स्थिरता देती है। पत्ते बदलते रहते हैं लेकिन जड़ें हमेशा अपनी जगह पर रहती हैं। जो प्रेम जड़ों की तरह होता है, वो कभी नहीं हिलता।"

मोहित ने चाय का प्याला रखते हुए गहरी सांस ली और कहा, "तो इसका मतलब है कि हमें अपने जीवन में विचारों को थोड़ी छूट देनी चाहिए लेकिन प्रेम को जड़ों की तरह ही पकड़ना चाहिए। ताकि वो हमें अंदर से स्थिर और मजबूत बनाए।"

लवगुरु ने मुस्कराते हुए आग की लपटों की ओर देखा और कहा, "सही पकड़ा, दोस्त! जीवन का असली आनंद प्रेम में ही है। और अगर तुमने सच्चा प्रेम पा लिया तो समझो सब कुछ पा लिया।"

मोहित, हमेशा की तरह अपनी ख्यालों की दुनिया में खोया हुआ, अचानक बोला, "यार, मुझे ये बात समझ में नहीं आती कि लोग प्यार को इतना जटिल क्यों बना देते हैं? प्यार तो सीधा-सादा होता है, दिल से निकलता है, दिमाग से नहीं।"

सुमित, जो अपने विचारों को बड़े ही तर्कसंगत ढंग से रखता था, थोड़ा सोचकर बोला, "भाई, प्यार सीधा तो होता है लेकिन जब हम उसे विचारों से जोड़ देते हैं तो सब कुछ उलझ जाता है। समझो, प्यार पेड़ की जड़ है और विचार उसकी टहनियाँ। जड़ें तो हमेशा जमीन के भीतर गहरी रहती हैं, मगर पत्तों को तो हवा हिलाती-डुलाती रहती है।"

लवगुरु ने हँसते हुए कहा, "विचारों को छोड़ दो, सुमित। असली प्यार तो वही होता है जिसमें बस भाव हो। जैसे छोटे बच्चे को देखो, जन्मते ही वह भावों से प्यार करता है। उसे किसी से प्यार करने के लिए विचारों की ज़रूरत नहीं होती।"

मोहित ने सिर हिलाते हुए कहा, "सच कह रहे हो, लवगुरु। बच्चों का प्यार निर्मल होता है। उन्हें तो इस बात का फर्क ही नहीं पड़ता कि कोई अमीर है या

गरीब, पढ़ा-लिखा है या नहीं। वो बस प्यार को महसूस करते हैं। पर जैसे-जैसे हम बड़े होते हैं, हमारे प्यार में शर्तें जुड़ने लगती हैं।"

लवगुरु ने गहरी सांस लेते हुए कहा, "यही बात हमें परेशान करती है, मोहित। हम सोचने लगते हैं कि क्या सही है और क्या गलत। पर असली प्रेम वहीं टिकता है जहाँ विचार खत्म हो जाते हैं और सिर्फ भाव बचते हैं। अगर हम प्यार को भावनाओं के स्तर पर जीने लगें तो शायद सारी उलझनें दूर हो जाएँ।"

सुमित ने चाय का घूंट लेते हुए एक गहरी बात छेड़ी, "भाई, देखो, हमारे यहाँ कहा गया है कि प्रेम सोच-विचार वाला नहीं होता, यह तो भाव का खेल है। जब कोई भावनात्मक स्तर पर तुम्हें पकड़ लेता है तो समझो वह तुम्हें जड़ों से पकड़ लेता है। फिर विचार कितने भी आ जाएँ, उन पर कोई असर नहीं पड़ता।"

मोहित ने गंभीर होते हुए कहा, "विचार तो जैसे हवा में लहराते पत्तों की तरह होते हैं। हर छोटी बात से हिलने लगते हैं। मगर जड़ें गहरी होती हैं। वो हमें स्थिर रखती हैं, हमें मजबूती देती हैं।"

लवगुरु ने मुस्कराते हुए कहा, "तो इसका मतलब यह है कि अगर हम जड़ों की तरह मजबूत हो जाएँ तो बाहरी हालात या विचार हमें हिला नहीं पाएंगे। और यही सच्चा प्रेम है—जो हमें अंदर से स्थिर और शांत बनाता है।"

सुमित ने अपने दोस्तों की ओर देखते हुए कहा, "शायद यही कारण है कि बच्चे जन्मते ही भावनात्मक रूप से इतने समर्थ होते हैं। उन्हें विचारों की ज़रूरत नहीं होती। उनका प्यार शुद्ध होता है, बिना किसी सवाल या शर्त के। और शायद हमें भी यही सीखना चाहिए—कैसे बिना सोचे-समझे, बिना शर्त के प्यार करें।"

आग की लपटें धीरे-धीरे कम हो रही थीं लेकिन तीनों दोस्तों की बातें अब और गहराई पकड़ चुकी थीं। वो समझ चुके थे कि असली प्रेम वह नहीं जो सोच-विचार से तय हो, बल्कि वह जो जड़ों से आता है—गहरा, स्थिर और शुद्ध।

"यार, तुम लोगों ने कभी सोचा है, इस दुनिया में सबसे बड़ा सत्य क्या है?" लवगुरु ने गहरी सांस लेते हुए कहा।

"अब ये तो कोई फिलॉसफिकल सवाल लग रहा है। लेकिन बताओ, तुम्हारे हिसाब से सबसे बड़ा सत्य क्या है?" सुमित ने थोड़ा हैरानी से उसकी तरफ देखा।

"सच्चाई ये है कि इस दुनिया में प्रेम के सिवाय और कुछ है ही नहीं। अगर हम ध्यान से देखें तो हर चीज़ में प्रेम छिपा हुआ है। ये हवा जो अभी हमें छू रही है, इसमें भी प्रकृति का प्रेम है। सूरज जो रोज उगता है, वह भी तो हमें जीवन देने के लिए ही उगता है। नदी सागर से मिलती है, भंवरे फूलों से प्रेम करते हैं—सब जगह प्रेम ही प्रेम है।" लवगुरु ने थोड़ी देर सोचा, फिर बोला।

"लेकिन यार, यही प्रेम इंसान के जीवन में आते-आते क्यों इतना उलझ जाता है? क्यों हमें ईर्ष्या, द्वेष और क्रोध के जाल में फंसने की ज़रूरत पड़ती है?"

"देखो, ये विकार हैं—ईर्ष्या, द्वेष, घृणा, हिंसा। ये तब पैदा होते हैं जब हम अपने स्वभाव धर्म से गिर जाते हैं। प्रेम हमारा असली स्वरूप है लेकिन जब हम उससे दूर हो जाते हैं तो हमारे भीतर विकार पैदा होने लगते हैं। ये विकार हमें अंदर से तोड़ देते हैं और हमारा असली रूप, जो प्रेम, शालीनता और आत्मीयता से भरा है, उसे छिपा देते हैं।"

"तुम्हारी बातें तो बड़ी भारी हो गईं, लवगुरु। लेकिन सच कहूँ, जब मैं कभी किसी से नाराज होता हूँ या किसी से जलन महसूस करता हूँ तो खुद को अजीब सा महसूस करता हूँ। लगता है जैसे मेरी पूरी शख्सियत ही बदल जाती है।" सुमित ने हौले से हँसते हुए कहा।

"यही तो समस्या है, दोस्तों। जब हम अप्रेम की बात करते हैं, जब हम गुस्सा, जलन या घृणा महसूस करते हैं तो हम खुद से ही दूर हो जाते हैं। हमारा असली स्वरूप, जो प्रेम और आत्मीयता का प्रतीक है, वो नष्ट हो जाता है। हमें खुद को इस दुनिया के हर छोटे-बड़े तत्व से जोड़कर देखना चाहिए क्योंकि जब हम प्रेम में होते हैं, तभी हम सच्चे अर्थों में जीवित होते हैं।" लवगुरु ने कहा।

कुछ देर के लिए सब चुप हो गए। इस गहरी बातचीत के बाद तीनों दोस्तों के मन में एक नई समझ पैदा हो रही थी। वे एक-दूसरे की ओर देखकर मुस्करा दिए, जैसे कि उन्होंने कुछ अनकहा समझ लिया हो।

लवगुरु ने गहरी सांस लेते हुए कहा, "देखो, दोस्त, जब हम कहते हैं कि खुद से प्रेम करो तो लोग इसे स्वार्थी समझते हैं। परंतु, स्वार्थी होना हमेशा गलत नहीं होता। आखिर खुद का अर्थ जानना भी तो ज़रूरी है।"

सुमित ने उसे उत्सुकता से देखा और पूछा, “मतलब? क्या खुद से प्रेम करना वाकई इतना ज़रूरी है?”

लवगुरु ने गंभीरता से कहा, “हाँ, सुमित। खुद से प्रेम करने का मतलब है, अपने शरीर, मन और विचारों को समझना। अगर हम खुद को नहीं समझेंगे तो दूसरों से कैसे प्रेम कर सकते हैं?”

मैंने इस पर सोचा और कहा, “लवगुरु, यह बात सच है। जब तक हम खुद के प्रति ईमानदार नहीं होंगे, तब तक हम किसी और से भी ईमानदारी से प्रेम नहीं कर पाएंगे। लेकिन क्या खुद से प्रेम करने की कोई तकनीक है?”

मोहित, जो अब तक ध्यान से सुन रहा था, मुस्कराते हुए बोला, “हाँ, यह सवाल मेरे मन में भी था। क्या हम खुद से प्रेम करने का अभ्यास कर सकते हैं?”

लवगुरु ने अपनी बात को विस्तार देते हुए कहा, “बिलकुल, मोहित। खुद से प्रेम करने की तकनीकें हैं। सबसे पहला कदम है, शरीर का ख्याल रखना। शरीर हमारा मंदिर है। इसे सुंदर और स्वस्थ बनाओ। जब शरीर स्वस्थ होता है तो मन भी शांत रहता है।”

सुमित ने सिर हिलाते हुए कहा, “सही कहा। जब मैं वर्कआउट करता हूँ तो महसूस करता हूँ कि मेरा मन भी हल्का हो जाता है। लेकिन केवल शरीर पर ध्यान देना काफी नहीं है, है ना?”

लवगुरु ने हामी भरी, “बिलकुल। शरीर के बाद दूसरा स्तर है—मन। मन में भरे हुए नकारात्मक विचारों, राग-द्वेष और विकृतियों को खत्म करना भी ज़रूरी है। ये सब हमारे मन को विषाक्त करते हैं। जब तक हम इन्हें बाहर नहीं निकालेंगे, तब तक खुद से सच्चा प्रेम नहीं कर सकते।”

मैंने लवगुरु की बातों पर सोचते हुए कहा, “यह सच है। अक्सर हम अपने मन को कचरे से भर लेते हैं—पुरानी बातें, गलतफहमियाँ और नकारात्मकता। हमें इन्हें साफ करने की ज़रूरत है। परंतु यह कैसे किया जाए?”

लवगुरु ने धैर्य से जवाब दिया, “स्मरण करो, मन को साफ करने का सबसे अच्छा तरीका है ध्यान और आत्मविश्लेषण। जब तुम खुद को ध्यान में बैठाकर सोचते हो कि तुम्हारे अंदर कौन से विचार हानिकारक हैं, तब धीरे-धीरे तुम उन पर काबू पा सकते हो।”

मोहित ने मज़ाकिया अंदाज़ में कहा, "तो इसका मतलब है कि हम खुद को एक 'मेंटल डिटॉक्स' दे सकते हैं?"

सभी हँस पड़े। लवगुरु ने भी मुस्कराते हुए कहा, "हाँ, कुछ ऐसा ही। फिर इसके बाद तीसरा स्तर है—विचार। अपने विचारों को स्पष्ट रखना ज़रूरी है। ऊहापोह में फंसकर या हिंसक भावनाओं में उलझकर हम न केवल खुद को, बल्कि अपने रिश्तों को भी नुकसान पहुँचाते हैं।"

सुमित ने सोचते हुए कहा, "मतलब हमें अपने विचारों को संयमित रखना चाहिए और खुद को एक स्पष्ट दिशा देनी चाहिए। जब विचार स्पष्ट होंगे तो प्रेम भी स्वाभाविक रूप से बहने लगेगा।"

लवगुरु ने सहमति में सिर हिलाया, "बिलकुल। और यही खुद से प्रेम करने की पहली शर्त है। जब तुम खुद से प्रेम करना सीख जाते हो, तब वह प्रेम दूसरों तक भी पहुँचता है। यह प्रेम की सबसे सुंदर बात है—यह बेशर्त होता है और बहता रहता है।"

मैंने अंतिम बात जोड़ते हुए कहा, "तो अगर हम खुद से प्रेम करना सीख लें तो दूसरों से भी प्रेम स्वाभाविक हो जाएगा। यह एक चक्र की तरह है—खुद को समझो, खुद से प्रेम करो और फिर यह प्रेम अपने आप फैल जाएगा।"

मोहित ने मुस्कराते हुए कहा, "हाँ और तब हम दूसरों से बिना शर्त के प्रेम कर पाएंगे, जैसे माँ अपने बच्चे से करती है। कोई अपेक्षा नहीं, कोई गणित नहीं—बस प्रेम।"

सभी ने सहमति जताई और माहौल में एक शांति छा गई। हम सबने महसूस किया कि खुद से प्रेम करने का मतलब सिर्फ खुद को समझना और सुधारना है, ताकि हम दूसरों से भी सच्चा प्रेम कर सकें।

25

## नशा ही नशा

पश्चिम राजस्थान की धरती, जहाँ रेत के सुनहरे कण सूरज की किरणों से चमक उठते हैं, वहाँ की गर्मियों की दोपहर एक अलग ही कहानी कहती है। जून का महीना था और तपिश अपने चरम पर थी। गांव का नाम था "चाडी", जो हमेशा की तरह शांत था लेकिन उस दिन की दोपहर कुछ ख़ास थी। गांव के पेड़ की छांव में गांव के बुजुर्ग और युवा चौपाल पर बैठे थे। वातावरण में एक ख़ास गर्माहट थी, जैसे किसी बड़े फैसले की प्रतीक्षा हो रही हो। चर्चा का विषय था – गांवों में बढ़ता नशे का कारोबार और युवाओं का भविष्य। हर कोई अपनी बात रखने को उत्सुक था।

"अरे भाई, ये क्या हो रहा है हमारे गांवों में? युवा पीढ़ी का जोश तो नशे में खोता जा रहा है। ये स्मैक और अफीम ने तो बर्बाद कर दिया है सबको।" गांव के बुजुर्ग बाबूजी ने कहा।

"सही कह रहे हो, बाबूजी। हमारे गांव के लड़कों को देखो, जो पहले खेतों में काम करते थे, अब दिन-रात नशे में धुत्त रहते हैं। काम-काज छोड़ दिया है सबने।" रामू काका (किसान) ने कहा।

"ये नशे का कारोबार बढ़ रहा है और जिम्मेदार लोग आँखें मूंदकर बैठे हैं। स्कूल में भी बच्चों के बीच नशे की बातें सुनाई देने लगी हैं। ये बहुत चिंता का विषय है।" श्यामलाल (स्कूल टीचर) ने कहा।

"हाँ, श्यामलाल जी। हम सबको मिलकर इसके खिलाफ कुछ करना होगा। नहीं तो हमारी युवा पीढ़ी पूरी तरह बर्बाद हो जाएगी। हमें पुलिस और प्रशासन से भी बात करनी होगी।" सीमा (महिला सरपंच) ने कहा।

"जो नशा करे, वो खुदा को भूले,

हमारा ये गांव है, इसे बर्बाद ना होने देंगे।" बीरबल चाचा ने कहा।

"नशा जो करता है इंसान
कभी न उसका हो कल्याण,
उसको त्यागे हैं सब प्राणी
जल्द ही मिलता है श्मशान।" लखन (गांव के युवा पत्रकार) ने कहा।

"हमारी भी है ज़िंदगी, क्यों न करें थोड़ी मस्ती,

नशा है एक सुकून, मिलती है थोड़ी राहत की बस्ती।" एक युवा ने नशे का समर्थन करते हुए कहा।

"देखो बेटा," गांव के एक बुजुर्ग रामभरोसे जी ने गहरी सांस ली और धीरे से बोले, "ये नशा, चाहे वो शराब हो, गांजा हो या फिर कोई और चीज़ का, ये किसी का भला नहीं करता। तुम्हारे बाप-दादा खेती करते थे, मेहनत करते थे और अपनी ज़िंदगी से संतुष्ट रहते थे। लेकिन अब ये नशा तुम्हें कहीं का नहीं छोड़ेगा।"

सभी युवा चुपचाप बैठे सुन रहे थे। किसी ने सिर झुकाया, किसी ने आँखें घुमा लीं लेकिन माहौल में गहरी शांति थी। रामभरोसे जी ने उनकी इस चुप्पी को समझते हुए आगे और कहा, "ये जो थोड़ा सा सुकून मिलता है न नशे से, ये असली नहीं है। ये कुछ ही वक्त की बात है। बाद में तुम्हारे पास कुछ नहीं बचेगा, न पैसा, न इज्जत।"

चौपाल में बैठे बुजुर्गों में से एक और आवाज़ आई, "पहले तुम लोगों को ये समझना होगा कि नशे से हासिल कुछ भी स्थायी नहीं है। अगर आज हम तुम्हें न

रोकें तो कल ये गांव नहीं बचेगा। तुम सोचते हो कि नशा करके हम ज़्यादा काम कर पाएंगे लेकिन वो तुम्हें कमज़ोर बना रहा है।" यह बोलते हुए रामनाथ काका ने अपनी छड़ी ज़मीन पर पटक दी।

युवाओं की टोली में सबसे पहले महेश ने हिम्मत दिखाई और जवाब दिया, "काका, हम समझते हैं कि आप सही कह रहे हो लेकिन क्या करें, ज़िंदगी की मुश्किलें इतनी हैं कि नशा ही एक सहारा लगता है। हमें कहीं और रास्ता नहीं दिखता।"

रामभरोसे जी ने महेश की बात को ध्यान से सुना और बोले, "बेटा, यही तो हमारी गलती है। हम छोटी-छोटी परेशानियों में उलझकर गलत राह पर चल पड़ते हैं। हर परेशानी का हल होता है लेकिन वो हल मेहनत, ईमानदारी और सच्चाई में होता है, न कि नशे में।"

तभी गांव के सबसे बुज़ुर्ग सदस्य, लालचंद जी ने अपनी धीमी मगर गहरी आवाज़ में कहा, "हमने भी अपनी जवानी में कठिनाइयों का सामना किया लेकिन कभी रास्ता नहीं छोड़ा। हमें समझना होगा कि भविष्य बनाने के लिए हमें अब से सही कदम उठाने होंगे।"

इस पर एक और युवा, रोहित, जो हमेशा अपने दोस्तों के साथ घूमता-फिरता दिखता था, बोल पड़ा, "अगर आप सब का कहना सही है तो हम कोशिश करेंगे काका लेकिन हमें आपका साथ चाहिए। अगर हम इस रास्ते पर चलें तो क्या आप हमें ऐसे ही मदद करते रहेंगे?"

लालचंद जी की आँखों में एक चमक आ गई। उन्होंने अपना हाथ उठाकर कहा, "बेटा, अगर तुम सही रास्ते पर चलने का वादा करो तो ये बुज़ुर्ग हमेशा तुम्हारे साथ खड़े रहेंगे। हम तुम्हारे बड़े हैं, तुम्हारे मार्गदर्शक हैं।"

"पिछले चार-पांच साल में मादक पदार्थ के तस्करों के लिए पश्चिम राजस्थान के कुछ ज़िले ऐशगाह बन चुके हैं। प्वॉइंट दर प्वॉइंट पर खड़े नशे के तस्कर ही नहीं रोजाना डोज लेने वालों को भी मादक पदार्थ मुहैया कराया जा रहा है। स्मैक/एमडी ही नहीं अफीम, डोडा-पोस्त, गांजा के अलावा अन्य मादक पदार्थ भी ख़ूब पकड़ में आ रहे हैं। रोजाना पुलिस की कार्रवाई भी तस्करी पर पूरी तरह लगाम नहीं लगा पा रही है। राजस्थान अफीम, डोडा और पोस्त की तस्करी

का गढ़ बन गया है। राजस्थान पुलिस ने बीते महज 10 दिनों में प्रदेशभर से 35 करोड़ का अफीम, डोडा, पोस्त और अन्य ड्रग्स बरामद किए हैं।" गांव के थानेदार ने मूंछों पर ताव देते हुए कहा।

"राजस्थान प्रदेश अब नशे के कारोबार की बड़ी मंडी बनता जा रहा है। यहाँ के युवाओं में बढ़ती नशे की लत के कारण नशे के कारोबारियों ने प्रदेश में अपना जाल बिछा लिया है। हजारों की संख्या में युवाओं को नशे की लत ने जकड़ रखा है। यही कारण है कि प्रदेश में ख़ासतौर पर सीमा के सटे इलाकों में रहने वाले युवा नशे के कारोबार में सौदागर बने हुए हैं। गांजा, स्मैक सहित कई तरह का नशा राजस्थान के युवाओं की सांसें घोंट रहा। अब गांवों में बड़ी संख्या में लोगों की नस-नस में अफीम है। उठते ही अफीम, दोपहर अफीम, सोते अफीम। उनके लिए रोटी-कपड़ा-मकान बाद में है, बस पहले ये मिल जाए। भले ही सरकार ने अफीम को गैर-कानूनी घोषित कर रखा है। कहा जाता है कि विश्नोई समाज के गुरू जाम्भोजी के प्रभाव में आकर कुछ राजपूतों ने दारू और मांस छोड़ दिया था। फिर उसकी जगह आ गया अफीम। धीरे-धीरे ऐसा घुल गया कि आज शादी, मौत, जन्म, झगड़ा सब अफीम में जुड़ा है और यह नशा सिर्फ पुरुष ही करते हैं।" दैनिक नवज्योति के पत्रकार ने कहा।

"सांचौर से लेकर बाड़मेर, जोधपुर कहीं भी आप किसी सुनसान जगह को तलाशना वहाँ आपको यही मंजर नज़र आएगा। स्मेक, एम डी के नशे ने हजारों युवाओं को अपनी गिरफ्त में ले लिया है। हर एक खाने वाला और बेचने वाला पुलिस और प्रशासन की नज़र में है। परंतु या तो राजनीति के दबाव में या पैसे के लालच में पुलिस बर्बादी की यह पटकथा अपनी कलम से लिखती प्रतीत होती है। खैर मैंने तो कभी पुलिस थाना अंदर से देखा नहीं लेकिन लोग बात करते हैं कि अगर आदमी के पास में पैसा हो ना तो यह सारा नशा उसको जेल में भी मुहैया करवाया जा सकता है। मेरे जैसे लोग पुलिस से यह उम्मीद कर के बैठे हैं कि अगर पुलिस चाहे तो कोई मंदिर के आगे से चप्पल तक नहीं चुरा सकता। लोग कहते हैं कि सबसे ज्यादा नशेड़ी तो पुलिस थानों में मिलेंगे आपको। अगर ऐसा है तो फिर समाज को इन नशेड़ियों से निजात दिलाना मुश्किल ही नहीं नामुमकिन लगता है।" आशु जी ने पानी का लोटा हाथ में लेते हुए कहा।

"असी रातां का असां ही तड़का। बुरे कामों का नतीजा भी बुरा ही होता है। ये नशा हमें बर्बादी के रास्ते पर ले जा रहा है।" गांव के चौधरी रामू चाचा ने कहा।

"ओसर चूकी डूमणी, गावै आल पाताल... मेरे कहने का मतलब है लक्ष्य से भटका हुआ व्यक्ति सार्थक कार्य नहीं कर सकता। नशे में डूबे युवा अपने भविष्य को अंधकार में डाल रहे हैं।" धन्ने काका ने कहा।

"मियाँ मरग्या कै रोजा घटग्या। अभी भी देर नहीं हुई है। अगर हम नशा कर भी रहे हैं तो इसका मतलब यह नहीं कि हम सुधर नहीं सकते।" बुज़ुर्गों के हाँ में हाँ मिलाते हुए एक युवा लड़के ने कहा।

"न कोई की राई में, न कोई दुहाई में। हमें अपने कर्तव्य पर ध्यान देना होगा और युवाओं को सही रास्ता दिखाना होगा।" रामू चोधरी ने मूंछों पर ताव देते हुए कहा।

"नाक रै चूनौ लगाणौ। नशा हमारे समाज की इज्जत को बट्टा लगा रहा है, हमें इसे रोकना ही होगा।" धन्ने काका ने कहा।

"सही कहा। हमें गांव के हर घर तक पहुँचना होगा और लोगों को जागरूक करना होगा कि उनके बच्चे किस हालत में हैं।"

"बातें सुनो दोनों की, नशा ना हो हल,
मिल बैठकर सोचें, कैसे हो सबका कल।"
"नशा से नाता तोड़ो, जीवन में लाओ बहार,
वरना ये सुख-संपन्न परिवार हो जाएगा उधार।" बाबा रामू ने कहा।

"नशा मुक्त हो समाज, यही है हमारा सपना,
सब मिलकर करें कोशिश, ताकि न हो किसी का अपनों से बिछुड़ना।"

"नशा मत कर, ये है शैतान की चाल,
घर-घर में फैल गया, ये बर्बादी का जाल।"

"उम्मीद न कोई आशा है

अब चारों और निराशा है,
बर्बाद तुम्हें ये कर देगा

नशे की यही परिभाषा है।" अस्सी साल के जाट समाज के चौधरी हरखू काका ने कहा।

"नशा माटी में मिला दे, आदमी का ईमान,

बचपन की खिलखिलाहट, बदल जाती है शमशान।" धन्ना काका ने जोड़ा।

"कूवै भांग पड़णी, सबकी बुद्धि मारी जाना। ये नशे का कारोबार पूरे गांव की बुद्धि को खराब कर रहा है। हमारे बच्चे इस जाल में फंसते जा रहे हैं।" रामू काका ने कहा।

"अंटी में आणौ, यानी किसी के फंदे या जाल में फँसना। ये नशा हमारे युवाओं को फंसाकर बर्बाद कर रहा है।" धन्ना काका ने कहा।

"आक में ईख, फोग में जीरो, बुरे कुल में सज्जन व्यक्ति का जन्म। अगर गांव के अच्छे बच्चे भी नशे में पड़ जाएँगे तो कौन संभालेगा?" बीरबल चाचा ने कहा।

"अक्कल बिना ऊँट उभाणा फिरै। नशे की लत ने युवाओं की अक्कल छीन ली है।" रामू काका ने कहा।

"मियाँ मरग्या कै रोजा घटग्या, मतलब अभी भी देर नहीं हुई है। अगर हमें अच्छा रास्ता दिखाया जाए तो हम नशामुक्त समाज की नींव रख सकते हैं।"

"हाँ, बाबूजी। हम एक जनसभा कर सकते हैं, जिसमें सभी गांववाले आएँ और इस मुद्दे पर चर्चा करें। हमें नशे के खिलाफ एक मजबूत अभियान शुरू करना होगा।" रामू काका ने कहा।

"हमें बच्चों को भी समझाना होगा कि ये नशा उनकी ज़िंदगी को बर्बाद कर देगा। स्कूल में भी इसके खिलाफ जागरूकता कार्यक्रम चलाना होगा।" श्यामलाल ने कहा।

"हमारे पास समय बहुत कम है। अगर हम अभी नहीं जागे तो हमारी आने वाली पीढ़ी का भविष्य अंधकारमय हो जाएगा। हमें नशे के खिलाफ एकजुट होकर लड़ना होगा।"

चौपाल की यह चर्चा गांव में नशे के खिलाफ एक आंदोलन की नींव रखती है। सभी ने मिलकर यह निर्णय लिया कि वे नशे के खिलाफ एक नियम पुस्तिका बनाएंगे और गांव के हर घर तक पहुँचकर जागरूकता फैलाएँगे। साथ ही, प्रशासन से मिलकर नशे के कारोबारियों के खिलाफ कड़ी कार्रवाई की मांग करेंगे।

# 26

## गाँव के मसले

मारवाड़ में बहुत ही पुरानी एक कहावत है कि “भूत बण र कमावणो और डाकी बण र खावणो”, यानी धन कमाने के लिए भूत की तरह मेहनत करो और खाना खाने में कोई कोर-कसर न छोडकर डाकी यानी शाही तरीक़े से दबाकर खाओ... । कई बार लोग हँसी-ठिठोली में कहते हैं कि जोधपुर की दो चीज़ें मशहूर हैं, एक तो “खण्डा” और दूजा “खावण खण्डा”। मारवाड़ में मिठाई-मिष्ठान्न को मुख्य भोजन यानी मेन कोर्स में खाया जाता है, न कि डेजर्ट यानी भोजन के अंत में, जैसे कि कई अन्य लोग जतन जोगी मतलब औपचारिक रूप में खाते हैं। इसलिये जब भी हम भोजन करते हैं तो मारवाड़ की भोजन (जीमण) परंपरा के अनुसार परोसी हुई थाली में से सबसे पहले मीठा, मिठाई का भरपूर आनंद लेते हैं। इसके बाद थाली में परोसी हुई सब्जी, अचार, पूड़ी का स्वाद... बाद में तेहरी, पुलाव काबुली चावल का जायका लेने के बाद पापड़ सलेवड़ा खीचिया या अन्य नमकीन फरसाण स्नैक्स आदि का आनंद लेने के बाद, अंत में दही रायता से अपना भोजन पूरा करते हैं। जब भी कोई पूछता है कि राजस्थान के प्रमुख व्यंजन कौन-कौन से हैं? तो लोग तपाक से कहते हैं— बीकानेर की भुजिया, जोधपुर का मिर्ची बड़ा, जयपुर की लस्सी, आबुरोड़ की रबड़ी, कोटा की दाल कचौरी, नसिराबाद का कचोड़ा, सांभर की फीनि, अलवर का मिल्क केक, उदयपुर की दाल बाटी, बीकानेर का रस्गुल्ला, मारवाड़ की कैर सांगरी और फिर मावे की कचौरी भी चखना। मारवाड़ क्षेत्र में बाड़मेर, जोधपुर, पाली, जालोर और नागौर जिले आते हैं।

राजस्थान की तपती रेत और विस्तृत रेगिस्तान के बीच, मारवाड़ का प्रमुख जिला जोधपुर से कुछ मील दूर एक छोटा सा गाँव खेजड़ली बसा है। यह गाँव किसी आम गाँव से अलग है, क्योंकि यह गांव इतिहास के विशिष्ट पन्नों में दर्ज करने लायक अपनी विरासत रखता है।

खेजड़ली के हर घर के बाहर खेजड़ी/शम्मी के पेड़ लगे थे, जो इस गाँव के नाम को सार्थक बनाते हैं। कहा जाता है कि खेजड़ली बलिदान विश्नोई समाज के अद्वितीय जज्बे की कहानी है। ये लोग पर्यावरण की रक्षा के लिए अपने प्राणों की आहुति देने के लिए जाने जाते हैं। उन्होंने अपने गुरु जम्भोजी के 29 नियमों और आदर्शों की पालना की शपथ पीढ़ी दर पीढ़ी निभाई। खेजड़ली मेला जोधपुर के पास खेजड़ली गांव में लगता है, जो भाद्रपद माह की दशमी को पड़ता है।

आज से लगभग तीन सौ के वर्ष पूर्व ...21 सितंबर 1730 को, 71 महिलाओं और 292 पुरुषों, कुल 363 लोगों ने पेड़ों से लिपटकर अपने प्राणों की आहुति दी थी। इतिहास के अनुसार, सन् 1730 में भाद्रपद शुक्ल दशमी के दिन, मारवाड़ रियासत के गांव खेजड़ली में, तत्कालीन महाराजा अभय सिंह ने अपने किले के निर्माण के लिए पेड़ों की कटाई का आदेश दिया। उनके सेवक, भंडारी गिरधरदास को पेड़ों की कटाई करने को कहा गया।

राजा के सैनिक जब खेजड़ली पहुँचे और पेड़ों की कटाई शुरू की तो विश्नोई समाज की एक किसान महिला, अमृतादेवी और उसकी तीन पुत्रियों ने अपना सिर कटाकर प्राणों की आहुति दी। उनका अनुकरण करते हुए सैकड़ों लोगों ने भी अपने प्राण त्याग दिए। उन्होंने सिद्ध किया "सिर सांटे रुख रहे तो भी सस्तो जाण।" इस बलिदान की गाथा ने पूरे देश में हलचल मचा दी और बिश्नोई समाज की निष्ठा और साहस का उदाहरण प्रस्तुत किया। महाराजा को इस बलिदान ने झकझोर दिया और उन्होंने पेड़ों की कटाई पर तुरंत रोक लगा दी। इस घटना के बाद, खेजड़ली गाँव और बिश्नोई समाज की पहचान पर्यावरण संरक्षण और जीव दया के प्रतीक के रूप में स्थापित हो गई।

## 27

# एक और शादी

लवगुरु की शादी का दिन था और वह किसी भव्य समारोह से कम नहीं था। आईएएस, पीसीएस और न्यायिक सेवा के अधिकारी आए थे और हम —मैं, सुमित, अनिल, मोहित, विजय और सुनिता— भी इस मौके पर मौजूद थे। हमारे समूह में भी ख़ूब हलचल थी, क्योंकि लवगुरु की शादी के साथ-साथ उसकी अधिकारी बनने की खबरें भी चर्चा का विषय रही थीं। जब से उनकी समीक्षा अधिकारी बनने की खबर फैली थी, तब से ही उनके विवाह को लेकर उत्सुकता चरम पर थी। अब, जब उनकी शादी की रस्में शुरू हुईं तो हर कोई उनके शाही अंदाज़ को देखकर हैरान रह गया।

एक राजसी महल के आंगन में बड़ी धूमधाम से गणेश पूजन हुआ था और अब मेहंदी और हल्दी की रस्में अपनी रंगत में थीं। चारों तरफ संगीत की धुनें गूंज रही थीं और हवाओं में घुली केसर और गुलाब की ख़ुशबुएं एक अलग ही दुनिया का एहसास दिला रही थीं। राजपूताना रियासत की तरह सजी ये शादी मानो इतिहास के पन्नों से निकली कोई कहानी हो।

महिलाएँ रंग-बिरंगे लहंगे पहनकर किसी चलती-फिरती तस्वीर की तरह नज़र आ रही थीं। उनकी चूड़ियाँ खनक रही थीं और सिर पर पहने सोने और मोतियों से जड़े मुकुट उनकी शान को और बढ़ा रहे थे। वहीं, पुरुषों ने साफे बांध रखे थे और उनके चेहरे पर शाही ठाठ का एक अलग ही नूर झलक रहा था।

बारात जब निकली तो दृश्य और भी भव्य हो गया। ऐसा लगा मानो कोई पुरानी राजसी सेना तैयार होकर विजय के लिए निकली हो। लवगुरु की बारात में वह सब

कुछ था जो एक राजा की शान में होना चाहिए—मर्दों के कंधों पर ऊंचे साफे, औरतों की आँखों में सजीवता और हाथों में सौंदर्य की चमक। बैंड की धुन पर थिरकते बारातियों के कदम और हँसी के फव्वारे माहौल को और रूमानी बना रहे थे।

बारात के बाद प्रीतिभोज का आयोजन हुआ। इस मौके पर मेहमानों ने बड़ी धूमधाम से शाही भोज का आनंद लिया। महल के विशाल दरबार हॉल में पारंपरिक व्यंजन परोसे गए—दाल बाटी, चूरमा, पांच प्रकार की मिठाइयाँ, गट्टे की सब्जी और मालपुए की सुगंध से हर कोई मंत्रमुग्ध था। बड़े-बुज़ुर्ग जहाँ एक ओर महफिल जमाए बैठे थे। वहीं दरबार के कोने में ठाकुर साहब और उनके पुराने मित्र राजा साहब बैठे थे। ठाकुर साहब ने अपनी घनी सफेद मूंछों पर ताव देते हुए कहा, “भाई, ये लवगुरु अब समीक्षा अधिकारी बन गए हैं तो अब इनकी शादी में भी समीक्षा का होना तो तय है। देखना, एक दिन रिपोर्ट बनेगी—सब रस्में समय से निभाई गईं या नहीं।”

राजा साहब ने हँसते हुए कहा, “अरे ठाकुर साहब, लवगुरु की शादी है, यहाँ तो सब कुछ लव के हिसाब से चल रहा है। ये देखिए, उनकी दुल्हनिया कैसे राजकुमारी की तरह सजी बैठी हैं। जैसे कोई स्वप्न सुंदरी। और हमारे लवगुरु, बस देखते ही रह गए!”

“हाँ भाई,” ठाकुर साहब ने ठहाका लगाया, “लवगुरु तो जैसे मंत्रमुग्ध हो गए हैं। कहाँ समीक्षा अधिकारी की छवि और कहाँ आज ये मोहब्बत में डूबे महाराज।”

यह सुनते ही राजा साहब ने भी ज़ोरदार ठहाका लगाया और साथ बैठे कुछ अन्य मेहमान भी उनकी बातों का आनंद लेने लगे। हर ओर हँसी का माहौल बन गया था। महल की छत से लटके हुए झूमर भी जैसे इन हँसी की तरंगों में थिरकने लगे थे।

ठाकुर साहब ने अपनी बात आगे बढ़ाई, “लेकिन भाई, ये जो राजपूताना शादियाँ होती हैं ना, इनकी एक ख़ास बात है। यहाँ सिर्फ प्यार नहीं, शान-शौकत और सम्मान भी पूरा निभाया जाता है। देखो, लवगुरु की बारात कैसे शाही अंदाज़ में निकली और यहाँ मेहंदी और हल्दी की रस्में भी किसी महारानी के सम्मान में ही हो रही हैं।”

"सही कहा आपने," राजा साहब ने अपनी मूंछों पर ताव देते हुए कहा, "यहाँ हर रस्म में एक ठाठ और गर्व की झलक है। और लवगुरु का तो कहना ही क्या, आज उनका दिन है।"

दोनों मित्र एक-दूसरे की बातों पर हँसते रहे, जबकि बाकी मेहमान अपनी-अपनी बातचीत में व्यस्त थे। भोज का दौर अभी जारी था। दरबार हॉल में बजती संगीत की धुनें और मेहमानों की ख़ुशमिजाज बातचीत माहौल को और भी ख़ूबसूरत बना रही थीं।

बाहर आंगन में नाचते-गाते लोग, हाथियों और घोड़ों की झंकार और बैंड-बाजे की धुन सब कुछ जैसे किसी स्वप्निल कहानी का हिस्सा लग रहे थे। इस सब के बीच, लवगुरु अपनी दुल्हनिया की ओर देख रहे थे—उसके चेहरे पर शाही मुस्कान, उसकी आँखों में बसंत की चमक।

महल के आंगन में गलीचे बिछे हुए थे और चारों तरफ रंग-बिरंगे फूलों से सजी मंडप की चमक हर किसी की आँखों को चकाचौंध कर रही थी। हर कोने से खिलखिलाहटों की गूंज उठ रही थी—मानो आज के दिन हँसी और ठिठोली का त्यौहार हो।

लवगुरु की बहन, जो अपनी सहेलियों के साथ हँसी-मज़ाक में डूबी हुई थी, अचानक अपने भाई और भाभी की ओर इशारा करते हुए बोली, "देखो, भाभी जी कैसी ख़ूबसूरत लग रही हैं! ऐसा लग रहा है, जैसे कोई रानी हो—सिर्फ सजी-धजी ही नहीं, बल्कि उनकी चाल में भी वही शाही ठाठ है। और हमारे भाई साहब? जैसे कोई शहजादा हो, आँखों में गर्व और चेहरे पर शांति!"

सहेलियों के चेहरे पर शरारती मुस्कान खेल गई। उनमें से एक ने चुटकी लेते हुए कहा, "अरे बहन, शादी के दिन तो हर पति शहजादा ही लगता है। असली खेल तब शुरू होता है जब दो-चार दिन बाद 'शहजादा' रात को डिनर के बाद बर्तन धोने लगेगा!"

इतना सुनते ही सभी महिलाएँ ज़ोर-ज़ोर से हँस पड़ीं। ठहाकों की आवाज पूरे आंगन में गूंजने लगी और उनके हँसी की इस तरंग ने वहाँ से गुजर रहे पुरुषों का भी ध्यान खींच लिया। हर तरफ ख़ुशियों का माहौल था, कोई ठिठोली करता तो कोई गुपचुप कानाफूसी। सब अपने-अपने अंदाज़ में इस शाही शादी का आनंद ले रहे थे।

इसी बीच, आंगन के दूसरे कोने में युवाओं का एक अलग ही मेला सजा हुआ था। यहाँ के ठहाके और भी तेज़ थे। जैसे ही हम शादी समारोह में पहुँचे, सुमित ने हल्की मुस्कान के साथ कहा, "यार, लवगुरु अब असली गुरु हो गए हैं! पहले इश्क के गुर सिखाते थे, अब तो समीक्षा अधिकारी बनकर भी समीक्षा करेंगे। शादी के बाद पत्नी की भी!"

इस पर मोहित ने तुरंत जोड़ा, "अरे हाँ! अब तो हर दिन पत्नी से रिपोर्ट लेनी होगी—'आज किससे मिले?', 'कब आए?', 'कहाँ गए?'। बेचारे लवगुरु, अब असली गुरु बनने की राह पर हैं।"

सुनिता ने चुटकी लेते हुए कहा, "तुम लोग कुछ भी कहो लेकिन लवगुरु की पत्नी भाभी जी से तो सबकी रिपोर्ट ली जाएगी। मुझे तो लगता है, भाभी जी ही असली समीक्षा अधिकारी बन जाएँगी!"

सबकी हँसी छूट गई। विजय ने अपने चेहरे पर गंभीरता लाते हुए कहा, "भाई, ये शादी नहीं, एकदम कोर्टरूम है। आईएएस, पीसीएस, न्यायिक सेवा के अधिकारी! ऐसा लग रहा है जैसे शादी नहीं, बल्कि कोई हाई-प्रोफाइल मीटिंग हो रही हो!"

अनिल ने हँसते हुए जवाब दिया, "विजय भाई, यहाँ तो सब अपनी 'सुनवाई' के लिए आए हैं। देख लेना, भाभी जी लवगुरु की ऐसे 'सुनवाई' करेंगी कि बेचारे हर दिन ऑफिस से पहले उनकी रिपोर्ट लिखेंगे!"

मैंने सबकी बातों को सुनकर कहा, "अरे भाई, ये तो शुरुआत है। लवगुरु का असली इम्तिहान शादी के बाद शुरू होगा। ऑफिस की फाइलें तो संभाल लीं लेकिन भाभी जी की 'फाइलें' देखना, उनसे कैसे निपटेंगे!"

इस पर सबने एक-दूसरे की ओर देखा और फिर हँसी का ठहाका लगा दिया। लवगुरु के कुछ करीबी मित्र – मैं, सुमित, मोहित और लवगुरु एक साथ बैठे थे और हम भी अपनी चुटीली बातों में मशगूल थे। सुमित, जिसकी आँखों में शरारत और चेहरे पर एक गहरी मुस्कान थी, अचानक लवगुरु की ओर इशारा करते हुए बोला, "भाई, लवगुरु ने तो सही गुरु मंत्र पकड़ लिया! पहले समीक्षा अधिकारी बने, फिर गर्लफ्रेंड को पत्नी बना लिया। अब देखो, कैसे शादी में राजा की तरह शोभा बढ़ा रहे हैं।"

सभी दोस्तों की नज़रें लवगुरु की ओर चली गईं, जो दूल्हे के शाही लिबास में बैठे हुए थे। उनके चेहरे पर गर्व था और उनकी आँखें उनकी दुल्हन पर टिकी थीं। दोस्त की बात सुनकर एक अन्य मित्र अनिल ने अपनी मुस्कान दबाते हुए कहा, "हाँ यार, ये तो सही पकड़ा। लेकिन असली खेल अब शुरू होगा। शादी के बाद जब पत्नी समीक्षा करने लगेगी—'कहाँ जा रहे हो?', 'किससे मिल रहे हो?'—तब पता चलेगा कि असली परीक्षा क्या होती है!"

सभी दोस्तों ने एक साथ ज़ोरदार ठहाका लगाया।

सामने बैठे लवगुरु भी उनके ठहाकों को सुनकर हल्के से मुस्करा उठे। वह जानते थे कि दोस्त ऐसे ही मज़ाक करते रहेंगे लेकिन इस हँसी के पीछे उनकी शुभकामनाएँ छिपी थीं। यह शादी सिर्फ रस्मों की नहीं थी, यह उन अनकहे वादों की थी जो दोस्ती और परिवार को मजबूत बनाते हैं।

रात धीरे-धीरे गहराने लगी लेकिन हँसी-ठिठोली का ये दौर थमने का नाम नहीं ले रहा था। महिलाएँ अब भी एक-दूसरे से चुटकुले बांट रही थीं और युवा दोस्त अपने मज़ाकिया अंदाज़ में लवगुरु की अगली "समीक्षाओं" की तैयारियाँ कर रहे थे। महल के हर कोने में ख़ुशियों का यह सिलसिला जारी था—एक ऐसी रात, जिसे हर कोई यादों में बसाने के लिए जी रहा था।

जब खाने का वक्त आया तो हम सबने अपनी प्लेटें भरते हुए भी मज़ाक जारी रखा। मोहित ने प्लेट में मिठाई लेते हुए कहा, "यार, लवगुरु की शादी में इतनी मिठाई देख कर लग रहा है, जैसे ये उनकी ज़िंदगी की मिठास की शुरुआत है। लेकिन ध्यान रखना, अब मीठे के साथ नमकीन भी आएगा!"

सुनिता ने तुरंत जवाब दिया, "और कभी-कभी तीखा भी! शादी के बाद ज़िंदगी में हर स्वाद आता है।"

हम सभी खाने की मेज पर बैठे-बैठे इस बात पर हँसते रहे। लवगुरु की शादी ने हमें न केवल उनके अधिकारी बनने पर गर्व का अनुभव कराया, बल्कि उनके शादीशुदा जीवन की नई चुनौतियों पर भी सोचने पर मजबूर कर दिया।

कुछ बुद्धिजीवी चाय की चुस्की लेते हुए शादियों में बढ़ते फैशन पर चर्चा कर रहे हैं।

"यार, आजकल शादियों में तो इतना फैशन हो गया है कि लगता है जैसे कोई फैशन शो देखने जा रहे हैं।" शर्मा जी ने कहा।

"सही कह रहे हो, शर्माजी। अब तो दाढ़ी भी फैशन में है। ऐसा लगता है जैसे हर दूल्हा रणवीर सिंह बनने की कोशिश कर रहा हो। और क्या कहें, दोस्त भी फैशन का हिस्सा हो गए हैं। हर दूल्हे के पीछे दस-दस दोस्त, जो खुद को वर-वधू से ज्यादा महत्त्वपूर्ण समझते हैं।" वर्माजी ने (हँसते हुए) कहा।

"और डीजे फ्लोर? वहाँ तो ऐसा लगता है जैसे डिस्को थेक खोल दिया हो। शादी में डीजे पर नाचना अब सबसे ज़रूरी काम हो गया है। वाहनों का फैशन भी तो देखो। इतनी लग्जरी गाड़ियाँ सजाई जाती हैं, जैसे कोई फिल्मी सितारे की बारात हो।" शर्माजी ने (व्यंग्यात्मक लहजे में) कहा।

"और लाइव का फैशन? हर पल को लाइव स्ट्रीम किया जा रहा है, ताकि जो लोग शादी में नहीं आ पाए, वो घर बैठे-बैठे ही जल सकें।"

"और पऊवा फैशन? हर शादी में छोटे-छोटे पऊवे बाँटे जाते हैं, जैसे बिना शराब के शादी अधूरी हो।" शर्माजी ने (व्यंग्यात्मक लहजे में) कहा।

"सबसे बड़ी बात तो यह है कि ये सब फैशन कर्जदार बना देते हैं। शादी के बाद लोग कर्ज में डूबे रहते हैं लेकिन फैशन में कोई कमी नहीं होनी चाहिए।" उन्होंने कहा।

"सही कहा आपने। समाज में अब शादी का मतलब हो गया है, 'कर्ज लेकर फैशन करो'।" मैंने कहा।

"लगता है कि अब शादियों में 'शो ऑफ' करना सबसे बड़ी ज़रूरत बन गई है। बिना दिखावे की शादी तो मानो शादी ही नहीं है।" वर्माजी ने (व्यंग्यात्मक लहजे में) कहा।

"सही कहा आपने, वर्माजी। अब तो शादियों में यही कहावत सच हो गई है, 'जो दिखता है, वही बिकता है'।" शर्माजी ने (व्यंग्यात्मक लहजे में) कहा।

"और शादियों में तो अब यह कहना पड़ेगा, जो फैशन में है, वही सही है।"

"सही कहा आपने। शादी का असली मतलब और ख़ुशी तो कहीं गुम हो गई है। अब तो बस फैशन और दिखावा ही रह गया है।"

(सभी बुद्धिजीवी हँसते हुए चाय की चुस्की लेते रहे और शादियों के बदलते ट्रेंड्स पर चर्चा करते रहे।)

# 28

# शादी का दिन

सुबह का वक्त था। एंजल के घर में हलचल शुरू हो चुकी थी। एंजल की माँ, अनिता, सुबह की ताज़गी के साथ रसोई में लगी हुई थीं। हल्दी के पीसने की आवाज़ और उसमें घुलती सरसों के तेल की महक पूरे घर में फैल रही थी। अनिता ने एक बड़े पीतल के बर्तन में हल्दी, तेल और गुलाब जल मिलाया। यह केवल रस्म के लिए नहीं, बल्कि एक प्रेम और आशीर्वाद का प्रतीक था, जो पीढ़ियों से उनके घर की औरतें निभाती आई थीं।

दादी, जिनका चेहरा उम्र के निशानों से भरा हुआ था, अपनी पोती एंजल के पास बैठी थीं। उनके होंठों पर एक मुस्कान थी, जो अनुभव और यादों से लबरेज़ थी। "ये रस्म हमारी परंपरा है, एंजल," उन्होंने धीरे से कहा। "हल्दी का रंग जीवन में नई शुरुआत का प्रतीक है।" एंजल उनकी बातों को सुनकर मुस्करा दी, उसकी आँखों में भविष्य की उम्मीदें और थोड़ा सा डर भी झलक रहा था।

एंजल की बहनें और सहेलियाँ एकत्रित हो चुकी थीं। उन्होंने एंजल के लिए एक ख़ूबसूरत पीले रंग की साड़ी चुनी, जिसके सुनहरे किनारे थे। जैसे ही उन्होंने साड़ी उसके शरीर पर लपेटी, उसकी ख़ूबसूरती और भी निखर गई। सजी-धजी एंजल के चारों ओर उसकी सहेलियाँ और बहनें चूड़ियाँ पहनाते हुए, उसके माथे पर बिंदिया लगाते हुए उसे तैयार कर रही थीं। यह केवल सजावट नहीं थी, बल्कि एंजल के नए जीवन की ओर पहला कदम था।

घर के आंगन में रंगोली बनाई गई थी। पीले और लाल रंग की इस रंगोली में जैसे जीवन के सारे रंग समाए हुए थे। आंगन के एक कोने में एक छोटा सा

मंच सजाया गया था, जहाँ हल्दी की रस्म होनी थी। फूलों की माला और आम के पत्तों से सजे उस मंच पर जैसे एक पवित्रता का एहसास था। धूप और अगरबत्ती की सुगंध ने पूरे वातावरण को एक दिव्यता से भर दिया था। जैसे ही रस्म शुरू हुई, महिलाओं के होंठों से पुराने गीत फूटने लगे। वे गीत नहीं, बल्कि उस प्यार और बलिदान की कहानी थे, जो एक दुल्हन अपने नए जीवन की शुरुआत के साथ जीती है। महिलाएँ एक-एक करके हल्दी का लेप एंजल के चेहरे, हाथों और पैरों पर लगा रही थीं। हर हल्दी के लेप के साथ उसका दिल धड़क रहा था, जैसे उसकी ज़िंदगी एक नई दिशा में बढ़ रही हो।

पुरुषों ने भी इस रस्म में दूर से ही भाग लिया। वे दूर खड़े होकर इस पवित्र रस्म का आनंद ले रहे थे। एंजल के पिता, अपनी बेटी को देखकर उनकी आँखों में गर्व और ख़ुशी की चमक थी। वह अपनी बेटी के लिए बेहतर भविष्य की कल्पना कर रहे थे, जिसमें उसकी हर ख़ुशी समाई हो।

एंजल की हल्दी रस्म के दौरान उसकी सहेलियाँ आंगन में एक कोने में इकट्ठी हो गईं। पीली साड़ी में लिपटी एंजल को देखकर उनकी नज़रें आपस में मिलीं और एक हल्की सी मुस्कान उनके होंठों पर आ गई। आपस मे सहेलियाँ फुसफुसा के बातें कर रही थीं।

नीतू ने सबसे पहले तंज कसा, "देखो-देखो, हमारी एंजल तो अब बड़े लोगों की गिनती में शामिल हो रही है। अब इसे हमारे जैसे आम लोग कहाँ याद रहेंगे।" उसकी आँखों में शरारत और आवाज़ में हल्का व्यंग्य था।

श्वेता ने हँसते हुए जोड़ा, "सच में, एंजल ने तो सही 'गोल्ड डिगर' वाली कहानी को हकीकत में बदल दिया। गिरीश की तरफ तो मुड़कर भी नहीं देखा और सीधे अमीरों के दरवाजे पर दस्तक दे दी।"

पूजा, जो इस पूरे मज़ाक में पीछे नहीं रहना चाहती थी, बोल पड़ी, "अरे! वो तो ठहरी अमीर खानदान की बहू, अब हमारी जैसी छुईमुई लड़कियों के साथ भला कैसे बैठेगी? उसकी साड़ी भी तो सुनहरे किनारों वाली है। कहो तो, क्या वो चमक गिरीश के प्यार में मिल पाती?"

प्रियंका ने एक लंबी सांस लेते हुए कहा, "आखिर, गिरीश बेचारा कब तक एंजल की चाहत में धक्के खाता? एंजल ने समझदारी दिखाकर सही समय पर सही

कदम उठाया। अब बड़े-बड़े बंगले, महंगी गाड़ियाँ और आलीशान पार्टियाँ...सब उसकी किस्मत में हैं।"

अनु, जो अब तक ख़ामोश थी, मुस्कराते हुए बोली, "देख लेना, कुछ सालों बाद जब एंजल अपने महलनुमा घर से हमें चाय पर बुलाएगी तो हम भी उसके साथ एक सेल्फी लेकर सोशल मीडिया पर पोस्ट करेंगे, कैप्शन में लिखेंगे- 'अपनी एंजल, अब अमीरों की शहज़ादी'।"

सभी सहेलियाँ हँसते-हँसते लोटपोट हो गईं और फिर एक साथ बोलीं, "गोल्ड डिगर हो तो ऐसी!"

हल्दी की रस्म के बाद, एंजल की सहेलियाँ और बहनें उसके चारों ओर इकट्ठी हो गईं। उन्होंने नाच-गाने का सिलसिला शुरू कर दिया, जिसमें हर कदम पर ख़ुशी और प्रेम की धुन थी। एंजल की हँसी में एक नया रंग था, एक ऐसा रंग जिसे उसने कभी महसूस नहीं किया था। हल्दी की रस्म के बाद एंजल को नहलाया गया, ताकि वह पूरी तरह से शुद्ध हो सके और अपने नए जीवन के लिए तैयार हो सके। यह केवल एक रस्म नहीं थी, बल्कि एक नवजीवन की शुरुआत थी, जिसमें एंजल अपने परिवार के प्रेम और आशीर्वाद से सजी-संवरी थी।

## 29

# शानदार शादी

शाम ढल चुकी थी और दिव्य प्रकाश के विशाल फार्महाउस पर रौनक अपने चरम पर थी। हर ओर रंगीन रोशनी की चमक थी, मानो आसमान के सितारे जमीन पर उतर आए हों। यह कोई साधारण पार्टी नहीं थी, बल्कि शहर की सबसे चर्चित रिसेप्शन पार्टी थी, जिसमें देश-विदेश से लोग पहुँचे थे। हर कोई दिव्य प्रकाश और एंजल की जोड़ी की भव्यता और इस आयोजन की चर्चा कर रहा था। फार्महाउस को किसी महल की तरह सजाया गया था और चारों ओर चमक-दमक का माहौल था।

दिव्य प्रकाश के दोस्त, सहयोगी और व्यापार जगत के कई नामचीन चेहरे आपस में मिलते-जुलते और नए रिश्ते बनाने की कोशिश करते नज़र आ रहे थे। लेकिन जो चीज़ सबसे ज्यादा आकर्षण का केंद्र बनी हुई थी, वह थी उसकी नवविवाहिता पत्नी एंजल। एंजल, जो अपने आईएएस अधिकारी होने के बावजूद उस रात किसी परी से कम नहीं लग रही थी। उसकी सुंदरता की चर्चा हर ओर थी। जैसे ही वह मेहमानों से मिलने के लिए आगे बढ़ी, सबकी निगाहें बस उसी पर ठहर गईं। वह अपने ख़ूबसूरत परिधान में ऐसी लग रही थी, जैसे किसी शाही महल की महारानी हो, जिसने अभी-अभी अपनी जिम्मेदारियाँ संभाली हों।

रिसेप्शन में शिरकत करने वाले मेहमानों की लिस्ट किसी छोटी-मोटी पार्टी की नहीं थी। दिव्य प्रकाश का दायरा अब काफी बढ़ चुका था—शहर के बड़े उद्योगपति, राजनीतिज्ञ और समाज के उच्च वर्ग के लोग इस समारोह में शामिल थे। इतना ही नहीं, विदेशों से भी उसके कुछ व्यापारिक साझेदार

ख़ासतौर पर इस भव्य आयोजन में शामिल होने आए थे। फार्महाउस के भीतर लगी झूमरों की रोशनी और मेहमानों के कीमती परिधान, दोनों मिलकर इस रात को एक राजसी महफिल में तब्दील कर रहे थे। शाम का सारा माहौल किसी चलचित्र की भांति प्रतीत हो रहा था। दिव्य प्रकाश अपने मेहमानों के साथ गर्मजोशी से मिल रहा था और एंजल उसके साथ मुस्कराते हुए धीरे-धीरे सबका अभिवादन कर रही थी। वह जहाँ से भी गुजरती, लोग उसके आकर्षण और व्यक्तित्व की तारीफ़ किए बिना नहीं रह पाते। एक तरफ, महिलाएँ उसकी सादगी और ख़ूबसूरती की प्रशंसा कर रही थीं तो दूसरी तरफ, पुरुष उसके आईएएस अधिकारी होने और दिव्य प्रकाश के साथ उसकी जोड़ी की सफलता पर चर्चा कर रहे थे।

इस रिसेप्शन पार्टी की सजावट और भव्यता ने सबको मोहित कर लिया था। हर कोने में शानदार डेकोर था—सफेद और सोने के रंग से सजे मंडप, विदेशी फूलों की सजावट और रोशनी की अद्भुत व्यवस्था ने इस आयोजन को स्वप्निल बना दिया था। भोज के लिए भी विशेष इंतजाम किया गया था—भारतीय व्यंजनों के साथ-साथ विदेशी स्वाद भी मेहमानों के लिए प्रस्तुत थे। खाना इतना विविध और समृद्ध था कि सभी बिना तारीफ़ किए नहीं रह पाए।

इस रात की यादें हर किसी के दिल में बसी रहीं—दिव्य प्रकाश की शानदार उपस्थिति, एंजल की सौम्य सुंदरता और उस भव्य फार्महाउस की रौनक। यह रिसेप्शन एक शादी का उत्सव नहीं, बल्कि राजनीति, सौंदर्य और शाही शान का संगम था, जो आने वाले समय में कई कहानियों का हिस्सा बनेगा।

शादी का उत्साह पंजाब के इस छोटे से शहर में हर गली और नुक्कड़ पर महसूस किया जा सकता था। पूरा शहर मानो एक विशाल रंगमंच बन गया था, जहाँ हर किसी का किरदार शादी के जश्न में रमा हुआ था। एंजल और दिव्य प्रकाश की इस शाही शादी की चर्चा दूर-दूर तक फैल चुकी थी। पंजाब का वो हरा-भरा इलाका, जहाँ हरियाली और ख़ुशहाली का साम्राज्य था, अब एक नए रंग में रंग चुका था—शादी का रंग।

शादी में मारवाड़ से आए लोग अपने पारंपरिक परिधानों में सजे-धजे हुए थे। लहंगे, पगड़ियाँ और रंग-बिरंगे राजस्थानी साफे पहनकर ये लोग पंजाब

की भव्यता को अपने अनोखे अंदाज़ में टक्कर दे रहे थे। वे सभी शादी के इस आयोजन में जैसे अपनी मर्यादा और गौरव को सजाए हुए आए थे। उनके माथे पर चमकता हुआ स्वाभिमान साफ दिखाई दे रहा था।

मारवाड़ के लोग भले ही राजस्थान की धरती से आए थे लेकिन पंजाब की माटी और वहाँ के लोगों ने उनका स्वागत इस तरह से किया कि मानो वे भी इसी धरती के ही हिस्से हों। पंजाब के लोगों की गर्मजोशी और मेहमाननवाजी ने उन्हें अपनेपन का अहसास कराया और जल्द ही दोनों पक्षों के बीच एक अद्भुत सामंजस्य बन गया।

यह भव्य और महंगी शादी, जिसमें पाँच सितारा होटल के माहौल की तरह सजावट थी, मारवाड़ के लोगों के लिए एक नया अनुभव था। वे भव्यता से परिचित थे लेकिन यहाँ की शानो-शौकत ने उन्हें कुछ पल के लिए स्तब्ध कर दिया था। जहाँ वे राजस्थान की रेत में राजाओं और रानियों की कहानियाँ सुनते आए थे, वहीं अब वे खुद एक शाही महफिल में मौजूद थे।

संध्या का समय था और विवाह समारोह की शुरुआत होने वाली थी। बड़े से लॉन में जहाँ शादी की रस्में चल रही थीं, वहीं दूसरी तरफ मारवाड़ी और पंजाबी लोग आपस में घुल-मिल कर बातें कर रहे थे। एक समूह में ठाकुर साहब, जो मारवाड़ से आए थे, अपने साथियों के साथ बैठे हुए थे। पास ही पंजाब के कुछ बुजुर्ग और उनके दोस्त बैठे हुए थे। दोनों पक्षों में बातचीत का सिलसिला शुरू हो चुका था।

"वाह, भाई साहब," ठाकुर साहब ने मुस्कराते हुए कहा, "आप लोगों ने तो इस शादी को सचमुच राजसी बना दिया है। इतने बड़े आयोजन में इतने सारे लोग, इतनी सुंदर सजावट और खाने-पीने का इतना बढ़िया इंतजाम! हमें तो ऐसा लगा जैसे हम किसी फिल्म के सेट पर आ गए हों।"

पंजाबी बुजुर्ग, जिन्हें सब "सरदार जी" कहकर बुलाते थे, ज़ोर से हँसे। "अरे ठाकुर साहब, हमारी पंजाब की शादियाँ ऐसी ही होती हैं। बड़े दिल वाले लोग हैं हम। जब शादी करते हैं तो पूरी दुनिया को दिखाना चाहते हैं कि हमारे घर में ख़ुशियाँ आई हैं। भव्यता तो हमारी परंपरा है। लेकिन आपको भी देख कर लगता है कि राजस्थान की शादियाँ भी कम नहीं होती होंगी?"

ठाकुर साहब ने अपनी मूंछों को ताव देते हुए कहा, "हाँ भाई साहब, हमारे यहाँ शादियाँ भी कम नहीं होतीं। लेकिन यहाँ की शान-शौकत और जोश तो देखने लायक है। हम तो अपने मेहमानों का स्वागत मान-सम्मान से करते हैं लेकिन यहाँ तो हर चीज़ में इतना उत्साह है, जैसे हर कोई दूल्हा-दुल्हन की तरह सजा हो।"

सभी हँस पड़े।

इन चर्चाओं से इतर दिव्य प्रकाश की शादी का माहौल रंगीन और ख़ुशियों से भरा हुआ था। हल्के-फुल्के हँसी-मज़ाक के बीच जब दिव्य प्रकाश ने ड्राई फ्रूट्स की ट्रे मेज पर रखी तो सबकी नज़रें उनकी ओर घूम गईं।

"कुछ और चाहिए होगा तो निस्संकोच कहिएगा," दिव्य प्रकाश ने मुस्कराते हुए कहा।

रवीन्द्र सिंह ने अपने चेहरे पर एक शरारती मुस्कान लाते हुए कहा, "आपकी मेहमाननवाजी का जवाब नहीं, भाईसाहब।"

अनिल, जो कि दिव्य प्रकाश का छोटा भाई था, ने हँसी में कहा, "जीजाजी के दोस्तों को मैं नाराज नहीं कर सकता।"

सभी लोग ठहाका मारकर हँस पड़े। तभी सुनील, जो परिवार का पुराना दोस्त था, ने अपनी ओर से एक मज़ाक करते हुए कहा, "आप भी हमारे साथ बैठकर एक-दो पैग पियो। आपको बोर नहीं होने देंगे। मजा आएगा आपको हमारे साथ गपशप करने में।"

दिव्य प्रकाश ने हँसते हुए जवाब दिया, "भाई, मैं दुल्हा हूँ आज, मेरी हालत ऐसी है कि एक पैग और लगाने से ही नशे में धुत्त हो जाऊंगा।" सभी लोग ठहाके लगाकर हँस पड़े।

दिव्य प्रकाश और एंजल की शादी की रिसेप्शन पार्टी अपने शबाब पर थी। हर तरफ संगीत, हँसी-ख़ुशी और झिलमिलाती रोशनी के बीच एक नई जीवन यात्रा की शुरुआत हो रही थी। लेकिन इस भव्य माहौल में एक मजेदार और अप्रत्याशित मोड़ आने वाला था। शुरुआत में तो एंजल का दूल्हा दिव्य प्रकाश सभ्य और सज्जन दिख रहा था। हर किसी से मुस्कराते हुए मिल रहे थे लेकिन जैसे-जैसे समय बीतता गया, उनकी हिम्मत और शराब के पैमाने बढ़ते गए।

पहले पैग, दूसरा पैग, तीसरा पैग और फिर चौथा पैग। चौथा पैग पीते ही, मानो दिव्य प्रकाश के भीतर का पंडित जी जाग उठा। वे अचानक अपनी एक्स-गर्लफ्रेंड की यादों में खो गए और ज़ोर-ज़ोर से चिल्लाने लगे, "शीतल, तुम कहाँ हो? शीतल, मैंने तुम्हें बहुत याद किया!"

एंजल, जो अभी तक सब कुछ शांतिपूर्वक देख रही थी, अब आश्चर्य और गुस्से के मिले-जुले भावों के साथ खड़ी थी। उसके दोस्त और परिवार के सदस्य भी हक्का-बक्का रह गए थे। कुछ लोग हँस रहे थे तो कुछ लोग यह सोच रहे थे कि अब क्या होने वाला है।

दिव्य प्रकाश की हालत ऐसी हो गई थी कि जैसे कोई सच्चा प्रेमी अपने प्रेम की यादों में पूरी तरह से डूब गया हो। वह शीतल के नाम पर इतनी बार चिल्ला चुका था कि मेहमान भी गिनती भूल गए थे। एक बिंदु पर, दिव्य ने अपनी टाई उतारकर सिर पर बांध ली और नाचते हुए कहा, "शीतल, यह नाच तुम्हारे लिए है!"

यह तमाशा देख एंजल के सब्र का बांध टूटने ही वाला था कि उसके एक दोस्त ने स्थिति संभालने की कोशिश की। उसने दिव्य को पकड़कर एक कुर्सी पर बिठाया और उसके हाथ से गिलास छीन लिया। "दिव्य भाई, शादी तुम्हारी है, शीतल की नहीं," उसने मुस्कराते हुए कहा।

दिव्य प्रकाश, जो अब आधे सोए और आधे जागे हुए थे, एक पल के लिए ठिठके और फिर हँसी के फव्वारे में फूट पड़े। "ओह, हाँ! एंजल, मैं तुमसे प्यार करता हूँ!" कहकर उन्होंने एंजल को गले लगा लिया। यह देखकर सभी मेहमानों ने तालियाँ बजाईं और माहौल फिर से ख़ुशनुमा हो गया।

दिव्य प्रकाश, जो कि नशे में धुत था, अचानक अपनी होने वाली दुल्हन एंजल की ओर मुड़कर बोला, "आप डांस करना पसंद करेंगी मेरे साथ?" एंजल, जो हमेशा से अपने पति के हर बात में हाँ में हाँ मिलाती थी, इस बार भी बिना सोचे-समझे हाँ कह दिया। और फिर क्या था, दिव्य प्रकाश ने एंजल का हाथ पकड़ा और उसे स्टेज की ओर खींच लिया।

स्टेज पर बैठे लोग, जो कि शादी की रस्मों का मजा ले रहे थे, अचानक दिव्य प्रकाश और एंजल को स्टेज की ओर बढ़ते देख हैरान रह गए। दिव्य प्रकाश का नशा अब अपने चरम पर था और उसने डीजे से ज़ोर से गाना चलाने को कहा।

जैसे ही गाना शुरू हुआ, दिव्य प्रकाश ने अपने कदमों को हिलाना शुरू कर दिया। उसकी हरकतें इतनी मजेदार थीं कि लोगों के चेहरे पर मुस्कान आ गई।

दिव्य प्रकाश के नाचने का अंदाज़ इतना अनूठा था कि लोग हँसते-हँसते लोटपोट हो गए। किसी ने कहा, "अरे भाई, ये नाच है या झूमर?" और किसी ने ताना मारा, "लगता है दिव्य प्रकाश जी आज फ्री में सर्कस का शो दिखाने का मन बना चुके हैं।"

एंजल, जो कि इस सबके बीच खुद को संभालने की कोशिश कर रही थी, ने भी सोचा कि अगर दिव्य प्रकाश नाच सकता है तो वह क्यों नहीं? और इस तरह दोनों ने मिलकर एक ऐसा डांस पेश किया जो शादी की यादगार बन गया। दिव्य प्रकाश के नाचने का अंदाज़ कभी-कभी किसी पुराने फिल्मी गाने की याद दिला देता था तो कभी-कभी ऐसा लगता था जैसे वह अपने बचपन की कोई कसर पूरी कर रहा हो।

लोगों की हँसी-ठिठोली के बीच दिव्य प्रकाश और एंजल का डांस शो अपने अंतिम पड़ाव पर पहुँचा। दिव्य प्रकाश ने एक आखिरी मूव किया, जिसमें वह अचानक से नीचे गिर पड़ा। एंजल ने उसकी तरफ देखा और फिर हँसी में फूट पड़ी। यह दृश्य देखकर वहाँ मौजूद हर शख्स की हँसी छूट गई।

दिव्य प्रकाश की शादी का यह अनोखा और मजेदार डांस शो सभी के दिलों में बस गया। लोग बाद में भी इस घटना को याद कर हँसते रहे और कहते रहे, "भाई, ऐसी शादी और ऐसा डांस तो हमने आज तक नहीं देखा।"

एक भव्य हॉल में शादी का माहौल है, जहाँ रिश्तेदार और सगे संबंधी एकत्र हुए हैं।

"अरे भई, सुना है एंजल की शादी का इन्विटेशन किसी बुक रिव्यू जैसा था।" एक रिश्तेदार कहता है।

"हाँ और गिरीश बेचारा तो इसके कवर पेज पर भी नहीं आया! लगता है उसकी भूमिका सिर्फ प्रीफेस तक ही सीमित थी।" एक दूसरे रिश्तेदार ने (मुस्कराते हुए) कहा।

"बिलकुल! एंजल ने उसे 'गेस्ट अपीयरेंस' में ही रख छोड़ा। असली हीरो तो कोई और ही निकला!"

"इस शादी का नाम होना चाहिए था 'सियासत और सौदा'। राजनीति और पैसे का ऐसा मेल कि बॉलीवुड की फिल्मों में भी नहीं देखा होगा।" पास में खड़े तीसरी रिश्तेदार ने रसगुल्ला को उदरस्थ करते हुए कहा।

"गिरीश तो सोच रहा होगा, 'मुझे क्यों लगा कि मैं हीरो हूँ, जबकि मैं तो बस बैकग्राउंड आर्टिस्ट था!'"

"और एंजल की माँ? उन्हें तो लगता है कि उन्होंने बेटी को किसी महाकाव्य की नायिका बना दिया। ...थोड़ा रुक करके कहा... सच में! 'एक थी एंजल, जिसे प्यार मिला और फिर मिल गया सियासत का सिकंदर'।"

"अब गिरीश एंजल पर पार्ट-2 लिखेगा शीर्षक होगा... 'बेवफा आईएएस'।"

सब ज़ोर से हँसते हैं और शादी का माहौल हल्का-फुल्का और मजेदार हो जाता है।

सभी मेहमान ख़ुश और उत्साहित थे। जैसे ही वरमाला की रस्म शुरू हुई, सभी की नज़रें दूल्हा-दुल्हन पर टिक गईं। वातावरण में ख़ुशी और उत्साह का माहौल था। जैसे ही एंजल ने दिव्य प्रकाश को वरमाला पहनाने के लिए हाथ बढ़ाया, दिव्य के दोस्तों ने माहौल को देशभक्ति रंग में रंगने का मन बना लिया।

"भारत माता की जय!" एक दोस्त ने ज़ोर से चिल्लाया।

बाकी दोस्तों ने तुरंत सुर में सुर मिलाते हुए कहा, "जय हिंद!"

यह सुनकर सभी मेहमान हँसने लगे और दुल्हन एंजल ने वरमाला पहनाने के दौरान ही हँसते-हँसते अपने आंसू पोंछे।

दिव्य के दोस्तों का उत्साह थमने का नाम ही नहीं ले रहा था। एक ने नारा लगाया, "पंडित जवाहरलाल नेहरू की जय!"

दूसरे ने भी बिना देर किए कहा, "महात्मा गांधी की जय!"

तीसरे ने जोश में कहा, "सुभाषचंद्र बोस की जय!"

ऐसा लग रहा था कि वरमाला के बजाय किसी स्वतंत्रता संग्राम समारोह में झंडा फहराया जा रहा हो। सबकी हँसी रुकने का नाम ही नहीं ले रही थी।

इस सारे घटनाक्रम को देखकर दिव्य प्रकाश ने मन ही मन सोचा, "अबे मैं शादी करने आया हूँ, बॉर्डर पर युद्ध लड़ने नहीं!"

दिव्य ने अपने एक दोस्त को देखते हुए कहा, "भाई, तुम लोग क्या करने लगे हो? ये शादी है, कोई देशभक्ति रैली नहीं!"

दोस्त ने हँसते हुए जवाब दिया, "भाई, ये हमारी दोस्ती का इजहार है। हम तुझे बताना चाहते हैं कि तू हमारे लिए कितना ख़ास है।"

दिव्य ने मुस्कराते हुए कहा, "अरे, ख़ास बनाना था तो मिठाई खिलाते, ये देशभक्ति का माहौल क्यों बना दिया?"

"तू दूल्हा है, हमारे लिए सबसे बड़ा हीरो है!" दोस्तों ने एक साथ कहा।

यह पूरा दृश्य सोशल मीडिया पर वायरल हो गया। लोगों ने इसे ख़ूब पसंद किया और तारीफ़ें भी कीं। शादी में शामिल हर व्यक्ति के लिए यह एक अनोखा और यादगार पल बन गया।

शादी के थाल में दूध और गुलाब की पंखुड़ियाँ बिछी हुई हैं। जिसमें एक बड़े से थाल में दूध और गुलाब की पंखुड़ियों के बीच दोनों को एक अंगूठी ढूंढ़नी थी। कहा गया जो अंगूठी पहले ढूंढ़ लेता है, दाम्पत्य जीवन में उसकी चलेगी।

"तो, एंजल, तैयार हो जाओ अंगूठी खोजने के लिए! अब देखना है कौन जल्दी ढूंढ़ पाता है!" पियक्कड़ दूल्हे दिव्य प्रकाश ने कहा।

"तुम्हें पता है, दिव्य, मैं तो पहले ही तय कर चुकी थी कि मैं तुम्हें हराने के लिए तैयार हूँ।" एंजल ने कहा।

"चिंता मत करो, दिव्य! अंगूठी तो तुम्हें कहीं भी मिल जाएगी लेकिन फोरप्ले के तरीके सीखना पड़ेगा।" एंजल के ससुराल की अविवाहित लड़की ने कहा।

"छी गंदी बात!" एंजल ने कहा।

"अरे चलो, शुरू करते हैं और देखते हैं किसके हाथ में जीत की चमक है।"

"एंजल, तुम्हारी चतुराई को देखकर लगता है कि तुम्हारे पास सारे हँसी के हथियार हैं। दिव्य, तुम्हें दुल्हन का दिल जीतने के लिए सिर्फ अंगूठी नहीं, हमें एंजल की चतुराई भी चाहिए।" ससुराल की अविवाहित लड़की ने कहा।

"ठीक है, सब मज़ाक अपनी जगह लेकिन अंगूठी मिल जाने पर हमें सबको मिठाई भी मिलनी चाहिए!"

"दिव्य, मिठाई तो हमें तब मिलेगी जब तुम एंजल को हरा सको।"

"चलो, देखो, अंगूठी कौन ढूंढ़ता है और शादी के बाद कौन किसे क्या सिखाता है, सब कुछ तय हो जाएगा!" एंजल ने गंभीरता से कहा।

दिव्य प्रकाश और एंजल (मिलकर हँसते हैं और अंगूठी की खोज में लग जाते हैं। अंत में एंजल अंगूठी ढूंढ़ लेती है।)

"वाह! यह तो गोल्ड डिगर एंजल है, अब दिव्य प्रकाश को उसकी इशारों पर नाचना पड़ेगा!" पास में खड़ी एक लड़की मज़ाकिया अंदाज़ में टिप्पणी करती है।

"क्या? तुमने क्या कहा? गोल्ड डिगर? क्या मतलब है तुम्हारा?"

"अरे, एंजल! बस मज़ाक कर रही हैं, तुम्हें तो गंभीरता से लेना नहीं चाहिए।"

"अरे, एंजल, यह बस एक मज़ाक था। चलो, इसे ऐसे ही ले लो और हम सब मिलकर हँस लें।" दिव्य प्रकाश ने (मामले को संभालने की कोशिश करते हुए) कहा।

"गोल्ड डिगर! क्या मैं अब एक खजांची बन गई हूँ? मुझे लगता है, तुम्हें पता नहीं कि मैं कितनी मेहनत करके आईएएस अधिकारी बनी हूँ।"

"एंजल, हम सब जानते हैं कि तुम कितनी मेहनती हो लेकिन इस अंगूठी की खोज के बाद थोड़ी हँसी तो बनती है!" पास में बैठी दिव्या नामक लड़की ने कहा।

"हाँ, लेकिन अगर यह मज़ाक तुम्हें परेशान कर रहा है तो हम ऐसी मज़ाक नहीं करेंगे ।"

"अरे नहीं, बस थोड़ी हँसी-मज़ाक ही तो है। अब तो दिव्य को अपनी नई 'गोल्ड डिगर' दुल्हन के साथ ख़ुशी मनानी चाहिए।" अमित ने कहा।

"सुना है, अब तो सब मजेदार हो गया है और दिव्य, तुम्हें सच में अपनी दुल्हन के इशारों पर नाचना पड़ेगा!"

"ठीक है, ठीक है, मैं सब कुछ करने के लिए तैयार हूँ, बस एंजल को ख़ुश रखना ही मेरा काम है।"

एंजल और दिव्य प्रकाश की शादी के सात सप्ताह हो चुके थे। एंजल की आँखों में अब भी नई-नवेली दुल्हन की चमक थी लेकिन उसके दिल में कहीं न कहीं एक अजीब सा बोझ था। दिव्य प्रकाश के साथ उसकी शादी, जो उसके जीवन का सबसे बड़ा निर्णय था, अब धीरे-धीरे उसके लिए एक पहेली बनती जा रही थी। शादी के बाद सब कुछ बहुत जल्दी बदल गया था।

एंजल ने अपने दिन की शुरुआत हमेशा की तरह की लेकिन आज का दिन कुछ अलग था। आज वह थोड़ा बेचैन थी, शायद इसलिए कि दिव्य प्रकाश रात भर घर नहीं आया था। वह धीरे-धीरे कमरे से बाहर निकली और अपनी सास से मिलने के लिए नीचे गई। उनकी सास ने मुस्कराते हुए कहा, “बेटा, तुम्हारा पति तो बहुत बिजी रहता है। काम की वजह से अक्सर देर रात तक बाहर रहता है। तुम चिंता मत किया करो।”

दिव्य प्रकाश घर आया लेकिन उसके चेहरे पर थकान नहीं, बल्कि कुछ और ही था। उसकी आँखें लाल थीं, जैसे रात भर जागकर शराब पी हो। एंजल ने उसकी ओर देखा, परंतु दिव्य प्रकाश ने बिना कोई बात किए सीधे अपने कमरे में जाकर दरवाजा बंद कर लिया। एंजल ने उसके इस व्यवहार को नज़रअंदाज़ करने की कोशिश की लेकिन यह रोज का ही मामला बनता जा रहा था।

दिन पर दिन बीतते गए और एंजल को धीरे-धीरे दिव्य प्रकाश के असली चेहरे का सामना करना पड़ा। वह अक्सर देर रात तक घर नहीं आता और जब आता तो शराब के नशे में धुत होता। उसकी जेब से कई बार ख़ूबसूरत लड़कियों के नाम और नंबर वाली पर्चियाँ मिलतीं। एंजल के लिए यह सब सहना कठिन हो रहा था लेकिन उसने खुद को समझाया कि शायद वह ही कुछ गलत समझ रही है। परंतु यह भ्रम जल्दी ही टूट गया।

एक रात, जब दिव्य प्रकाश घर लौटा तो वह बुरी तरह से नशे में था। उसने बिना कुछ कहे ही एंजल को अनदेखा किया और अपने कमरे में जाकर सो गया। एंजल ने उस रात पूरी तरह से जागते हुए बिताई। उसके मन में कई सवाल उठ रहे थे, जिनका उत्तर उसके पास नहीं था। उसने अगले दिन अपने एक करीबी दोस्त से बात की, जिसने उसे चौंकाने वाला सच बताया।

“एंजल,” उसकी दोस्त ने कहा, “दिव्य प्रकाश का नाम बहुत बुरा है। वह एक बिगड़ैल युवा है। शराब, पार्टी और ख़ूबसूरत लड़कियों के साथ रातें बिताना उसकी आदत है। मैं नहीं चाहती थी कि तुम इस बारे में जानो लेकिन अब वक्त आ गया है कि तुम्हें सच का सामना करना पड़े।”

यह सुनकर एंजल का दिल जैसे हजार-हजार टुकड़ों में बिखर गया। वह सोच भी नहीं सकती थी कि जिस व्यक्ति से उसने इतनी उम्मीदें बांध रखी थीं, वह ऐसा निकलेगा। उसे समझ नहीं आ रहा था कि उसने यह कैसा निर्णय लिया, जो उसकी ज़िंदगी को इस मुकाम पर ले आया।

31

# सफलता की सुबह

सूरज की पहली किरण अभी धरती पर पाँव रखने को ही थी कि आसमान में बादलों का घेरा एकत्र हो गया। लगता था जैसे आकाश ने अपना आसमान चढ़ा लिया हो और धरती पर पानी की चादर बिछाने की तैयारी में हो। जोधपुर के मेरे गांव की मिट्टी मानो बारिश की प्यास से तरस रही थी। दूर तक फैले खेतों में सूखे पत्तों की सरसराहट मानो वर्षा का बेसब्री से इंतज़ार कर रही थी। आसमान में उमड़ते-घुमड़ते बादल ऐसे गरज रहे थे, जैसे वर्षों की शिकायतें एक ही पल में कह डालेंगे। हवा में ठंडक थी, जो मानो पूरे गांव को एक नए उत्साह से भर रही थी। (3 अगस्त 2024 का दिन)

फिर अचानक, बिजली ने आसमान के सीने पर चमकते हुए ऐसी रेखा खींची कि जैसे किसी ने तलवार से अंधकार को चीर दिया हो। पल भर में बारिश की बूंदों ने धरती को अपने आलिंगन में ले लिया। पहली बूंद गिरते ही मिट्टी से उठी सोंधी महक ने पूरे गांव को अपने आगोश में ले लिया। ऐसा लगता था, जैसे प्रकृति ने धरती से वादा किया हो, "मैं आ गई हूँ, अब तुम सूखी नहीं रहोगी।"

गांव की गलियाँ पानी से लबालब भरने लगीं। छोटे-छोटे बच्चे अपने नंगे पाँवों से उन गलियों में दौड़ लगा रहे थे, जैसे कोई खोया हुआ खजाना पा लिया हो। हर तरफ हँसी-ठिठोली का माहौल था। कोई कह रहा था, "आसमान में बादल नहीं, जैसे दौलत बरस रही हो!" तो कोई कह रहा था, "अबकी बार बारिश ने हमें उम्मीदों का सोना दे दिया।"

पेड़-पौधे भी इस बारिश की बूँदों को ऐसे चूम रहे थे जैसे कोई बिछड़ा प्रेमी अपने साथी से मिल रहा हो। हर पत्ता, हर शाखा अब नया जीवन पा रही थी। खेतों में खड़ी फसलें हवा के साथ झूम रही थीं, मानो कह रही हों, "अब हमारी तकदीर भी चमकेगी।"

गांव के बुजुर्गों ने चाय के साथ अपनी चौपाल जमाई थी। एक ने मुहावरे का तड़का लगाया, "अब बारिश आई है तो सारे दुःख भी बह जाएँगे।" दूसरे ने चुटकी ली, "पानी बरस रहा है, पर यह तो केवल ईश्वर की मेहर है, असली संघर्ष तो खेतों में होगा।"

चारों ओर मानो एक नई उम्मीद का संचार हो गया था। गांव के लोग, जो कल तक सूखे की चिंता में डूबे थे, आज अपनी आँखों में भविष्य के सपने सजाए बैठे थे। बादलों की गर्जना, बारिश की बूँदों की ताल और गांव की चहल-पहल—सब मिलकर एक ऐसी कविता रच रहे थे, जिसमें हर शब्द जीवन की नयी उम्मीद और ख़ुशहाली से भरा था।

"ओह वाह! थैंक्स, मैं आपको तुरंत अपनी लोकेशन वाट्सएप करता हूँ," मैंने फोन पर *आज तक* चैनल के पत्रकार से बात करते-करते अपने उत्साह को काबू में रखने की कोशिश की। फोन मेज पर रखकर, मैंने एक गहरी सांस ली और खुद को संयत करने के लिए अपने आसपास की चीज़ों को देखा। कमरे की दीवारों पर सजी मेरी किताबों की रैक और उस पर चमचमाती हुई मेरी नई बेस्ट सेलर बुक ने मुझे यकीन दिलाया कि यह कोई सपना नहीं है।

मैंने अपनी धड़कनें शांत करने के लिए अपनी कलाई की घड़ी पर नज़र डाली और खुद से कहा, "यह वही घड़ी है जो मैंने तब खरीदी थी जब मैंने अपनी पहली कहानी लिखी थी। तब से अब तक का सफ़र मानो पलक झपकते ही बीत गया हो।"

कमरे की खिड़की से आती हल्की-हल्की धूप ने मेरे चेहरे को छूकर मानो मुझे हकीकत में लौटा दिया। मैंने अपनी किताब को हाथ में लेकर देखा और उसकी सुगंध को महसूस किया। *अमेजॉन* पर बेस्ट सेलर बनने की खबर ने मुझे गर्व से भर दिया था। मेरी किताब के कवर पर एंजल की और मेरी तस्वीर थी, जो सोशल मीडिया पर ट्रेंड कर रही थी।

एंजल की यादें मेरे मन में ताज़ा हो उठीं। मैंने एंजल की तस्वीर की ओर मुड़ते हुए कहा, "देखो, हमारा सपना सच हो गया है। तुम्हारी मुस्कान अब हमेशा के लिए इस किताब में कैद हो गई है।"

एंजल ने मुस्कराते हुए मानों कहा, "हाँ, तुम्हारी मेहनत और हमारी कहानी ने मिलकर यह मुकाम हासिल किया है। 'मेहनत का फल मीठा होता है'।"

फोन की घंटी ने मेरे विचारों की धारा को रोक दिया। पत्रकार का मैसेज आया था, "लोकेशन भेज दीजिए।" मैंने जल्दी से अपनी लोकेशन भेज दी और सोचा कि अब मेरा इंटरव्यू टीवी पर आने वाला है। मैंने एक बार फिर गहरी सांस ली और खुद को याद दिलाया, "यह कोई सपना नहीं है। यह तुम्हारी मेहनत का फल है।"

कमरे में एक बार फिर शांति छा गई। मैंने अपनी किताब को मेज पर रखा और खुद को तैयार करने के लिए आईने के सामने खड़ा हो गया। मेरी मुस्कान और मेरी आँखों की चमक इस बात की गवाही दे रही थी कि आज का दिन मेरे जीवन का सबसे महत्त्वपूर्ण दिन है। जब *आज तक* न्यूज़ चैनल की टीम घर पहुँची तो मैंने आत्मविश्वास से भरे हुए दरवाजा खोला। उनके चेहरे पर भी उत्साह साफ झलक रहा था। कैमरे की लाइट्स और माइक की आवाजें मेरे कानों में गूंजने लगीं। मैंने सोचा, "यह वह क्षण है जिसका मैंने हमेशा से सपना देखा था। आज मेरा सपना हकीकत में बदल गया है।"

और तभी, कैमरे के सामने खड़े होकर, मैंने अपनी कहानी बयाँ करनी शुरू की। मेरी आवाज में आत्मविश्वास और गर्व था। मैं जानता था कि आज का दिन सिर्फ मेरा नहीं, बल्कि उन सभी का था जिन्होंने मेरी कहानी को प्यार और समर्थन दिया। बुक कवर की एंजल की ओर देखकर मैंने कहा, "हमारी कहानी ने हमें यहाँ तक पहुँचाया है। और यह सिर्फ शुरुआत है।"

"नमस्कार दर्शकों, हमारे साथ हैं गिरीश जी, जिनके उपन्यास ने तहलका मचा दिया है। पर हम यहाँ उपन्यास की ही नहीं, बल्कि उनके दिल की कहानी सुनने आए हैं। गिरीश जी, सबसे पहला सवाल – एंजल से ब्रेकअप के बाद कैसा महसूस हो रहा है?"

"देखिए, जब एंजल ने ब्रेकअप किया तो लगा जैसे दिल पर पहाड़ गिर गया। पर फिर सोचा, अच्छा हुआ, कहीं शादी के बाद ये होता तो असहनीय होता?"

"कैसा फील हुआ जब आपकी किताब हिट हो गई और एंजल ने वापस कॉल किया?" टीवी रिपोर्टर ने दिलचस्पी लेते हुए पूछा।

"देखिए, किताब की सफलता के बाद एंजल का कॉल आया। मिले भी .... आना तो जैसे बोनस था। उसने कहा, 'गिरीश, मुझे माफ कर दो।' मैंने कहा, 'माफ करने का तो सवाल ही नहीं'... शुरूआती मेरी कहानी की बात करूँ तो हम दोनों ने एक साथ IAS की तैयारी शुरू की। पढ़ाई के दौरान हमारी दोस्ती और भी गहरी होती गई। हम साथ-साथ पढ़ते, हँसते और सपनों की दुनिया में खो जाते।"

"वाह, क्या जवाब है! तो क्या आपको अब भी एंजल की याद आती है?"

"याद? अब तो जब कोई गोल्ड डिगर का जिक्र करता है तो सीधे एंजल की याद आती है। वैसे भी, उसने मुझे एक अच्छी कहानी का प्लॉट दिया, उसके लिए मैं उसे धन्यवाद देता हूँ। सच कहूँ तो एंजल मेरी कहानी का एक हिस्सा है, जिसने मुझे बदल दिया, मुझे सिखाया कि जीवन में उतार-चढ़ाव आते हैं लेकिन हमें कभी हार नहीं माननी चाहिए। वह एक लहर की तरह आई और चली गई लेकिन उसने मेरे जीवन में स्थायी निशान छोड़ दिए। अब मैं जानता हूँ कि असली जीत खुद को ढूंढ़ने में है और यही मेरी कहानी है।"

"तो क्या हम मानें कि एंजल के बिना आपकी ज़िंदगी बेहतर है?"

"बिल्कुल! अब मुझे पता चला कि सच्चा प्यार वही होता है जो हमें अंदर से मजबूत बनाए। एंजल के जाने के बाद मैं और भी मजबूत हो गया हूँ। और हाँ, अब मेरे पास एक बेस्टसेलर उपन्यास भी है।"

"वाह, क्या बात है! दर्शकों, गिरीश जी की कहानी से हमें ये सिखने को मिलता है कि हर मुश्किल दौर हमें एक नई दिशा दे सकता है। धन्यवाद गिरीश जी, हमसे जुड़ने के लिए।

"अच्छा, एक ज़रूरी सवाल। आपकी सफलता के बाद दोस्तों और रिश्तेदारों का क्या रिएक्शन है?"

"अब तो सभी अचानक से बहुत प्यार करने लगे हैं। जिन्हें पहले मेरा नाम भी याद नहीं रहता था, अब वो मुझे फ्री में सलाह देने आते हैं कि अगली किताब में क्या लिखूँ।" मैंने कहा।

“वाह! क्या बात है! और अब खबर है कि इस पर फिल्म बनने जा रही है। गिरीश जी, क्या आप फिल्म में एंजल का किरदार निभाने के लिए किसी ख़ास अभिनेत्री का चुनाव करना चाहेंगे?”

“देखिए, एंजल का किरदार निभाने के लिए तो ऐसी अभिनेत्री चाहिए जो गोल्ड डिगर का रोल बख़ूबी निभा सके। शायद कोई बैंक में काम करने वाली हो, ताकि उसे पैसे गिनने में दिक्कत न हो।”

“गिरीश जी, अपने स्ट्रगल के दिनों को कैसे देखते हैं आप?”

“देखिए, जब आप में असफलताओं से निपटने की ताकत आ जाती है तो आप सच्चे इंसान बन जाते हैं। सफलता तो फालतू टीचर है और असफलताएँ असल में आपकी दोस्त, फिलॉसफ़र और मार्गदर्शक हैं।”

“वाह, गिरीश जी! आप तो फिलॉसफ़र बन गए।”

“फिलॉसफर? नहीं, मैं तो बस जीवन के थपेड़े खाकर थोड़ा समझदार हो गया हूँ।”

“लेकिन गिरीश जी, सभी लोग असफलता को एक शिक्षक मानकर उससे जीवन के सबक नहीं सीख पाते।”

“बिल्कुल सही कहा आपने। लोग अक्सर असफलता से डर जाते हैं। यह डर कई बार इतना गहरा होता है कि वे इससे उबर ही नहीं पाते।”

“तो फिर क्या करना चाहिए? असफलताओं से दोस्ती कर लेनी चाहिए?”

“हाँ, बिल्कुल! असफलताओं को गले लगाइए। अगर वे आपके साथ चाय पीना चाहें तो उनके लिए बिस्कुट भी मंगा लीजिए। ...यह सच है कि असफलता निराश करती है। हालाँकि इसका असर उम्र के हिसाब से ज्यादा-कम भी हो सकता है। 20 और 30 की उम्र में असफलताओं का सामना करना ज्यादा मुश्किल हो सकता है क्योंकि यह पहली बार है, जब हम बड़ी विफलताओं का अनुभव कर रहे होते हैं। विश्वविद्यालय में अच्छा प्रदर्शन न कर पाना, नौकरी छूट जाना, कॉम्पिटिशन में फेल हो जाना या फिर कोई कॉम्पिटिटिव एग्जाम कई बार देने के बाद भी क्लियर नहीं कर पाना। यह सभी असफलताएं इंसान को निराश कर देती हैं। बहुत कम लोग ही होते हैं, जो फिर एक बार प्रयास करने की

सोचते हैं या इसे कर भी पाते हैं। इसलिए सबसे ज़रूरी है असफलता को स्वीकार करने के साथ उससे ऊपर उठने और उसे जीतने का प्रयास करना।" मैंने कहा।

"तो गिरीश जी, आपने असफलताओं के साथ कितनी बार चाय पी है?"

"इतनी बार कि अब हम एक-दूसरे को पहली नज़र में पहचान लेते हैं। और हाँ, असफलता को बिस्कुट के साथ चाय बहुत पसंद है।"

"गिरीश जी, आपने अपने संघर्ष के दिनों में कौन-कौन सी असफलताओं का सामना किया?" टीवी रिपोर्टर अनिल जी ने पूछा।

"अगर मैं गिनाने बैठ जाऊं तो आपकी पूरी रिपोर्ट ही असफलताओं की सूची बन जाएगी।"

रिपोर्टर : (हँसते हुए) "और सफलता?"

"छोटी-छोटी सफलता तो कई बार मिली परंतु बड़ी सफलता अब जाकर मिली जो एक बार ही आई है लेकिन उसने मेरे लिए बहुत सारी ख़ुशियाँ और संतुष्टि छोड़ दी।"

"गिरीश जी, आपसे बातें करके बहुत अच्छा लगा। आपकी कहानी ने हमें बहुत प्रेरित किया... तो, दर्शकों, गिरीश जी से सीखिए कि असफलताओं से डरें नहीं, बल्कि उनसे दोस्ती कर लें। हो सकता है, वह आपको आपकी मंजिल तक पहुँचा दें।"

रिपोर्टर मुस्कराते हुए मेरी ओर देखता है। "गिरिश जी, आपने यूपीएससी की तैयारी में 7 साल का समय दिया और इस दौरान 6 बार असफलता का सामना किया। लाखों रुपए खर्च हो गए और 15 लाख का कर्ज भी हो गया। घर की आर्थिक स्थिति भी ठीक नहीं थी उस समय। इस कठिन समय को कैसे सहन किया? क्या कभी लगा कि सब कुछ छोड़ देना चाहिए?" रिपोर्टर ने अपनी रिसर्च में से एक सवाल निकाला।

"सच कहूँ तो कई बार ऐसा लगा कि हार मान लूँ। हर असफलता के बाद खुद को फिर से उठाना बहुत मुश्किल था। कर्ज का बोझ, घर के खर्चे और पढ़ाई का दबाव, ये सब मिलकर मेरी हिम्मत को तोड़ने की कोशिश करते थे। मैंने अखबारों में कॉलम लिखना शुरू किया और कोचिंग में कंटेंट राइटर का काम शुरू किया। फिर कॉलेज में पढ़ाने लगा। साथ में खुद भी पढ़ाई करता मैं।

खुद की पढ़ाई से कभी समझौता नहीं किया। एक बात मुझे हमेशा आगे बढ़ाती रही—आईएएस बनने का सपना। मुझे पता था कि अगर मैं आज हार मान गया तो वो सभी साल और वो सारी मेहनत बेकार हो जाएगी। इतनी मेहनत के बाद भी IAS में सिलेक्शन नहीं हुआ लेकिन IAS अभ्यर्थियों पर लिखी बुक सुपर हिट हो गई। मुझे ऐसा लगता है कि अगर मैं IAS की तैयारी नहीं करता तो इस तरह की बुक लिखना मेरे लिए मुमकिन नहीं था। मुझे इस बुक को लिखने में मेरा अनुभव बहुत काम आया।" मैंने कहा।

"लेकिन गिरिश जी, इतने संघर्षों के बाद भी आपने हार नहीं मानी। आखिर किस चीज़ ने आपको प्रेरित किया, किसने आपको इस सफ़र में मजबूत बनाए रखा?"

"यह मेरा सपना था और जब एक बार आपने किसी चीज़ के लिए अपना सब कुछ दांव पर लगा दिया हो तो पीछे हटने का सवाल ही नहीं होता। मेरे परिवार ने मुझे हमेशा सपोर्ट किया, चाहे आर्थिक तौर पर मुश्किलें कितनी भी बड़ी क्यों न हों। मेरे माता-पिता ने अपने आराम और ज़रूरतों को किनारे रखकर मेरी पढ़ाई के लिए पैसे जुटाए। ऐसे में जब आपको अपनी मेहनत और अपने परिवार की उम्मीदें साथ मिलती हैं तो हार मानने का ख्याल भी नहीं आता।"

"आपके इस सफ़र के दौरान कई लोग ऐसे होंगे जिन्होंने आपकी क्षमता पर शक किया होगा या हो सकता है कि आपको नीचा दिखाने की कोशिश की हो। आपने ऐसे लोगों का कैसे सामना किया?" टीवी रिपोर्टर ने पूछा।

"हाँ, ऐसे लोग हर जगह मिलते हैं। कई बार दोस्तों और रिश्तेदारों ने भी कह दिया कि शायद अब मुझे कोई और रास्ता चुनना चाहिए। लेकिन मैं जानता था कि अगर मैं उनकी बातों पर ध्यान दूँगा तो मेरा हौसला टूट सकता है। मैंने खुद से वादा किया था कि मैं दूसरों की राय से खुद को प्रभावित नहीं होने दूँगा। और आज, जब मैं इस मुकाम पर पहुँचा हूँ तो उन्हीं लोगों का नज़रिया भी बदल गया है।" मैंने कहा।

"अब, जब आपको सफलता मिल रही है और आपका सपना सच होने की कगार पर है, इस सफ़र के बारे में सोचकर कैसा महसूस करते हैं? और क्या संदेश देना चाहेंगे उन युवाओं को जो इसी तरह की कठिनाइयों से गुजर रहे हैं?" उन्होंने पूछा।

"आज जब मैं पीछे मुड़कर देखता हूँ तो मुझे गर्व होता है कि मैंने हार नहीं मानी। ये सफ़र आसान नहीं था लेकिन इसने मुझे बहुत कुछ सिखाया। सफलता की मिठास तब और बढ़ जाती है जब आप जानते हैं कि इसके लिए आपने कितनी कुर्बानियाँ दी हैं। मेरा संदेश यही है कि अगर आपके पास एक सपना है तो उसके लिए लड़िए। असफलताएँ आपको रोक नहीं सकतीं, जब तक कि आप खुद हार मानने का फैसला न कर लें। हर मुश्किल, हर चुनौती, आपको उस सपने के और करीब ले जाएगी। बस, हार मानना मत।"

(रिपोर्टर मेरी बातों से प्रभावित होकर सिर हिलाता है और कैमरे की ओर देखकर मुस्कराता है। इंटरव्यू समाप्त होता है और मेरे चेहरे पर एक संतोषजनक मुस्कान होती है, जैसे मैंने अपनी ज़िंदगी के सबसे महत्त्वपूर्ण अध्याय को सफलता के साथ पूरा किया हो।)

टीवी रिपोर्टर के एक सवाल पर हल्की सी मुस्कान मेरे चेहरे पर आ गई। वह सवाल था तो साधारण लेकिन इसका जवाब मेरे दिल के बहुत करीब था। रिपोर्टर ने पूछा, "आईएएस की तैयारी के दौरान किन-किन दोस्तों ने आपकी सहायता की? इस परीक्षा में सिलेक्शन नहीं हो रहा था और बाद में आपने बुक लिखी। इस दौरान आपको किसने सपोर्ट किया?"

मैंने माइक की तरफ झुकते हुए कहा, "सच कहूँ तो मेरी इस सफलता में सबसे बड़ा हाथ मेरे माता-पिता का है। उनकी दुआएं और समर्थन के बिना मैं यहाँ तक नहीं पहुँच पाता। इसके अलावा, मेरे कुछ ख़ास दोस्त हमेशा मेरे साथ खड़े रहे—मोहित, नरपत, लवगुरु, सुमित, एंजल, विमला, अनिल—ये सब मेरे संघर्ष के साथी रहे। और मेरे मामा जी, मौसी जी के बेटे ने भी मुझे हर पल हौसला दिया। जब भी मैं गिरा, इन लोगों ने मुझे उठाया।"

रिपोर्टर ने मुस्कराते हुए अगला सवाल किया, "असफलता जब मिलती थी तो बहुत बुरा लगता होगा। उस समय आप उसे कैसे डील करते थे?"

मैंने थोड़ा रुककर सोचा और फिर अपनी आवाज में एक गंभीरता भरते हुए कहा, "असफलता का सामना करना आसान नहीं होता। कई बार ऐसा होता था कि रातों को सो नहीं पाता था, दिल में निराशा का साया छा जाता था। लेकिन एक बात मैंने सीखी—असफलता के साथ जीना भी एक कला है। जब भी

असफलता मिलती, मैं सबसे पहले खुद से सवाल करता कि मैं क्यों असफल हुआ। उस असफलता से क्या सीख सकता हूँ?"

रिपोर्टर ने उत्सुकता से पूछा, "फिर कैसे खुद को मोटिवेट करते थे?"

"मैंने हर असफलता को एक सीढ़ी की तरह देखा," मैंने जवाब दिया। "यह सोचा कि अगर आज नहीं हुआ तो कल होगा। मेरी मम्मी हमेशा कहती थीं, 'तुमने अगर दिल से मेहनत की है तो सफल होना ही है, देर-सवेर।' यही बात मुझे हर बार नए सिरे से खड़ा करती। मेरे दोस्तों ने भी कभी मुझे अकेला महसूस नहीं होने दिया। उन्होंने हर बार हँसी-मज़ाक और सपोर्ट से मेरा मनोबल ऊंचा रखा।"

रिपोर्टर ने कहा, "तो आपके दोस्त और परिवार आपका सबसे बड़ा संबल रहे?"

मैंने दृढ़ता से सिर हिलाया, "बिलकुल। उनके बिना मैं यहाँ तक नहीं पहुँच पाता।"

रात का समय था और टीवी स्टूडियो की जगमगाहट हर तरफ फैली हुई थी। मैं आराम से बैठा हुआ था, मेरे सामने एक टीवी रिपोर्टर थी, जिसने मुझे इंटरव्यू के लिए बुलाया था। उसके चेहरे पर एक जिज्ञासु मुस्कान थी, जैसे वह मेरे संघर्षों की कहानी सुनने के लिए बेसब्री से इंतज़ार कर रही हो। मैंने उसके सवालों का सामना पहले भी किया था लेकिन आज का दिन ख़ास था। आज मैं एक किताब के लेखक के रूप में बैठा था, जिसने न केवल यूपीएससी की तैयारी करने वाले छात्रों का ध्यान खींचा था, बल्कि उसे पढ़कर कई छात्रों ने सफलता भी पाई थी।

टीवी रिपोर्टर ने धीरे-धीरे सवाल की शुरुआत की, "गिरीश जी, आपने यूपीएससी परीक्षा में पाँच-छह बार असफलता का सामना किया। क्या कभी ऐसा नहीं लगा कि यह सपना अधूरा ही रह जाएगा?"

मैंने मुस्कराते हुए जवाब दिया, "देखिए, असफलता एक ऐसी चीज़ है जिसे हम जितना स्वीकार कर लें, उतनी ही जल्दी हम उसे पार कर सकते हैं। मैंने हर बार असफलता को एक सबक के रूप में लिया। शुरुआत में दुख ज़रूर हुआ, क्योंकि इतनी मेहनत के बाद भी जब परिणाम अनुकूल नहीं आए तो मन को चोट पहुँचती है। लेकिन मैंने कभी हार नहीं मानी। हर बार असफलता से कुछ नया सीखा और अपने प्रयासों में सुधार किया।"

*आज तक* के उस संवाददाता ने मुझसे पूछा, "हमने सुना है कि आपने बैंक एटीएम में सिक्योरिटी गार्ड के रूप में भी काम किया था। क्या यह सच है? क्या आपने यूपीएससी की तैयारी के साथ-साथ वह नौकरी की?"

मैंने एक छोटी सी मुस्कान दी, जैसे बीते दिनों की याद ताज़ा हो रही हो। "हाँ, बात बिल्कुल सही है," मैंने कहना शुरू किया। "दिल्ली जैसे महंगे शहर में रहने का खर्च निकालना कोई आसान काम नहीं था। मैं एक बहुत ही साधारण किसान परिवार से आता हूँ। परिवार के पास इतने संसाधन नहीं थे कि मुझे पूरी तरह सपोर्ट कर सकें। इसलिए मुझे कुछ न कुछ करना ही था। लगभग छह महीने तक मैंने एटीएम में फुल नाइट ड्यूटी की थी, सिक्योरिटी गार्ड के रूप में। पूरी रात वहाँ रहता था और वहीं बैठकर तैयारी करता था। कुछ रातें ऐसी भी थीं जब नींद और थकान इतनी हो जाती थी कि किताबें खुली रह जाती थीं और मैं सो जाता था।"

रिपोर्टर की आँखों में थोड़ी दया और थोड़ी हैरानी झलक रही थी। उसने आगे पूछा, "यह जानकर हैरानी होती है कि आपने इतनी कठिनाइयों के बावजूद भी अपने सपनों को नहीं छोड़ा। क्या उस समय ऐसा नहीं लगा कि छोड़ देना चाहिए?"

मैंने सिर हिलाते हुए कहा, "बिल्कुल लगा था। पर किसी भी बड़े सपने के लिए बलिदान देना पड़ता है। यूपीएससी एक ऐसा सपना था जिसे पाने के लिए मैंने अपने आराम को पीछे छोड़ दिया। दिन में कोचिंग में कंटेंट राइटर का काम करता था और रात में एटीएम में ड्यूटी। इसके साथ ही अखबारों में भी आर्टिकल लिखने का सिलसिला चलता रहा। यह सब सिर्फ इसलिए था कि मेरा सपना ज़िंदा रहे।"

रिपोर्टर ने एक और सवाल दागा, "आपके बचपन की बात करें तो हमने सुना है कि आप स्कूल जाने के लिए रोज़ाना 10 किलोमीटर पैदल चलकर जाते थे। यह सच है?"

मैंने ठंडी सांस ली और कहा, "हाँ, यह भी सच है। मेरा बचपन संघर्षों से भरा था। हमारे गाँव में सीनियर सेकंडरी स्कूल नहीं था और हमें कस्बे में जाकर पढ़ाई करनी पड़ती थी। हर दिन सुबह जल्दी उठकर, 10 किलोमीटर पैदल चलकर स्कूल

जाता था। रास्ते में कई बार थकान होती थी लेकिन पढ़ाई का जुनून ऐसा था कि मैं कभी रुका नहीं। मुझे पता था कि अगर आगे बढ़ना है तो मुझे मेहनत करनी होगी। चाहे वह स्कूल जाने की हो या फिर बाद में दिल्ली में टिके रहने की।”

रिपोर्टर ने मुस्कराते हुए कहा, “आपकी कहानी सुनकर बहुत से लोग प्रेरणा ले सकते हैं, गिरीश जी। आपने उन दिनों में भी हार नहीं मानी जब शायद ज्यादातर लोग छोड़ देते। आज आप करोड़पति लेखक हैं लेकिन यह रास्ता आसान नहीं था। क्या आप उन लोगों को कुछ कहना चाहेंगे जो आज भी संघर्ष कर रहे हैं?”

मैंने गंभीरता से कहा, “मैं बस यही कहना चाहूँगा कि असफलताएँ हमें मजबूत बनाती हैं। अगर आप किसी लक्ष्य को लेकर सच्चे हैं तो किसी भी परिस्थिति में हार मत मानिए। हर कठिनाई आपको एक कदम और करीब ले जाती है। बस धैर्य रखिए और लगातार प्रयास करते रहिए। मैंने भी यही किया और आज जो भी हूँ, वह मेरे संघर्ष और मेहनत का परिणाम है।”

रिपोर्टर ने अपनी आँखों में चमक लाते हुए कहा, “आपकी किताब यूपीएससी छात्रों की पहली पसंद बन गई है। यह यात्रा कैसे शुरू हुई?”

मैंने थोड़ी भावुकता के साथ जवाब दिया, “इस किताब की शुरुआत मेरी असफलताओं से हुई थी। मैंने देखा कि जो गलतियाँ मैंने की थीं, वे शायद और भी बहुत से छात्र कर रहे होंगे। इसलिए मैंने अपनी असफलताओं को एक दिशा दी और उन्हें अपने अनुभव के आधार पर इस किताब में संजोया। मैंने उन सभी पहलुओं पर ध्यान दिया जो यूपीएससी की तैयारी के दौरान महत्त्वपूर्ण होते हैं लेकिन जिन्हें अक्सर नज़रअंदाज़ कर दिया जाता है। मैंने यह सुनिश्चित किया कि मेरी किताब केवल ज्ञान न दे, बल्कि छात्रों को प्रेरित भी करे।”

रिपोर्टर ने मुस्कराते हुए कहा, “और अब आप करोड़पति बन चुके हैं, आपकी किताब की सफलता ने आपको इस मुकाम तक पहुँचाया। क्या कभी आपने सोचा था कि आप इतनी बड़ी सफलता पाएंगे?”

मैंने हँसते हुए कहा, “नहीं, मैंने कभी पैसों के बारे में नहीं सोचा था। मेरी प्राथमिकता हमेशा से छात्रों की मदद करना था। लेकिन हाँ, अब जब मेरी किताब सफल हो गई है और इससे मुझे आर्थिक रूप से भी स्थिरता मिली है तो

यह मेरे लिए गर्व की बात है। मैं यह सब उन दिनों की मेहनत का परिणाम मानता हूँ जब मुझे अपने खर्चे पूरे करने में भी मुश्किल होती थी।"

रिपोर्टर ने अंत में कहा, "गिरीश जी, आपकी कहानी न केवल प्रेरणादायक है, बल्कि यह यह साबित करती है कि असफलताएँ हमें मजबूत बनाती हैं, अगर हम उनसे सीख लें। धन्यवाद, गिरीश जी, हमें यह कहानी साझा करने के लिए।"

मैंने धन्यवाद कहा और एक संतोषभरी मुस्कान के साथ स्टूडियो से बाहर निकल गया। मेरे दिल में इस बात का गर्व था कि मेरी कहानी अब कई और लोगों को प्रेरित कर सकती है, ठीक वैसे ही जैसे मैंने अपनी असफलताओं से सीखा था।

इंटरव्यू खत्म होने के बाद टीवी रिपोर्टर कैमरे को बंद करवाता है और साथी स्टाफ अपने उपकरण समेटने में लगे हुए हैं। मैं अपने विचारों में खोया हुआ था लेकिन तभी अचानक ख्याल आया कि यह एक अच्छा मौका है उन लोगों से कुछ अनौपचारिक बातचीत करने के लिए।

"इंटरव्यू के लिए बहुत-बहुत धन्यवाद। आपने मेरे सफ़र को इतनी ख़ूबसूरती से उकेरा। मुझे उम्मीद है कि इससे किसी और को भी प्रेरणा मिलेगी।" मैंने कहा।

"आपकी कहानी ने मुझे सोचने पर मजबूर कर दिया है। हम रिपोर्टर्स अक्सर दूसरों की कहानियों को कवर करते हैं लेकिन शायद ही कभी हम उनकी गहराई को महसूस कर पाते हैं। लेकिन आज, आपके साथ यह शाम बिताने के बाद, मुझे ऐसा लगता है जैसे मैंने खुद भी कुछ नया सीखा है।" टीवी रिपोर्टर ने विदा लेते हुए कहा।

"असल ज़िंदगी की कुछ कहानियाँ ऐसी होती हैं जो हमें सपनों पर यक़ीन करना सिखाती हैं। ज़िंदगी के पथरीले सफ़र में पहाड़ सी परेशानियों को परास्त कर आगे बढ़ना सिखाती हैं। हमारी आज की कहानी भी संघर्ष से टूटकर बिखरने के बजाय, संघर्ष से लड़कर निखरने की कहानी है। ये कामयाबी की वो कहानी है जिसका ताना-बाना कड़ी मेहनत, बड़ी शिद्दत और लगन से बुना गया है। जी हाँ ये एक छोटे से गांव के किसान परिवार में जन्मे एक आम शख्स की असाधारण सफलता की असल और अनसुनी कहानी है। संकल्पों को अंजाम तक पहुँचाना आसान नहीं होता। लेकिन गिरीश ने कभी अपनी ख़्वाहिश धुंधली नहीं पड़ने दी।

कुछ लोग भले ही साधारण परिवार में जन्म लेते हैं लेकिन उनमें इतनी काबिलियत होती है कि वो इसी के दम पर अपने सपनों को हकीकत में तब्दील करने में कामयाब हो जाते हैं या फिर यूँ कह लीजिए कि मजबूत इरादे और मंजिल पाने के लिए मेहनत करने का जुनून किसी भी व्यक्ति को कामयाबी के शिखर तक पहुँचाने के लिए काफी है। एक तिनके से शुरू करके पूरा का पूरा सपनों का शहर बना लेना इतना आसान नहीं होता लेकिन जुनून एक ऐसी चीज़ है जिसके आगे कुछ नामुमकिन भी नहीं होता।

वैसे हाथों की लकीर बदलकर अपनी तकदीर खुद लिखने वाले गिरीश जी की लेखक बनने की कहानी तो प्रेरणादायक है ही लेकिन इस कहानी को सामने लाने का मकसद भी सिर्फ यही है कि आज देश के युवा सीख सकें कि ज़िंदगी के पथरीले सफ़र में सपनों का पीछा कैसे किया जाता है। गिरीश की सफलता से एक और सीख मिलती है कि चाहे त्रेतायुग में समुद्र पर पुल बनाने वाले नल-नील हों, सड़क की रोशनी में पढ़ाई कर अमेरिका के राष्ट्रपति बने इब्राहिम लिंकन हों या फिर पहाड़ काट कर रास्ता बनाने वाले दशरथ माझी हों, जमाने में नजीर वही बनते हैं जिनमें परेशानियों के पहाड़ और चुनौतियों के तूफान से भिड़ने की हिम्मत होती है।" यह आर्टिकल *इंडिया टुडे* मैगजीन ने छापा।

एक दिन *दैनिक भास्कर* की मैगजीन में इस तरह बुक रिव्यू छपा था। "गिरीश टीनएज से ही सपने देखता था कलेक्टर बनने के। पढ़ाई-लिखाई में अव्वल था और उसकी मेहनत में कोई कमी नहीं थी। लेकिन, कभी-कभी जीवन अपने तरीके से चलता है। गिरीश का कलेक्टर बनने का सपना अधूरा रह गया। इसके विपरीत, उसकी प्रेमिका, एंजल, ने अपने लक्ष्य को पा लिया और कलेक्टर बन गई। इस उपलब्धि के बाद, एंजल ने गिरीश से दूरी बना ली और ब्रेक-अप कर लिया।

एंजल के इस निर्णय ने गिरीश के दिल को तोड़ दिया। वह हताश और निराश था लेकिन इसी गम ने उसे एक नया रास्ता दिखाया। गिरीश ने अपनी सारी भावनाओं को शब्दों में उतारना शुरू किया। उसकी लेखनी में दर्द और प्रेम की ऐसी मिठास थी कि हर कोई उसकी कहानी में खो जाता।

उसने अपनी पहली किताब लिखी, जिसमें उसने अपनी प्रेम कहानी और एंजल के साथ बिताए पलों को उकेरा। यह किताब न केवल गिरीश की कहानी

थी, बल्कि उन लाखों युवाओं की भी थी जो अपने सपनों और प्रेम में संघर्ष कर रहे थे। दोनों की मुलाकात, प्रेम और फिर जुदाई की कहानी ने पाठकों को भावुक कर दिया।

किताब में गिरीश ने अपनी सभी भावनाओं को बेबाकी से बयाँ किया था और यही उसकी ताकत थी। किताब के किरदार भी बेहद जीवंत थे। गिरीश के मित्र, उसका परिवार और एंजल की भीतरी संघर्षों को बहुत ही ख़ूबसूरती से चित्रित किया गया था। गिरीश की लेखनी ने पाठकों को अपने साथ जोड़ लिया और वे पृष्ठ पलटते गए, मानो उनकी अपनी कहानी हो।

किताब का अंत भी बेहद प्रभावशाली था। गिरीश ने न केवल अपने गम को शब्दों में ढाला, बल्कि उसने पाठकों को यह संदेश भी दिया कि जीवन में गम और ख़ुशियाँ आती-जाती रहती हैं लेकिन हमें अपने सपनों का पीछा कभी नहीं छोड़ना चाहिए। आज, गिरीश उस मुकाम पर है जहाँ एंजल कभी भी नहीं पहुँच पाई। उसने साबित कर दिया कि अगर आप अपने सपनों का पीछा करते हैं और अपनी भावनाओं को सही दिशा में लगाते हैं तो सफलता अवश्य मिलती है। गिरीश की कहानी उन सभी के लिए प्रेरणा बन गई जो अपने सपनों को साकार करने की चाहत रखते हैं।

## 32

# कुछ नया

दिन था 13 अगस्त 2024 का। आसमान में हल्के बादल थे और ठंडी हवा चल रही थी। हम चारों दोस्त दिल्ली में एक बार वापस मिले। एक पार्क के बेंच पर बैठे थे, जब लवगुरु ने एक गहरी सांस लेते हुए कहा, "यार, लोग कहते हैं सबसे प्यार करो। पर क्या कोई ये बताता है कि पहले खुद से प्यार कैसे किया जाए?"

सुमित ने लवगुरु की बात सुनते ही कहा, "लवगुरु, यही तो सबसे बड़ी समस्या है। लोग दूसरों से प्रेम करने की कोशिश में खुद को ही भूल जाते हैं। हम दूसरों के लिए इतना कुछ कर डालते हैं लेकिन खुद के लिए कभी सोचते भी नहीं।"

मोहित, जो अब तक चुप बैठा था, अचानक बोल पड़ा, "हाँ, सुमित, मैं भी यही सोचता हूँ। लोग अक्सर रिश्तों में खुद को खो देते हैं। किसी और को ख़ुश करने के चक्कर में वे भूल जाते हैं कि उनकी अपनी ख़ुशी भी मायने रखती है।"

लवगुरु ने धीरे से मुस्कराते हुए कहा, "तुम दोनों सही कह रहे हो। असल में, प्रेम की शुरुआत तो खुद से ही होनी चाहिए। अगर हम खुद से प्यार नहीं करेंगे तो हम दूसरों से सच्चा प्रेम कैसे कर पाएँगे? प्रेम कोई व्यापार नहीं है, जो लेन-देन पर आधारित हो। जब हम शर्तें लगाते हैं, तब प्रेम नहीं, बल्कि समझौते होते हैं।"

सुमित ने सहमति में सिर हिलाते हुए कहा, "सही कहा, लवगुरु। जब शर्तें आ जाती हैं, तब प्रेम कहीं खो जाता है। यही तो आजकल के रिश्तों में हो रहा है। लोग प्यार की जगह गणित करने लगते हैं—ये किया तो वो मिलेगा। लेकिन प्रेम ऐसा नहीं है। प्रेम तो देना चाहता है, न कि लेना।"

मोहित ने अपनी आँखों में हल्की उदासी के साथ कहा, "तुम्हारी बात से याद आया, मेरी माँ हमेशा कहती थी कि बेटे, प्रेम ऐसा हो जो बहे, रुके नहीं। जैसे माँ का प्यार अपने बच्चे के लिए होता है—निस्वार्थ, बिना किसी शर्त के। यही सच्चा प्रेम है।"

लवगुरु ने मोहित की बात को आगे बढ़ाते हुए कहा, "बिलकुल सही। माँ का प्रेम, वह कभी कुछ पाने की उम्मीद नहीं करता। वह बस देना जानता है। यही बात तो हर रिश्ते में होनी चाहिए। चाहे वो पति-पत्नी का रिश्ता हो या दोस्ती का। जब तक उसमें शर्तें न आएं, प्रेम सच्चा और गहरा बना रहता है। पर जैसे ही दुनियादारी और शर्तें आ जाती हैं, रिश्ते टूटने लगते हैं।"

सुमित ने गहरी सांस लेते हुए कहा, "हमने शायद प्रेम को भी एक लेन-देन का सौदा बना लिया है। जैसे किसी दुकान से सामान खरीद रहे हों। परंतु सच्चा प्रेम तो वह है जो बिना किसी शर्त के, बिना किसी अपेक्षा के होता है।"

मोहित ने अपनी आँखों में हल्की चमक के साथ कहा, "याद है, जब हम छोटे थे, हम बिना सोचे-समझे एक-दूसरे के लिए सब कुछ कर देते थे। कोई गणित नहीं, कोई शर्त नहीं। बस एक सच्ची भावना होती थी। वही प्रेम था, जिसे आज हमने कहीं खो दिया है।"

लवगुरु ने मोहित के कंधे पर हाथ रखते हुए कहा, "हाँ, मोहित। वो सच्चा प्रेम था, जो बस देना चाहता था, कुछ पाने की उम्मीद नहीं करता था। पर आज हम इतने उलझ गए हैं कि हम खुद से भी प्रेम करना भूल गए हैं।"

सुमित ने एक आखिरी गहरी सांस लेते हुए कहा, "शायद हमें वापस उस जगह जाना चाहिए, जहाँ से हमने शुरुआत की थी—खुद से प्रेम करना सीखें, फिर दूसरों से सच्चा प्रेम कर पाएंगे। और तब ये दुनियादारी का गणित अपने आप खत्म हो जाएगा।"

तीनों दोस्त फिर से चुप हो गए लेकिन उनके दिलों में कुछ हल्का सा महसूस हो रहा था। शायद यह एहसास था कि प्रेम की सच्चाई को समझने का पहला कदम उन्होंने उठा लिया था।

लवगुरु, जो हमेशा अपने अनूठे अंदाज़ में बातें करता था, मुस्कराते हुए बोला, "देखो यार, व्यापार हो या प्यार, सब लेन-देन है। लेकिन हम अक्सर फंस

जाते हैं, इसलिए नहीं कि हम कुछ देते हैं, बल्कि इसलिए कि बदले में हम कुछ पाना चाहते हैं। यही तो हमारी समस्या है।"

मैंने उसकी बातों को सुनते हुए कहा, "ठीक कह रहे हो। यह चाह ही है जो हमें दुख की ओर खींचती है। जब भी हम कुछ पाने की उम्मीद रखते हैं और वह पूरी नहीं होती तो दुख होता है। लेकिन जब हम बिना किसी अपेक्षा के देते हैं, तब न तो दुख होता है और न ही कोई शिकायत।"

सुमित, जो अब तक शांत था, थोड़ा झुककर आगे आया और बोला, "लेकिन भाई, ये आसान कहाँ है? हम इंसान हैं। स्वाभाविक है कि हम चाहेंगे कि जब हम प्यार दें तो हमें प्यार मिले। यह मानव स्वभाव है। क्या तुम सच में यह कह सकते हो कि तुमने कभी कुछ देकर बदले में कुछ नहीं चाहा?"

मोहित ने हँसते हुए जवाब दिया, "यार, यह तो वही बात हो गई कि आईने में हंसो और उम्मीद करो कि वह तुम्हारे चेहरे को न देखे। पर हकीकत तो यह है कि आईना वही दिखाता है जो हम करते हैं। अगर हम कुछ देने की उम्मीद करेंगे तो जीवन भी हमें उसी तराजू में तौलेगा।"

मैंने एक गहरी सांस लेते हुए कहा, "यही तो असली दर्शन है, मोहित। आईना सिर्फ तुम्हारा प्रतिबिंब दिखाता है। लेकिन यदि तुम उस प्रतिबिंब से परे देखना सीख जाओ तो सच्चाई को पा सकते हो। जैसे जीवन में—तुम बस देते जाओ, बिना सोचे कि क्या वापस आएगा। कभी-कभी वह हजार गुना होकर लौटेगा लेकिन हमारी दृष्टि उस पर नहीं होनी चाहिए।"

लवगुरु ने फिर से गहरी आवाज़ में कहा, "सही कहा। देने की शक्ति पैदा करो। जब तुम कुछ देते हो और बदले में कुछ न मांगते हो तो वास्तव में तुम अपने आप को मुक्त कर रहे हो। जीवन, प्रकृति, सब कुछ तो तुम्हें लौटाने के लिए बाध्य हैं। पर जब हम इसे अपनी मर्जी से नहीं छोड़ते, तब ही दुख होता है।"

सुमित ने थोड़ा सोचते हुए कहा, "तो फिर इसका मतलब है कि हमें देना चाहिए लेकिन कभी भी उसकी अपेक्षा नहीं करनी चाहिए कि बदले में हमें कुछ मिलेगा?"

मैंने उसकी ओर देखा और हल्की मुस्कान के साथ कहा, "हाँ, सुमित। यह भी एक व्यापार है लेकिन इस व्यापार का मुनाफा सिर्फ तुम खुद हो। तुम जितना

अधिक देते हो, उतना अधिक खुद को समझते हो। और जब तुम इस सत्य को समझ जाते हो तो जीवन का हर लेन-देन सहज और सुंदर हो जाता है।"

हम सभी थोड़ी देर के लिए शांत हो गए।

लवगुरु और सुमित का आरामदायक फ्लैट, जहाँ चारों दोस्त रसोईघर में मटर पनीर, दाल और रोटी बनाने की तैयारी में जुटे हुए हैं। रसोई में हल्की-हल्की सुगंध फैली हुई है। रात के 11 बज चुके हैं और खिड़की से ठंडी हवा के साथ हल्की रोशनी भी अंदर आ रही है।

लवगुरु, जो हमेशा अपनी बातों में एक गहरा अर्थ छिपा कर बोलता था, सोच में डूबा हुआ बोला, "यार, कभी-कभी सोचता हूँ कि हम लड़कियों से प्रेम क्यों करते हैं? फिर चोट भी खाते हैं और बाद में खुद को दोष देते हैं। क्या यह हमारे ही कर्मों का परिणाम है? क्या हमने ही इसे आमंत्रित किया?"

मैंने उसकी ओर देखा और कहा, "लवगुरु, तुम सही कह रहे हो। चोट तभी लगती है जब हम उसके पात्र होते हैं। अगर हम आत्मनिरीक्षण करें तो पाएंगे कि जो चोट हमें मिली, वो आधी हमारे कर्मों का परिणाम है और आधी बाहरी दुनिया का योगदान। लेकिन असल सवाल यह है कि क्या हम अपनी दुनिया को समझ पा रहे हैं?"

सुमित ने सिर हिलाते हुए कहा, "देखो, यह सही है कि हर चोट का कोई न कोई कारण होता है। पर यह भी सच है कि जब हम प्यार करते हैं तो हम खुद को खोल देते हैं। यही वो क्षण होता है जब चोट की संभावना सबसे अधिक होती है। क्योंकि हम उम्मीद करने लगते हैं और जब वह उम्मीद पूरी नहीं होती, तब दर्द होता है।"

अब तक चुप मोहित, हल्की हँसी के साथ बोला, "भाई, दर्द और प्यार का तो चोली-दामन का साथ है। हम यह जानते हुए भी लड़कियों से प्यार करते हैं कि वे हमें कभी न कभी चोट पहुँचाएंगी। पर यही चोट हमें खुद को समझने का मौका भी देती है। सवाल यह नहीं है कि चोट क्यों लगी, सवाल यह है कि हमने उससे क्या सीखा?"

"यही तो असली दर्शन है। बाहरी दुनिया पर हमारा नियंत्रण भले ही न हो, पर हमारा अंतर्जगत पूरी तरह से हमारे हाथ में है। जब हम यह समझ जाएँगे

तो चोट लगना बंद हो जाएगी क्योंकि तब हम किसी भी चोट को सिर्फ बाहरी घटना मानेंगे, जिससे हमारी आत्मा प्रभावित नहीं होगी।" मैंने उसकी बात पर सहमति जताई।

"यह विचार तो अच्छा है। लेकिन इसे व्यवहार में लाना आसान नहीं है। जब कोई हमें धोखा देता है, ख़ासकर वो जिससे हम प्यार करते हैं तो हमारे अंदर का तूफान शांत होना मुश्किल हो जाता है। लेकिन अगर हम इसे आत्मनिरीक्षण का माध्यम बना लें तो यह दर्द भी हमें नई दिशा दिखा सकता है।"

लवगुरु ने चाय की चुस्की लेते हुए कहा।

सुमित ने हल्की मुस्कान के साथ कहा, "यार, तुम्हारी बात सही है। पर यह भी समझ लो कि चोटें हमें केवल तब लगती हैं जब हम खुद को कमज़ोर बनाते हैं। अगर हम खुद को मजबूत बना लें तो चाहे कोई कितना भी धोखा दे, हमें फर्क नहीं पड़ेगा। हम अपनी आंतरिक शक्ति से उसे पार कर जाएँगे।"

"चलो यार, अब इस बात का अंत यही मान लो कि चोटें हमें बड़ा बनाने के लिए होती हैं और प्यार हमें इंसान बनाए रखता है। इसलिए, चोट खाओ, प्यार करो और फिर से उठ खड़े हो जाओ। यही जीवन का असली आनंद है।"

हम सभी ने उसकी बात पर हँसते हुए सिर हिलाया। हमारी बातचीत गहरी थी लेकिन इस गहराई में हमें अपनी कमजोरियों और शक्तियों का एहसास हो रहा था। प्यार और चोट, दोनों ही जीवन का हिस्सा हैं लेकिन दोनों हमें सीखने और बढ़ने का मौका देते हैं।

"लड़की से प्रेम करना भी ज़रूरी है, यार। प्रेम के बिना जीवन का कोई अस्तित्व ही नहीं है। दुनिया तो जैसे अधूरी हो जाती है। हर चीज़ फीकी लगती है। प्रेम ही वो चीज़ है, जो हमें इंसान से जोड़े रखती है।" मैंने (गहरी सोच में दूर आसमान की ओर देखते हुए) कहा।

"सही कहा, भाई। लेकिन यह भी तो मानना पड़ेगा कि लड़कियाँ कभी-कभी धोखा भी दे देती हैं। फिर क्या? क्या हम उस धोखे की वजह से प्रेम करना छोड़ देंगे?" लवगुरु ने कहा।

"नहीं, धोखा जीवन का हिस्सा है। हम इसे नकार नहीं सकते। लेकिन यह भी तो देखो, प्रेम ने कितने लोगों को ऊर्जा दी है, प्रेरणा दी है। प्रेम के बिना तो

कोई कलाकार भी नहीं होता। दुनिया की सबसे ख़ूबसूरत कविताएँ, सबसे बड़े गाने, सब प्रेम से ही तो उपजे हैं।" सुमित ने अपने हाथों को रगड़ते हुए कहा।

"बिलकुल! यही प्रेम ही इंसानियत की डोर को थामे रखता है। समाज बदल रहा है, दुनिया बदल रही है लेकिन प्रेम... प्रेम वही है। यही एकमात्र चीज़ है जिससे हम दुनिया में फैली वैमनस्यता को खत्म कर सकते हैं। प्रेम सिर्फ रिश्ते नहीं बनाता, यह नफरत को भी मिटा सकता है।"

"तो फिर तुम कह रहे हो कि चाहे कुछ भी हो जाए, चाहे लड़की धोखा दे या दुनिया हमारे खिलाफ हो, हमें प्रेम करना नहीं छोड़ना चाहिए?"

"हाँ, यार। प्रेम का मतलब यह नहीं है कि हमेशा सब कुछ सही होगा। प्रेम तो वह है जो हमें हर कठिनाई में भी आगे बढ़ाता है। चाहे धोखा मिले, चाहे दर्द हो लेकिन वह हमें सिखाता है, हमें मजबूत बनाता है।"

"शायद यही वजह है कि दुनिया में प्रेम को एक ऊर्जा, प्रेरणा और सबक के रूप में देखा गया है।"

सभी दोस्त हँसते हुए खाना परोसने की तैयारी कर रहे हैं। जैसे-जैसे रात ढलती है, हमारी बातचीत में हँसी-मज़ाक, गंभीरता और भावनाओं का मिला-जुला स्वरूप होता है। इस तरह, मटर पनीर, दाल और रोटी का ये खाना सिर्फ भोजन नहीं, बल्कि एक यादगार अनुभव बना रहा है।

"प्यार इंसान को भावनात्मक मजबूती देता है, यार। ये हमें जीना सिखाता है। चाहे कोई कुछ भी कहे, प्रेम की बुनियादी बातें कभी नहीं बदलतीं।" मैंने कहा।

"लेकिन गिरीश, आज की लड़कियों का नज़रिया तो बदला है, नहीं? पहले तो लड़के ही प्रपोज़ करते थे। अब देखो, लड़कियाँ खुद आकर कहती हैं कि हाँ, मैं तुमसे प्यार करती हूँ।" लवगुरु ने हँसते हुए कहा। "हाँ, ये सच है। आज की लड़की आत्मनिर्भर है। उसे अब झिझक नहीं होती अपनी भावनाएँ व्यक्त करने में। लेकिन इसका मतलब ये नहीं है कि प्रेम के प्रति उसकी सोच बदल गई है। वह अब भी गहरे विश्वास और समर्पण में यकीन रखती है।"

"सही कह रहे हो, भाई। आज से बीस साल पहले किसी ने सोचा भी नहीं होगा कि लड़कियाँ खुद प्रपोज़ करेंगी। लेकिन अब तो ऐसा लगता है कि लड़के इंतज़ार करते हैं कि कब लड़की आए और कहे 'आई लव यू'।"

"हाँ, क्योंकि आज की स्त्री आत्मसम्मान को बहुत महत्त्व देती है। उसे किसी की दया पर या किसी के भरोसे नहीं जीना पड़ता। यही बात उसे प्रेम में भी स्वतंत्र बनाती है। लेकिन यह भी सच है कि रिश्तों में ईमानदारी अब भी सबसे बड़ी चीज़ है। चाहे वह लड़का हो या लड़की, दोनों को अपने रिश्ते में डबल स्टैंडर्ड नहीं रखना चाहिए।" मैंने कहा।

"सही कहा। रिश्तों में ईमानदारी होनी ही चाहिए। अगर विश्वास नहीं है तो वह रिश्ता कब तक टिकेगा? प्यार का मतलब सिर्फ रोमांस नहीं है, वह एक गहरा संबंध है, जो विश्वास और समझदारी पर टिका होता है।" लवगुरु ने सहमति जताते हुए कहा।

"बिलकुल। आज की आधुनिक लड़की भले ही प्रपोज़ करने से न झिझकती हो लेकिन उसके लिए भी वही पुराने मूल्य मायने रखते हैं—ईमानदारी, समर्पण और आत्मसम्मान। अगर ये न हों तो वह प्रेम सच्चा नहीं हो सकता।"

"प्यार एक ऐसा एहसास है जो शब्दों में बंध नहीं सकता। यह दिल की गहराई में उतर जाता है, जैसे बारिश की बूँदें मिट्टी में समा जाती हैं।"

"सही कहा भाई लेकिन इस प्यार में दीवानापन भी तो शामिल है। कई बार लोग इसे पागलपन कह देते हैं।" सुमित ने मुस्कराते हुए कहा।

"पागलपन हो या ना हो, प्रेम के बिना जीवन में ताज़गी नहीं आती। यह वो एहसास है जो जीने का मकसद देता है। प्रेम हमेशा देने का नाम है और कभी बदले में कुछ मांगता नहीं।" लवगुरु ने अपने अनुभव को निचोड़ते हुए कहा।

"पर सच कहूँ, प्यार कभी दावा नहीं करता। यह हमेशा सहनशील होता है, ना झुंझलाता है, ना बदला लेता है। प्रेम एक दान है, भिक्षा नहीं। यह वो साम्राज्य है जिसमें हर कोई सम्राट बन सकता है लेकिन शर्त यही है कि प्रेम को बांटना आना चाहिए।" मोहित ने दार्शनिक अंदाज़ में कहा।

"यार, तुम लोगों की बातें सुनकर तो लगता है कि प्यार में सब कुछ त्याग ही है। पर सच बताओ, जब प्यार में धोखा मिलता है तो कैसा लगता है?" सुमित ने सवाल दागा।

"धोखा... धोखा प्यार में एक ऐसा ज़ख्म है जो कभी नहीं भरता। लड़कियाँ अक्सर धोखा देती हैं और लड़के... हम लड़के अक्सर उसे खा लेते हैं। फिर उस

धोखे से उठना, अपने विश्वास को फिर से पाना, बेहद मुश्किल हो जाता है।" थोड़े दर्द भरे स्वर में मैंने कहा।

"प्रेम परिवर्तित होता है, यह बात माननी होगी। लेकिन यही परिवर्तन तो जीवन का हिस्सा है। हर कोई अपने तरीके से प्रेम को जीता है और किसी के साथ हर समय प्रेम में रहना भी तो आसान नहीं। पर हाँ, जब प्रेम सच्चा होता है तो यह परमात्मा में वास करता है।"

"और अगर प्रेम में लड़की ने धोखा दे भी दिया तो क्या हुआ? हमारे पास दोस्त हैं, कैफे हैं और एक-दूसरे की बातें सुनने का समय है। चलो, अब इस गंभीरता से बाहर निकलते हैं और इस बारिश का आनंद लेते हैं।" मैंने कहा।

खाना खाने के बाद सभी दोस्तों के चेहरे पर हल्की थकान साफ झलक रही है। सब खा-पीकर अब आराम से बैठ गए हैं। माहौल हल्का और मज़ाकिया है। तभी मोहित की तरफ से एक सवाल आता है जो बातचीत को एक नया मोड़ दे देता है।

"यार, मुझे लगता है कि हमारी ख़ुशियाँ और गम दूसरे लोग तय करने लगे हैं। यह तो हमारे ही हाथ में होना चाहिए, नहीं?" मोहित ने कहा।

"बिल्कुल सही कहा, मोहित। जैसे कहते हैं, 'अपनी किस्मत अपने हाथों में होती है।' हमें किसी और को अपनी ख़ुशियों और गम की लगाम नहीं देनी चाहिए।"

"हाँ, सुमित। और याद रखना, 'अपने दुख का साथी अपने अंदर ही तलाशो।' दूसरों से ज्यादा उम्मीद हमेशा दुख ही पहुँचाएगी।"

"लेकिन लवगुरु, कभी-कभी लोग कुछ ऐसा कर देते हैं जिससे हम ऑफेंड हो जाते हैं। तब हमें कैसे रिएक्ट करना चाहिए?"

"देखो, मोहित। 'सहनशीलता महान गुण है।' अगर तमाम कोशिशों के बाद भी हम ऑफेंड हो ही जाएँ तो हमें 'जाने दीजिए' यानी इग्नोर करना चाहिए।"

"हाँ, जैसे कि 'बड़ा आदमी वही है जो छोटी बातों को दिल से नहीं लगाता।' इग्नोर करने से रिश्ते भी बेहतर रहेंगे और ख़ुशियाँ भी आएंगी।"

"सही कहा, जिसने सहनशीलता को अपनाया, उसने ज़िंदगी को सवांरा। हमें अपनी ख़ुशियाँ और गम खुद तय करने चाहिए, ना कि दूसरों को इस पर हावी होने देना चाहिए।"

“और याद रखना, ...ज़िंदगी का हर रंग अपने हाथ में हो तो हर पल त्योहार बन जाता है। अपनी ख़ुशियाँ और गम खुद तय करो और दूसरों को इसका मौका मत दो।

“यही बात है, सफलता का मंत्र है खुद पर विश्वास। ख़ुश रहो और दूसरों की बातों को ज्यादा दिल पर मत लो।...”

“मेरा एक मित्र, जो अक्सर साथ काम करता था, उसने कहा, ‘भाई, तू क्यों अपना आईएएस की तैयारी समय में गँवा रहा है? खेती कर, अपने परिवार को देख और आराम कर। ये सब तेरे लिए नहीं है’।” सुमित ने कहा।

मैंने मुस्कराते हुए कहा... “पाणी में पाखणा, भीजे पण छीजे नहीं। मूरख आगे ज्ञान, रीझै पण बूझै नहीं।”

सुमित ने आश्चर्य से पूछा, “इस राजस्थानी कहावत का क्या मतलब है?”

मैंने समझाया, “देख भाई, पानी में पाखण यानी पत्थर गीला तो हो जाता है लेकिन वह गलता नहीं। इसी प्रकार, ज्ञान और शिक्षा से मूरख रीझ/ईर्ष्या तो कर सकता है, पर उसे समझने में असमर्थ रहता है। हमें अपने ज्ञान की प्यास बुझानी चाहिए, चाहे लोग कुछ भी कहें। सुमित तुझमें कुछ ख़ास है। अपने इस प्यास को कभी बुझने मत देना। ज्ञान का सागर विशाल है और तू उसमें डूबकर बहुत कुछ पा सकता है।”

“हमने देर रात तक प्रेम के सभी पहलुओं पर बात की और अब लगता है जैसे दिल की गहराई से बातें हो चुकी हैं। पर लगता है कि अब हमें कुछ आराम की ज़रूरत है।” मैंने कहा।

“सच में, रात के इस समय तक प्रेम की गहराई पर चर्चा करना खुद में एक अनुभव है। प्रेम पर बात करते-करते, हम सब के दिलों में एक नई रोशनी आ गई है।” लवगुरु ने चाय का कप पकड़ते हुए कहा।

सुमित (हँसते हुए, चाय की चुस्की लेते हुए): “और याद है, हम सब ने मिलकर खाना बनाया। हर एक व्यंजन में प्रेम और दोस्ती की मिठास थी। यह रात, इसका हर पल, यादगार बन गया है।”

“तो चलिए, अब हम सब सोने चलें। इतनी देर से जागने के बाद, थोड़ी नींद तो बनती है।” मोहित ने अंगड़ाई लेते हुए कहा।

सभी दोस्त अपने-अपने बिस्तर पर जाते हैं लेकिन कुछ पल पहले के विचार और चर्चा अब भी उनके मन में गूंज रहे हैं।

उसी रात को मैंने डायरी में कुछ इस तरह लिखा- ज़िंदगी की किताब में कई ऐसे पन्ने होते हैं जो समय की रफ्तार के साथ यूँ ही कोरे रह जाते हैं। कभी यह पन्ने हमारे इंतज़ार में होते हैं, कभी हम उनके। ये कोरे पन्ने, जैसे ज़िंदगी के वो पल होते हैं जिन्हें हम जी नहीं पाते, सिर्फ महसूस करने का ख़्वाब देखते रहते हैं। शायद इसलिए कि कभी हमारे पास वक्त नहीं होता और कभी वह मौका जो उन पन्नों पर लिखने के लिए ज़रूरी होता है।

इश्क भी कुछ ऐसा ही है—एक ऐसा अनकहा, अनलिखा पन्ना, जो हमारी ज़िंदगी के बीचों-बीच रखा रहता है, इंतज़ार में कि हम उसे भरें। लेकिन अक्सर हम उसे लिखने की बजाय छोड़ देते हैं, सोचते हैं कि शायद किसी और वक्त पर लिखेंगे। फिर वही वक्त हमारे हाथ से फिसलता चला जाता है, जैसे रेत की मुट्ठी हो।

इश्क की ये अनदेखी कहानी भी कुछ वैसी ही है—जिसे हम समझते तो हैं लेकिन अक्सर उसे जीने का साहस नहीं कर पाते। इश्क में कर्म का सवाल आता है। क्या इश्क सिर्फ एक भाव है, जो महसूस किया जाता है? या फिर यह एक कर्म है, जिसे जीना पड़ता है, हर रोज, हर पल?

इश्क कभी भी एकदम से नहीं होता; यह तो धीरे-धीरे हमारे भीतर पनपता है, एक फूल की तरह जो सूरज की रोशनी और बारिश की बूंदों से खिलता है। लेकिन जैसे-जैसे हम ज़िंदगी की भागदौड़ में उलझते जाते हैं, वैसे-वैसे हम उस फूल को अनदेखा कर देते हैं। कभी हम डरते हैं कि अगर हमने उसे छुआ तो वह मुरझा जाएगा और कभी हमें लगता है कि हमारे पास उसे देखने का वक्त नहीं है। और इस तरह वह फूल बिना खिले ही हमारे भीतर कहीं छिपा रह जाता है। इश्क को कर्म मानना, उसे जीना है। इसका मतलब है कि हम अपने भीतर की उस भावनात्मक ताकत को स्वीकार करें, जो हमें ज़िंदगी के हर पहलू में जोड़ती है। लेकिन ज़िंदगी की व्यस्तता में हम अक्सर उस कर्म को टाल देते हैं। हम इंतज़ार करते हैं कि शायद वक्त आने पर हम इश्क को उसके सही रूप में जी पाएंगे। लेकिन वक्त कभी किसी का इंतज़ार नहीं करता।

यही वजह है कि ज़िंदगी के कई पन्ने कोरे रह जाते हैं। हमें लगता है कि जब हमारे पास फुर्सत होगी, तब हम उन्हें भरेंगे। लेकिन ज़िंदगी इतनी सहज नहीं होती। वह एक नदी की तरह बहती जाती है, अपने साथ सब कुछ बहा ले जाती है—हमारे ख़्वाब, हमारी उम्मीदें और हमारा इश्क भी। फिर एक दिन हम पीछे मुड़कर देखते हैं और पाते हैं कि हमारे जीवन की किताब में कई पन्ने खाली हैं। वे पन्ने जो कभी हमारी भावनाओं, हमारे इश्क, हमारे कर्म से भर सकते थे। तब हमें अहसास होता है कि ज़िंदगी का असली सार वही है जो हमने जिया, महसूस किया और कर्म किया।

हर सफल पुरुष की कहानी के पीछे एक औरत का चेहरा होता है। कभी वह प्रेमिका होती है, जिसकी मोहब्बत उस पुरुष को आसमान छूने की हिम्मत देती है तो कभी वही औरत उसकी दुनिया को चकनाचूर कर देती है, उसके दिल को टूटने पर मजबूर कर देती है। मगर, चाहे वह प्रेम हो, रूठना हो या फिर धोखा हो, हर मोड़ पर औरत का असर पुरुष की ज़िंदगी को बदलने वाला साबित होता है। हर सफल पुरुष के सफलता के पीछे औरत का हाथ होता है। कभी प्रेम, कभी रूसवाई, कभी धोखा, कभी मज़बूरी... औरत का हर अंदाज़ मोटिवेशनल हो सकता है। कोई किताब लिखता है, कोई ताजमहल बनवाता है, कोई नहर, कोई पहाड़ चीर कर रास्ता बना देता है; लेकिन ज्यादातर बेवड़े/नशेड़ी बन जाते हैं।

लेकिन ये कहानियाँ सिर्फ प्रेम की नहीं हैं; ये हैं जुनून की, वह जुनून जो दिल टूटने पर पैदा होता है, वह दर्द जो किसी के दिल को छू लेने वाली बातों से उपजता है। मुझे ही देख लीजिए। मैं एक साधारण सा लड़का था, जो अपने ख़्वाबों में खोया रहता था। मेरी दुनिया सीमित थी— किताबें, कलम और मेरी प्रेमिका, एंजल। लेकिन जब एंजल ने मुझे ठुकरा दिया, यह कहकर कि वह मुझसे शादी नहीं कर सकती क्योंकि मैं उसके बराबर नहीं हूँ, तब मैं सिर्फ दुखी नहीं हुआ, मैंने एक निर्णय लिया। मैंने ठान लिया कि मैं अपने शब्दों के जरिए एक ऐसा संसार बनाऊंगा, जहाँ एंजल और उसका यह अपमान पीछे छूट जाएगा।"

मैने कलम उठाई और हर शब्द को एक शस्त्र बना लिया। हर पन्ना मेरी मेहनत और संघर्ष का गवाह था। जैसे-जैसे मेरे शब्द जुड़ते गए, मेरी और एंजल की कहानी लिखती चली गई। लोग इस लेखन को पढ़ेंगे और महसूस करेंगे कि

यह सिर्फ एक अधूरी प्रेम कहानी भर नहीं है बल्कि यह है एक पुरुष की जिद, उसका दर्द, उसका अपमान। यह भी सच है कि कुछ पुरुष अपने दर्द को शब्दों में नहीं बयाँ कर पाते। वे दर्द को अपने अंदर समेटते रहते हैं और वह दर्द अंततः शराब की बोतलों में घुल जाता है। वे धीरे-धीरे खुद को खो देते हैं, नशे की धुंध में अपने सपनों को दफन कर देते हैं। किसी को अपने दर्द से ताजमहल बनवाने की ताकत मिलती है तो कोई उसी दर्द में डूबकर बर्बाद हो जाता है। कहने का मतलब यही कि पुरुषों का यही संघर्ष जीवन की सच्चाई है। कुछ ऊँचाइयों को छूते हैं तो कुछ नशे में डूब जाते हैं। लेकिन अंत में औरत का हाथ हर जगह है—कभी सृजन में तो कभी विनाश में।

OOO